LE **DES**

17

Bataille navale

L'auteur

Richard Paul Evans vit à Salt Lake City avec son épouse et leurs cinq enfants. Il a écrit de nombreux romans à succès, dont quatre ont été adaptés pour la télévision américaine. Très investi dans l'humanitaire, il aide les enfants en difficulté.

Dans la même série :

1. Le cercle des 17
2. Dans les griffes de l'ennemi
3. Bataille navale
4. À la recherche de Jade Dragon
5. Tornade de feu
6. La chute d'Hadès
7. L'ultime étincelle

RICHARD PAUL EVANS

LE CERCLE DES 17

Bataille navale

Traduit de l'anglais (États-Unis)
par Christophe Rosson

POCKET JEUNESSE
PKJ·

Titre original :
Michael Vey – Book 3 – Battle of the Ampere
publié pour la première fois en 2013 par Simon & Schuster,
Children's Publishing Division

Loi n° 49-956 du 16 juillet 1949 sur les publications
destinées à la jeunesse : mars 2019

© 2013 by Richard Paul Evans

© 2015, éditions Pocket Jeunesse, département d'Univers Poche,
pour la traduction française.
© 2019, éditions Pocket Jeunesse, département d'Univers Poche,
pour la présente édition.

ISBN 978-2-266-29670-0

Dépôt légal : mars 2019

À Abigail.
Tu as apporté joie et réconfort à plus d'un,
mais en particulier à moi.

Prologue

L'*Ampère*

Cent kilomètres à l'ouest de Naples, en mer Tyrrhénienne.

À bord du luxueux yacht des Elgen, l'*Ampère*.

— L a situation est-elle aussi critique que l'affir-
maient les premiers rapports ? a demandé le
président Schema.

Sa voix était encore plus grave et plus rauque que
d'habitude, en raison d'une mauvaise bronchite. Vivre
en mer n'était pas sans conséquences.

— Elle est pire encore, monsieur le président. Le
bol de la centrale Starxource péruvienne a entièrement fondu. Plus de soixante-dix pour cent du pays se
retrouve sans électricité. Le gouvernement du Pérou a
décrété l'état d'urgence et mobilise ses ingénieurs pour
redémarrer leurs installations antérieures, au charbon
et au pétrole. Il leur faudra des mois pour rétablir le
courant dans ne serait-ce que la moitié du pays.

Une quinte de toux, puis le président Schema a commenté :

— La presse doit s'en donner à cœur joie.

— En effet. Toutes les grandes chaînes de télévision en ont parlé. L'affaire a fait la une du *Wall Street Journal*, du *New York Times*, de *USA Today*, du *Beijing News*, de l'*International Herald* et du *Times* anglais. Hélas, cette couverture médiatique n'est pas sans impact. Les gouvernements de Taïwan et du Zimbabwe ont convoqué des réunions de crise pour évoquer la possibilité de fermer nos centrales. Trois pays ont mis la production des centrales Starxource en stand-by. Quant au Brésil, il a purement et simplement rompu les négociations avec nous.

Schema tamponnait son front perlé de sueur avec un mouchoir.

— C'est un désastre. Les rats électriques ont-ils pu s'enfuir ? a-t-il voulu savoir.

— Non. Parce qu'ils ont tous été exterminés. Plus d'un million et demi de rats ont péri lors de la fonte du bol.

Une nouvelle quinte de toux a secoué le président.

— Avons-nous déterminé la cause de cette fonte ?

— La centrale a été attaquée par un groupe de terroristes.

— Des terroristes ? Ceux du Sentier lumineux ?

— Non, un groupe qui se fait appeler l'Électroclan.

— Michael Vey, a grogné Schema. Ce n'est pourtant qu'un gamin.

— Un gamin très puissant, dans ce cas.

— Un gamin que nous avons créé ! Il est comme le monstre de Frankenstein qui se retourne contre son créateur. Quel but recherchait Vey ? Détruire notre centrale et enrayer notre expansion mondiale ?

— Non. D'après nos sources, la mère de M. Vey était retenue à l'intérieur du complexe péruvien. Le seul objectif du jeune homme était de la délivrer. Le Dr Hatch l'avait appréhendé, mais ses amis terroristes ont attaqué le complexe afin de le libérer. La destruction de la centrale est un dommage collatéral.

— Vous m'expliquez que nous avons perdu des milliards de dollars, indirectement, parce qu'un gosse cherchait sa mère ?

— Oui, monsieur.

— Mme Vey se trouvait-elle dans le complexe ?

— Oui, monsieur.

— C'est donc que Hatch ne l'avait pas libérée, comme il en avait reçu l'ordre.

— Il semblerait que non.

Le président a débité une kyrielle de jurons qui se sont achevés dans une troisième quinte de toux.

— Tout cela est la faute de Hatch ! Il nous a doublés. A-t-il obéi aux autres instructions qu'il avait reçues ? Les enfants électriques ont-ils été relâchés ?

— Nous ne le pensons pas.

— Où se trouvait Hatch, quand tout ceci s'est produit ?

— Dans le complexe.

— Et où est-il à présent ?

— En route, selon vos ordres.

— Quand doit-il arriver ?

— Dans environ trois heures.

— Prévenez la sécurité. Qu'ils préparent une cellule. Ils recevront sous peu un nouveau prisonnier.

— Oui, monsieur.

— Hatch amène-t-il des enfants électriques avec lui ?

— Nous l'ignorons, monsieur.

— Alors renseignez-vous ! Ils ne doivent en aucun cas accéder au yacht. Est-ce clair ?

— Oui, monsieur. Que devons-nous faire si des enfants électriques l'accompagnent ?

— Interdisez l'approche à leur hélicoptère.

— Et s'ils refusent ?

— Détruisez l'appareil.

— Avec les jeunes à bord ?

— Évidemment, avec les jeunes à bord ! Êtes-vous stupide ? Avez-vous seulement idée de la puissance que possèdent ces enfants ? Ils pourraient tout à fait s'emparer du yacht.

— Et Hatch, nous l'éliminons aussi ?

— Vous pensez vraiment que nous allons lui laisser la vie sauve ? Il est au courant de tout. Hatch ne quittera jamais ce yacht vivant.

Première partie

– 1 –

Un mauvais rêve

J e suis Michael Vey. Cette nuit, j'ai fait un rêve vraiment bizarre. J'étais dans la cafétéria de mon lycée, Meridian High School, dans l'Idaho, à la table des élèves populaires. (Je précise tout de suite que je ne suis *pas* un élève populaire.) Ma copine Taylor (qui, elle, est populaire) était assise à ma droite, dans sa tenue de pom-pom girl. Mon meilleur ami, Ostin, à ma gauche, dégustait une part de pizza au fromage et une tranche de pain à l'ail. Le reste de la tablée : des pom-pom girls et des basketteurs. Ostin et moi, on était autant à notre place là que deux donuts au chocolat dans une réunion Weight Watchers.

Les basketteurs me vannaient comme pendant la fête chez Maddie ; ils me surnommaient *Norris Junior* – pour Chuck Norris Junior – et ont commencé un concours de blagues.

Drew, le meneur de l'équipe de basket, a dégainé le premier.

— Norris Junior ne prend jamais de coups de soleil, c'est le soleil qui prend des coups de Norris Junior.

— Ah oui, a enchaîné Spencer, eh ben, au jeu des sept erreurs, Norris Junior en a trouvé huit.

Tout le monde s'est marré, hormis Ostin, qui avait l'air un peu perdu.

— Mais c'est même pas possible, il doit se tromper...

J'ai dû le recadrer.

— Chut. C'est pour rire.

— Et vous saviez que quand un moustique pique Norris Junior, c'est le moustique qui se gratte ? a continué Drew.

— Attendez, j'en ai une autre, a embrayé Spencer : Norris Junior est mort il y a deux ans, mais la Mort a trop peur de le lui annoncer.

Tout le monde se marrait, quand soudain une voix grave et furieuse a résonné derrière moi :

— Si Norris Junior est si fort, pourquoi se cache-t-il dans la jungle ?

Je me suis retourné ; c'était Hatch. La peur m'a paralysé. Tout à coup, les autres avaient disparu, nous étions seuls, lui et moi. Le docteur s'est penché si près que je sentais son souffle sur ma peau et que je voyais ses yeux à travers ses lunettes noires.

— Je vais te trouver, m'a-t-il chuchoté. Et alors, je te ferai souffrir, Vey.

C'est là que je me suis réveillé dans la jungle.

– 2 –

Numéro Quinze

J'ai mis un moment à me rappeler où j'étais. Une espèce de méga-insecte de la jungle amazonienne se promenait sur ma figure. Sitôt que j'ai compris, je me suis assis et l'ai dégagé. Quelqu'un s'est esclaffé. Une jeune Indienne, à genoux près de moi. Elle portait une robe en écorce et tenait à la main un « attrapeur de rêves » : ça m'a rappelé ceux que ma mère accrochait aux murs, chez nous. J'ai également noté que mon pied était enveloppé dans de la boue séchée, maintenue par une couche de feuilles liée avec une cordelette. À ma grande surprise, ma cheville ne me faisait plus mal.

— Salut, ai-je lancé à la fille.

Elle me scrutait de ses yeux foncés, intenses :

— *Dzao an, hen keai.*

— Je ne comprends pas ce que tu dis, ai-je avoué.

Elle m'a souri, puis a posé son attrapeur de rêves par terre et a déguerpi de ma hutte.

« C'est quoi, ce cirque ? » ai-je pensé. Je me suis rallongé un moment, à me demander quoi faire. Je ne savais toujours pas ce que cette tribu me réservait. Je me suis dit que je devrais peut-être tenter de m'enfuir. Mais pour aller où ? La jungle était sûrement aussi dangereuse que ce village, et au final je n'arriverais qu'à me perdre encore plus – en admettant que ça soit possible.

Le stress aidant, j'ai fini par me rasseoir et faire des boules de foudre pour les jeter contre le mur. Mauvaise idée, je confirme. Vous savez ce qu'on dit : quand on habite une maison en verre, on ne s'amuse pas à jeter des cailloux contre les murs. Eh bien là, pareil : dans une hutte à la toiture de chaume, on ne jette pas des boules de foudre contre les murs, parce qu'ils vont prendre feu. Je venais d'éteindre un début d'incendie avec mon tee-shirt et m'étais rassis sur ma paillasse quand le chef est entré, accompagné de deux guerriers. J'ai renfilé mon tee-shirt. La pièce était encore pas mal enfumée. Le chef a avisé les marques de brûlé sur les murs, puis s'est tourné vers moi. Comme d'habitude, les guerriers me scrutaient d'un air mauvais, comme si ça les démangeait de m'embrocher sur leurs lances et de me dévorer.

— Bonjour, Michael Vey, m'a salué le chef.

— Euh, bonjour, lui ai-je répondu.

Je n'étais pas trop sûr d'avoir le droit de m'adresser à un chef de tribu. Mes yeux se sont mis à cligner non-stop. J'ignorais toujours d'où ce type connaissait mon nom. Rien que de l'entendre parler ma langue, je flippais un peu.

— Comment va ta cheville ? a enchaîné l'homme.

— Beaucoup mieux.

— Lève-toi.

Je me suis levé lentement. J'avais encore un peu mal, mais pas autant que la veille.

— Ça va, ai-je affirmé.

— La médecine de la jungle est forte. D'ici à ce soir, tu seras guéri.

Je ne savais pas quels produits ils avaient utilisés, ni même quand ils m'avaient bandé la cheville – je dormais, à ce moment-là –, mais, quoi qu'il en soit, leur traitement tenait du miracle.

— Merci.

Il s'est avancé vers moi.

— De quoi as-tu rêvé ?

— C'était bizarre.

— Raconte-moi.

— J'ai rêvé d'un homme, le Dr Hatch. Il disait qu'il allait me trouver.

— Alors il te trouvera, a affirmé le chef en fronçant les sourcils.

Ces paroles m'ont glacé. Hatch m'avait déjà trouvé à deux reprises, et chaque fois j'avais failli y laisser ma peau. Je n'imaginais pas être aussi chanceux une troisième fois.

— Ça n'était qu'un cauchemar, ai-je déclaré.

Le chef m'a regardé avec gravité et a articulé :

— *Wo syiwang jeiyang.*

Avant de traduire :

— Espérons-le.

— Est-ce que vous savez où sont mes amis ? lui ai-je demandé ensuite.

— La femme avec les deux garçons se trouve dans la jungle. En sécurité.

— Et les autres ? Ceux qui sont comme moi.

— Eux ne sont pas en sécurité. L'armée péruvienne les pourchasse, tout comme elle te pourchasse. Nous devons partir sous peu.

— Pourquoi l'armée péruvienne nous pourchasse-t-elle ?

— Je ne connais pas ses méthodes. (Une pause, puis :) Viens. Je veux te présenter quelqu'un.

— Qui ça ?

— Tu verras.

Sur ce, le chef a fait volte-face et quitté ma hutte. Les guerriers, eux, restaient près de moi.

— *Janchi lai !* s'est écrié l'un d'eux.

Ils sont sortis, je leur ai emboîté le pas. On a parcouru comme ça une vingtaine de mètres, direction la lisière de la clairière, où se trouvait une petite hutte isolée. On s'est arrêtés devant.

Le chef m'a dit :

— Quand tu partiras, il y a quelqu'un que tu devras emmener avec toi. (Là, il s'est tourné vers la hutte et a levé les mains.) *Hung fa*, a-t-il lancé. *Gwo lai !*

Un instant plus tard, une jeune fille se présentait à la porte. Elle semblait avoir mon âge. Une jolie rousse au visage parsemé de taches de rousseur. Elle m'a dévisagé, puis a interrogé le chef du regard.

— Elle est comme toi, m'a annoncé ce dernier.

— Américaine ? ai-je cru comprendre.

La fille s'est alors approchée de moi et a précisé :

— Il veut dire *électrique*. Comme toi. Tu dois être Michael.

Je suis resté bête.

— Comment tu sais ça ?

— Parce que je connais tous les enfants électriques, à l'exception des deux derniers ; les Elgen ne les avaient pas encore trouvés. Vu que tu n'es pas une fille, tu es forcément Michael Vey. Moi c'est Tesla.

Elle m'a tendu la main. J'ai approché la mienne, l'électricité s'est mise à crépiter entre mes doigts. J'ai fait machine arrière, de peur de l'électrocuter.

— Désolé, ai-je soufflé. Ça n'était pas voulu.

— T'inquiète. Tu ne peux pas me faire de mal.

— C'est quoi, ton pouvoir, à toi ?

— As-tu rencontré d'autres enfants électriques ?

— Oui.

— Et Nichelle ?

— Oui, ai-je avoué en battant en retraite.

— Pas de panique, je ne suis pas comme elle. En fait, je suis tout son contraire.

— Tu veux dire que tu n'es pas une cinglée gothique ?

Tesla a souri.

— Non, je parlais de mes pouvoirs. Je n'absorbe pas ceux des enfants électriques. Je les augmente. Serre-moi donc la main, pour voir. (Elle m'a tendu la sienne.) Allez.

J'hésitais.

— Vas-y, je te promets que tu ne me feras aucun mal.

Je me suis résigné. À mesure que j'approchais, mon électricité crépitait de plus en plus. Et quand nos mains se sont touchées, la mienne a produit une lumière bleu-blanc, comme lors de mon passage dans le bol aux rats.

— Tu possèdes pas mal d'électricité, a commenté Tesla. Ça me… chatouille.

— Sérieux ?

— Oui. En général, je ne sens rien du tout. (Elle s'est reculée un peu, mon électricité a diminué.) Tu es vachement plus électrique que n'importe quel autre Halo.

— Et là, tu amplifiais mon électricité ?

— Oui. Mais doucement, juste pour te montrer. Si j'y allais à fond, je pourrais en produire dix fois plus. Minimum.

— Ça pourrait être utile, ai-je songé à voix haute.

— C'est ce que le Dr Hatch pensait, lui aussi.

Mon cœur s'est figé à la mention de son nom.

— Tu es dans son camp ?

— Plus maintenant.

— Qu'est-ce que tu fabriques ici, dans la jungle ?

— Les Amacarra m'ont recueillie après que je me suis évadée de la centrale Starxource par un tuyau souterrain.

— Le couloir de l'amour…

— Tu connais ? s'est étonnée Tesla.

— Je l'ai emprunté.

— Dans ce cas, tu sais qu'il aboutit en pleine jungle, au milieu des serpents et tout. Seule là-bas, je risquais gros. Je ne suis pas comme toi : je ne possède pas de pouvoirs spécifiques. Sans les Amacarra, j'aurais sans doute fini dévorée vivante par une quelconque bestiole.

— Et que faisais-tu au Pérou, à la base ?

— Hatch se servait de moi pour augmenter la production électrique de la centrale. Tu sais comment elle fonctionne ?

— Des rats électriques…

— Voilà. Moi, j'arrivais à tripler la quantité d'électricité qu'ils produisaient. Et parfois plus. Et le bol aux rats, tu connais aussi ?

— Je l'ai détruit.

— Quoi ?

— Pas moi, en fait : mes amis. J'ai seulement donné un coup de main.

Elle n'en revenait visiblement pas.

— C'est quelle origine, comme prénom, Tesla ?

— Mon vrai prénom, c'était Tessa. Quelques mois après que les Elgen m'ont capturée, Hatch a ajouté un « l » en hommage à Nikola Tesla, un pionnier de l'électricité. C'est lui qui a inventé la bobine Tesla.

— Oui, on l'a étudiée en cours de sciences, me suis-je rappelé.

— Bref, Hatch a trouvé malin de modifier mon prénom. Et *Tesla* est aussi le nom d'un des navires des Elgen.

— Ils ont des navires ?

— Presque une flotte militaire.

— Mais pourquoi ?

— C'est leur lieu de résidence. S'ils s'installaient quelque part, ils se feraient sans doute arrêter. Du coup, ils se sont fabriqué un pays à eux. Sur l'eau.

— Et tu les as vus, ces navires ?

— Uniquement l'*Ampère* et le *Volta*. Le *Volta* est un navire scientifique. C'est là qu'ils font leurs expériences les plus secrètes. Il n'est pas aussi classe que l'*Ampère*, où logent les grands pontes de l'organisation.

— Les grands pontes, tu dis ?

— Les patrons, quoi. Le boss de Hatch, si tu préfères.

— J'ignorais qu'il en avait un, me suis-je étonné.

— Je crois qu'il s'en fiche un peu. Je suis quasi sûre que les deux hommes ne s'aiment pas des masses. Hatch les appelle « les bouffons ».

— Tu devrais reprendre ton vrai prénom, ai-je affirmé. C'est joli, Tessa.

La fille y a réfléchi un instant.

— J'aime bien l'idée. Ça sonne comme une déclaration d'indépendance. Entendu, appelle-moi Tessa.

— Tessa, ai-je répété. Et donc, depuis combien de temps es-tu ici ?

— Au Pérou, ça fait plus de deux ans. J'y suis arrivée trois semaines avant qu'ils ouvrent la centrale Starxource. Mais dans la jungle, je n'y suis que depuis environ six mois. Je crois. C'est pas facile de se rendre compte, par ici. Les Amacarra n'ont pas vraiment de calendrier.

— Tu es ici depuis six mois et les Elgen ne t'ont pas encore retrouvée ?

— Ils ont envoyé des gardes à ma recherche… (Elle s'est tournée vers le chef.) Mais les Amacarra connaissent la jungle. Ils m'ont protégée.

— Je regrette que nous ne puissions plus vous protéger maintenant, est intervenu l'homme. Il arrive trop de soldats. La magie obscure du *Chullanchaqui* est trop forte pour nous.

Tessa s'est de nouveau mise face à moi pour m'interroger :

— Tu sais ce qui se passe ?

— Quand on a eu détruit la centrale, les gardes nous ont pris en chasse. Et maintenant, l'armée péruvienne se met de la partie aussi. D'après le chef, on va devoir quitter le village rapidement.

L'intéressé a froncé les sourcils, puis précisé :

— C'est avec une grande tristesse que nous vous voyons partir. Tu es une Amacarra, Hung Fa.

Il s'est éloigné.

J'ai laissé à Tessa le temps d'encaisser la nouvelle avant de lui demander :

— C'est quoi, un *Chullanchaqui* ?

— Selon une croyance indienne, le *Chullanchaqui* est un démon qui se présente en ami et entraîne les gens dans la jungle, d'où ils ne reviennent jamais. Le chef pense que Hatch est le *Chullanchaqui*.

— Il a raison, ai-je commenté.

Tessa a acquiescé.

— J'ai beaucoup de questions à te poser, Michael. Tu veux bien venir dans ma hutte, qu'on se parle ?

— Bien sûr.

Je suis entré derrière elle. Sa hutte était plus jolie que celle où j'avais dormi. Les murs étaient décorés de plumes de perroquet rouges et vertes, et le sol entièrement recouvert d'une épaisse natte de feuilles tressées. On s'est assis en tailleur l'un en face de l'autre ; je tournais le dos à la porte.

— C'est charmant, chez toi, ai-je complimenté Tessa.

— Pour une hutte, tu veux dire, a-t-elle répliqué avec un sourire. (Puis, avisant mon plâtre en boue séchée :) Qu'est-ce que tu t'es fait au pied ?

— Je me suis blessé en m'évadant de la centrale. À mon réveil, ce matin, il était comme ça.

— Une fracture ?

— Juste une foulure, j'espère.

— Le remède qu'ils ont badigeonné va t'aider. Par contre, ton visage est agité de tics. Tu te sens bien ?

— Je souffre de la maladie de Gilles de La Tourette. Ça me fait cligner des yeux et déglutir bruyamment. Surtout quand je stresse.

— La Tourette..., a répété Tessa. J'ai déjà entendu ce nom-là quelque part. C'est contagieux ?

— Non. Génétique. Tu ne vas pas l'attraper.

— Avant que je parte pour le Pérou, il y avait deux enfants électriques que les Elgen n'arrivaient pas à localiser : toi et une fille. Tu sais s'ils l'ont trouvée ?

— Taylor, ai-je indiqué.

— Donc tu la connais.

— Oui.

Elle m'a observé un moment.

— Tu l'aimes bien.

— Qu'est-ce qui te fait dire ça ?

— La façon dont tu as prononcé son prénom.

— C'est ma copine.

— Et où est-elle ?

— Quelque part dans la jungle, avec le reste de l'Électroclan.

— C'est quoi, l'Électroclan ?

— Le nom qu'on a donné à notre petit groupe, avec mes amis. Parmi eux, il y a d'anciens « disciples » de Hatch. Ian, Abigail et McKenna. Zeus, aussi.

Elle a plissé les yeux.

— Zeus ? Tu es avec Zeus ?

— Tu le connais ? me suis-je étonné.

— Je les connais tous, a précisé Tessa. Zeus, surtout, vu que Ian, Abigail et McKenna étaient aux arrêts pour insubordination. Je suis contente que le Dr Hatch ait fini par les libérer.

— Il ne les a pas libérés. C'est nous qui les avons fait sortir.

— Et Zeus ?

— Il est venu avec nous.

— Ça me surprend de sa part. Mais bon, il a toujours été un peu électron libre.

— Pour ça, il n'a pas changé.

— Et comment t'es-tu retrouvé auprès d'eux ?

— Tout a commencé quand Hatch a kidnappé ma mère et Taylor. Je suis parti à leur recherche.

— Et le docteur, tu l'as déjà rencontré ?

J'ai acquiescé.

— La dernière fois que je l'ai vu, il a voulu me donner à manger à ses rats.

— Un jour, il m'a forcée à regarder un homme se faire dévorer par ces bestioles. Un traitement qu'il réserve aux gardes qui lui désobéissent. Comment t'en es-tu sorti ?

— J'ai absorbé l'électricité des rats. Ça m'a rendu trop électrique pour eux.

— Tu absorbes ?

— C'est aussi comme ça que j'ai stoppé Nichelle.

Tessa a failli s'étouffer.

— Tu as quoi ? Personne n'a jamais stoppé Nichelle.

Soudain, elle a regardé derrière moi et prononcé :

— *Ni yau shemma ?*

Je me suis retourné. La jeune femme qui se trouvait dans ma hutte à mon réveil se tenait dans l'embrasure de la porte.

— *Hung fa. Ta bi laile. Tade jyau hai hwaide. Wo syu bang ta.*

— *Hau, hau*, lui a répondu Tessa, avant de m'expliquer : Tu vas devoir y aller.

— Aller où ?

— Elle prétend que ton pied n'est pas tout à fait guéri. Qu'elle doit s'en occuper encore.

— Exact, ai-je confirmé en me levant. J'ai un peu mal. Ç'a été sympa de parler avec toi.

— Pareil pour moi. Mais limite surréaliste.

— Comment ça ?

— Tu es pratiquement une légende. Genre le yéti ou le monstre du Loch Ness.

Je ne devais pas avoir l'air de comprendre, vu qu'elle a précisé :

— À l'Académie, tout le monde parle de toi depuis des années. Je n'aurais jamais cru que je te rencontrerais un jour. Et sûrement pas au cœur de la jungle amazonienne.

— Je n'aurais jamais cru y mettre les pieds non plus, ai-je conclu.

– 3 –

Départ précipité

L a jeune Indienne m'a raccompagné à ma hutte. Une fois sur place, j'ai découvert deux bols en pierre posés sur le sol à côté de ma couche. L'un contenait une substance verte épaisse. L'autre, une espèce d'eau noirâtre sur laquelle flottaient des fleurs violettes. Près des bols, un tas de feuilles fraîches.

— *Dzwo*, a dit la jeune femme en montrant la paillasse.

J'ai deviné qu'elle voulait que je m'assoie. Là, elle s'est agenouillée, a défait la cordelette autour de ma cheville, puis retiré les feuilles.

— *Fang sya*, a-t-elle prononcé.

— Hein ?

D'une main, elle a appuyé contre ma poitrine.

— Vous voulez que je m'allonge ? (Je me suis appuyé sur mes coudes.) Comme ça ?

Ça l'a fait rire, et elle m'a de nouveau poussé en répétant :

— *Fang sya.*

Je me suis allongé. L'Indienne a dégagé mon pied de la boue séchée. Quand elle a eu fini, elle m'a lavé avec un liquide chaud et parfumé, puis m'a appliqué une espèce de baume. Elle a massé mon pied près d'une heure. C'était super agréable ; la concoction qu'elle utilisait me picotait doucement la cheville. J'ai voulu me rasseoir pour regarder, mais elle m'en a empêché d'un geste délicat de la main.

— *Ching bu*, a-t-elle ajouté.

— Pardon, me suis-je excusé. Simple curiosité.

Je me suis rallongé et j'ai fermé les yeux. Quand ma cheville a été de nouveau entièrement enduite de boue, elle l'a enveloppée de feuilles odorantes qu'elle a fixées avec la même cordelette que précédemment. Puis elle m'a passé les mains dans les cheveux.

— C'est carrément mieux que chez l'esthéticienne, l'ai-je complimentée sans avoir jamais mis les pieds dans un de ces salons.

De toute façon, l'Indienne ne me comprenait pas.

Elle a continué à me masser le crâne tout en caressant mes cheveux. Je ne voyais pas le rapport avec la guérison de mon pied, mais ça faisait du bien.

Au bout de quelques minutes, elle a commencé à chanter.

Hen ke aide,
bu syi huan wo,
tai ke shi,
yin wo ai ni.

Hen ke aide,
Wai gwo haidz
Ho ni li wo,
hwei ni syang wo,

Wo syi wang, hwei
yin, wo ain ni,
jye nyu haidz
hwei syang ni.

Elle répétait ces paroles en boucle. J'ignorais ce qu'elles signifiaient, mais c'était joli et apaisant. Par contre, la jeune femme semblait triste. À un moment donné, elle m'a paru carrément émue. J'ai entrouvert un œil et constaté qu'elle pleurait. Elle chantait encore quand je me suis endormi.

J'ai fait un autre rêve. J'étais seul dans la jungle quand un tout petit Péruvien avec une jambe de bois s'est approché de moi.

— Nous devons nous mettre à l'abri très vite, a-t-il affirmé. Il arrive.

— Qui ça, « il » ? ai-je voulu savoir.

— *El Chullanchaqui.*

— Qui est-ce ?

— Pas le temps d'expliquer.

Sur ce, il a déguerpi dans la jungle. Malgré sa petite taille et sa jambe de bois, il se déplaçait rapidement. J'ai couru derrière lui. Plus nous progressions, plus il faisait sombre, et bientôt on se serait cru en pleine nuit. Enfin, on s'est arrêtés dans une zone à la végétation trop dense pour continuer. Les branches des arbres étaient des serpents qui cherchaient à me mordre.

Mort de trouille, je me suis tourné vers l'homme.

— Vous deviez me conduire à l'abri ! me suis-je indigné.

— Il n'y a plus de lieu sûr.

— Qui est *El Chullanchaqui* ?

Le Péruvien m'a regardé en souriant.

— Moi, a-t-il lâché.

Puis il a disparu.

Je me suis réveillé tout essoufflé. Il faisait sombre autour de moi, la hutte n'était éclairée que par le halo produit par ma peau. L'Indienne était partie. J'ai inspiré à fond et me suis frotté le front. « Faut absolument que j'arrête de rêver », ai-je songé.

Une demi-heure plus tard, la jeune femme est revenue. J'ai reconnu sa silhouette dans l'embrasure de la porte. Elle avait des fleurs dans les cheveux, et des dizaines de perles rouges et violettes qui brillaient sur ses épaules et son cou nu. Elle était jolie.

— *Hen keaidi, ni laile*, m'a-t-elle lancé en me tendant la main.

J'ai fait un pas vers elle et me suis rendu compte que mon pied était guéri. Je l'ai touché, puis ai adressé un sourire à l'Indienne.

— Merci.

— *Bu yung, sye.*

Elle m'a pris par la main et m'a conduit au centre du village, où flambait un grand feu. Les regards se sont tournés vers nous. Tout le monde était assis autour du foyer sur des nattes de feuilles de palmier. Les femmes étaient beaucoup plus nombreuses que les hommes ; j'en ai déduit que les guerriers devaient patrouiller dans la jungle.

J'ai pris place sur une natte à côté de la jeune femme, qui semblait ravie, la figure barrée d'un large sourire.

— La nuit est belle, ai-je commenté.

Elle n'a rien dit.

— Je n'en reviens pas que vous ayez déjà guéri mon pied. En Amérique, les médecins n'y seraient pas arrivés si vite.

Elle s'est tournée vers moi et a plongé son regard dans le mien.

— Hé, la loupiote. Elle ne parle pas notre langue.

Je me suis retourné : Tessa s'avançait vers nous. À sa vue, la jeune Indienne a immédiatement froncé les sourcils, puis s'est levée en silence et s'est éloignée. Dans l'ombre, à l'écart du feu, je distinguais le faible halo de Tessa, et ça me rassurait. Le mien s'est intensifié à son approche. Elle s'est assise à côté de moi.

— Qu'est-ce qui se passe ? ai-je demandé.

— Ils organisent un dîner funèbre. C'est pour ça que les femmes portent des perles rouges et violettes.

— Un dîner funèbre ? Qui est mort ?

Un drôle de sourire aux lèvres, Tessa a répondu :

— Nous.

— Ils vont nous tuer ?

— Non, la luciole. Quand quelqu'un quitte le village pour toujours, ils considèrent qu'il est mort.

— Plutôt… flippant.

— C'est leur coutume. En Amérique aussi, on en a de bizarres : genre les citrouilles d'Halloween. Ou les sapins de Noël.

— Je ne l'avais jamais envisagé comme ça.

— Parce que tu as été élevé avec ces pratiques. Comme eux avec les leurs. Mais les leurs n'en ont plus pour longtemps.

— Pourquoi ?

— Les Amacarra vont disparaître, a affirmé Tessa. Autrefois, ils étaient des milliers. Il ne reste plus aujourd'hui que ce village. Et les vieux sont plus nombreux que les jeunes. Bientôt, ils seront moins d'une dizaine.

— Et pourquoi ils disparaissent ?

— Comme pour les Amérindiens, c'est la faute aux maladies. À la forêt qui rétrécit. Au monde moderne.

La jeune Indienne m'a apporté un bol en pierre rempli d'une purée jaune, comme des pommes de terre écrasées.

— *Wo gei ni chr, ke aide.*

Je l'ai remerciée. Puis elle s'est de nouveau éloignée. Tessa m'a demandé :

— Tu en penses quoi, de Meihwa ?

Plongeant les yeux dans mon bol, j'ai répondu :

— Sais pas. J'ai jamais goûté.

— Mais non, s'est-elle esclaffée. Meihwa, c'est la jeune femme qui s'occupe de toi.

— Ah, pardon. Elle a l'air sympa. La plupart du temps, elle se contente de m'observer et de rigoler.

— Forcément. Elle n'a que douze ans. Et elle te trouve mignon.

— Qu'est-ce qui te fait dire ça ?

— Elle t'appelle *henkeai*.

— Exact, j'ai entendu ce mot. Et ça signifie quoi ?

— Qu'elle te trouve mignon.

Je ne savais pas trop quoi dire.

— Elle aussi est mignonne.

— Si tu t'installais au village, le chef vous marierait sûrement.

— Mais elle n'a que douze ans !

— Les Amacarra se marient jeunes.

— Du coup, c'est pas plus mal que je ne m'installe pas, ai-je conclu.

— En effet, a confirmé Tessa.

Sur ce, j'ai changé de sujet :

— Tu m'expliques ce qu'il y a dans ce bol ?

— De la purée de bananes.

— Des bananes... C'est bon pour notre électricité.

— Oui, mais je ne pense pas que les Amacarra soient au courant. C'est juste ce qu'ils ont l'habitude de manger.

J'ai saisi un petit cube blanc et fibreux au milieu des fruits.

— Ça, par contre, c'est pas de la banane.

Tessa m'a pris le morceau des doigts et l'a enfourné.

— C'est du piranha, a-t-elle affirmé.

— Ça a le goût de quoi ?

Un sourire ironique aux lèvres, elle m'a rétorqué :

— De poulet, bien sûr. Estime-toi heureux qu'ils ne t'aient pas servi du *yasyegump*.

— Traduction ?

— Larves de termites écrasées.

— Ils mangent ça ?

— Des fois, oui. On finit par s'y faire.

— M'étonnerait que je m'y fasse un jour, ai-je estimé.

— Tu serais surpris…

— Et des piranhas, ils en mangent souvent ?

— Oui. La rivière en regorge.

— Ils utilisent quoi, comme appât ?

— Les Amacarra pêchent au harpon. Enfin, à la lance. Donc sans appât. Mais j'ai vu des pêcheurs d'autres tribus à l'œuvre, et ils se servent de ce qui leur tombe sous la main. Une fois, j'ai même vu un homme appâter avec un morceau de cor au pied.

Mon repas me paraissait de moins en moins appétissant.

— On mange du piranha élevé au cor au pied…

— Mais non, je t'ai dit que les Amacarra pêchaient à la lance. Fais pas ta poule mouillée, goûte. C'est bon. En plus, mieux vaut manger du piranha qu'être mangé par des piranhas.

À ce moment-là, une femme âgée, aux cheveux gris, s'est approchée de nous. J'ai tout de suite compris que Tessa l'aimait bien : son visage s'est illuminé quand elle l'a vue. L'Indienne lui apportait un bol de nourriture. Tessa l'a accepté en disant :

— *Sye sye, muchin.*

— *Buyung kechi*, lui a dit l'autre avec un sourire, avant de lui caresser la joue et de s'en aller.

— Comment as-tu appris leur langue ? ai-je demandé.

— Je ne connais que quelques mots. À force de vivre auprès d'eux, on finit par capter des trucs. Regarde, je vais te montrer comment on mange, chez les Amacarra. Tu joins l'index, le majeur et l'annulaire, et tu t'en sers de cuillère.

Elle a saisi comme ça une bouchée de son bol et l'a mangée.

Je l'ai imitée, trempant mes doigts dans la mixture puis les portant à ma bouche. Honnêtement, ça n'était pas si mal. Il ne me serait jamais venu à l'idée de manger du poisson et des fruits en même temps, mais là, dans le contexte de la jungle, ça se mariait bien.

On a mangé un petit moment en silence, puis j'ai interrogé Tessa :

— Dis-moi, tu comptes faire quoi, quand on sera rentrés en Amérique ?

— Aucune idée. Sûrement essayer de mener une vie normale. Si tant est que ça soit possible.

— Tu pourrais travailler pour un producteur d'électricité. Ou auprès de scientifiques.

— À condition de vouloir que les Elgen me retrouvent.

— Désolé, c'était débile. Tu ne crois pas que, un jour, Hatch va arrêter les recherches ?

— Non. Il n'abandonne jamais. Et il n'oublie jamais. C'est une de ses fiertés. (Un long soupir, puis :) Et toi ? Tes projets, c'est quoi ?

— Rentrer chez moi avec ma mère. Finir le lycée.

— Plutôt sympa… Et tu penses que Hatch va te fiche la paix ?

— Non. Comment il t'a capturée ?

— J'avais neuf ans. Ils m'ont kidnappée dans ma chambre.

— L'horreur.

— Hyper traumatisant, a confirmé Tessa en baissant les yeux. Mais les psychologues des Elgen m'ont… aidée à oublier.

— Du coup, tu n'as pas de souvenirs de ta famille ?

— Si, quelques-uns. J'avais un petit frère. Et ma mère allait bientôt accoucher d'un autre bébé. Il doit avoir pas loin de six ans, maintenant.

— Tu pourrais les retrouver.

— Non, impossible.

— Pourquoi ?

— Parce que ça n'est plus mon monde.

— Il faudrait essayer…

Son visage s'est soudain fermé.

— Non. J'en ai trop vu. (Lentement, elle a secoué la tête.) J'en ai trop fait. Ma place n'est plus auprès d'eux. Ils ne voudraient pas de moi.

— Mais bien sûr que si. Je parie qu'ils pensent à toi en permanence.

— Non, a protesté Tessa, meurtrie. Ça ne fonctionnerait pas. Quand les Elgen te capturent, ils te font des trucs. Ils te changent. Tu n'es plus la même personne qu'auparavant. Ils te convainquent que ta famille ne veut plus vraiment de toi. Ils te montent contre tes proches. Ils t'obligent à les renier.

Tout ça me donnait envie de vomir.

— Tu as renié ta famille ?

Tessa n'a rien dit, mais je devinais la réponse à lire la douleur dans ses yeux.

— Tu sais que Hatch et les Elgen sont des menteurs, hein ? ai-je insisté.

— Si j'écoute la logique, oui. Mais ils m'ont fourré ces histoires dans le crâne quand j'étais petite. Elles finissent par prendre racine et se développer avec toi. Très vite, tu as beau savoir que ça n'est pas vrai, tu ne peux plus t'en défaire. J'ai encore l'impression que c'est la vérité. Au plus profond de moi-même, j'ai peur qu'ils n'aient raison…

— Ils ont tort, ai-je martelé. Les Elgen peuvent déformer la vérité tant qu'ils veulent, ils ne la modifieront jamais. Un million de mensonges ne feront jamais une seule vérité.

— Sauf que les Elgen peuvent enfouir la vérité si profondément que tu n'arrives plus à la retrouver. (Tessa a pris une grande inspiration.) On pourrait parler d'autre chose ?

— Excuse-moi, ai-je bredouillé.

À ce moment précis, un homme de la tribu a fait irruption dans le village. Il s'exprimait avec une agitation fébrile, faisant de grands gestes avec les mains comme pour chasser un essaim de guêpes. Tout le monde s'est tu ; le chef a affiché une expression solennelle. Puis il s'est levé et s'est dirigé vers nous.

— L'armée est proche, nous a-t-il révélé. Vous devez aller à la rivière. *Ma shang.*

— Maintenant ? ai-je demandé à Tessa.

— *Ma shang* signifie « immédiatement », m'a-t-elle expliqué en posant son bol par terre.

Le chef a crié quelque chose, et une femme a couru chercher deux couvertures tressées.

— Drapez-vous-en, nous a ordonné le chef. Pour cacher votre lumière.

On s'est couverts, de sorte à ne laisser voir que nos visages. Une demi-douzaine de guerriers sont venus se poster autour de nous.

— Venez, a lancé le chef. Le temps presse.

Je me suis retourné vers le feu. Meihwa m'observait. À la lueur des flammes, j'ai vu une larme rouler sur sa joue. Je lui ai adressé un au revoir de la main, mais elle s'est contentée de se détourner.

L'expédition se composait de Tessa et moi, du chef, de six guerriers et de la vieille femme qui avait apporté à manger à Tessa.

Le village des Amacarra n'était guère éloigné de la rivière – moins d'une demi-heure de marche – et on a foncé comme on a pu, enjambant les arbres tombés, contournant les sables mouvants. Personne ne ralentissait le groupe, pas même la vieille Indienne, dont j'avais du mal à tenir le rythme. De temps en temps, le chef se tournait vers moi et me lançait :

— *Kwai, kwai ba !*

Ce que je traduisais par : « Plus vite ! »

On se déplaçait sans parler ; à deux ou trois reprises, on a entendu l'écho de coups de feu au loin. Ça nous a éperonnés. Je me demandais si les militaires avaient atteint le village et s'ils allaient s'en prendre aux Amacarra.

Une fois à la rivière, on a descendu une petite pente pour rejoindre une pirogue. Des caïmans qui se prélassaient sur la berge ont plongé dans l'eau à notre approche. Deux guerriers ont sauté à bord de la pirogue, tandis que les autres coupaient de grandes feuilles aux arbres qui surplombaient le rivage et les entassaient à côté de l'embarcation.

— Montez, nous a ordonné le chef.

Tessa s'est tournée vers la vieille Indienne. Toutes deux avaient les larmes aux yeux. « *Muchin* », a dit Tessa, puis elles se sont enlacées. La tension était palpable, aussi, malgré l'émotion, elles ne sont restées comme ça que quelques secondes avant de se séparer. La femme a ôté un de ses colliers – une longue rangée de graines rouge vif – et l'a passé au cou de Tessa. C'est là que j'ai compris qu'elle n'était venue que pour lui dire au revoir.

— *Kwai ba !* a soudain lancé le chef. *Mei o shr jyan !*

Une dernière accolade, puis Tessa a grimpé à bord de la pirogue. Là, elle s'est encore retournée vers la femme pour déclarer :

— Je ne t'oublierai jamais, maman.

L'Indienne a porté la main à son cœur.

J'ai embarqué à mon tour.

— Michael Vey, m'a interpellé le chef, regarde-moi.

— Oui, monsieur.

— J'ai fait un rêve. Sur l'eau, un choix se présentera à toi. Tu devras choisir entre les vies de quelques êtres chers et celles d'une foule d'inconnus.

— Je ne veux pas avoir à choisir, lui ai-je rétorqué.

— Personne ne veut de ce choix. Mais le sort ne se plie pas à l'homme, c'est l'homme qui doit se plier à lui. Maintenant, partez ! *Chyu ba !*

Les guerriers nous ont fait signe, à Tessa et à moi, de nous étendre côte à côte au fond de la pirogue, puis ils nous ont cachés sous les couvertures et les feuilles.

Le fond de la pirogue était rêche et dégageait une odeur âcre. On l'aurait dit creusé à coups de pierre. Sous les couvertures, nos halos nous permettaient de nous voir. L'embarcation étant étroite, on était collés l'un à l'autre. Mon halo s'intensifiait là où mon corps touchait celui de Tessa. Je stressais, et mon électricité crépitait pas mal entre nous.

— Tu peux arrêter ? m'a murmuré Tessa.

— Je vais essayer.

Ça m'a demandé un petit effort, toutefois j'ai pu contenir l'arc électrique qui émanait de moi. Un crépitement se produisait de temps en temps, notamment entre nos têtes, qui étaient en contact.

— On est trop serrés, a fini par déclarer Tessa.

Alors elle a retiré le collier que venait de lui offrir la vieille Indienne, puis s'est tortillée jusqu'à ce que ma tête soit posée contre sa poitrine.

— C'est mieux comme ça ? m'a-t-elle demandé.

— Oui.

J'entendais les battements rapides de son cœur. Être allongé dans cette position m'a fait penser à Taylor. Je me suis rappelé la fois où elle m'avait consolé comme ça, près de la piscine, chez Mitchell. J'aurais bien aimé l'avoir auprès de moi.

Les guerriers ont dégagé la pirogue de la berge, puis j'ai entendu le bruit cadencé de leurs rames tandis que nous évoluions sur les eaux froides et sombres.

— Qui était cette vieille femme ? ai-je interrogé Tessa.

— Aigei. Mais moi je l'appelle *muchin*, ça veut dire maman. Elle a été comme une mère pour moi, depuis que les Amacarra m'ont trouvée.

Étant donné qu'elle avait été séparée de sa vraie mère toute jeune, je me demandais ce que cette relation signifiait pour elle.

— Pas mal, le collier qu'elle t'a donné, ai-je enchaîné.

— Il est fait de graines de *huayruro*. C'est censé porter chance.

— On va en avoir besoin, ai-je affirmé.

J'ignorais où on nous conduisait, ni combien de temps on allait passer dans cette pirogue, mais quelque chose me disait que ça allait durer. Au bout d'un moment, Tessa s'est endormie ; moi, pas moyen. Du moins, pas au début. Je stressais trop : non seulement pour nous deux, mais aussi pour ma mère et mes amis. J'ai eu l'impression de rester éveillé un long moment, avant que le sommeil ne me gagne.

– 4 –

Retrouvailles surprises

Je me suis réveillé quand un guerrier m'a secoué. Je me suis frotté les yeux. Il faisait jour, Tessa s'était déjà assise ; ses cheveux étaient plaqués contre un côté de sa tête. Elle a écarté une mèche de devant sa figure et déclaré :

— Je crois qu'on est arrivés.

Je me suis redressé et ai jeté un coup d'œil à l'extérieur. On avait bien accosté, mais je ne voyais que de la jungle alentour.

— Tu sais où on est ? ai-je demandé à Tessa.

— Non. Quelque part en aval.

— Avec ton vieil ami Jaime, a prononcé une voix.

J'ai fait volte-face. Debout sur la berge se tenait Jaime, le Péruvien qui nous avait conduits aux abords de la centrale Starxource.

— Jaime ! me suis-je exclamé.

— Monsieur Michael, a-t-il enchaîné en s'avançant, laisse-moi t'aider à débarquer.

J'ai désigné Tessa.

— Elle d'abord.

Jaime lui a tendu la main, mais elle a préféré agripper le bord de la pirogue pour se débrouiller seule. Je suis descendu à mon tour.

— Félicitations, *amigo*.

— Pour quoi ? l'ai-je interrogé.

— Pour être encore en vie. Et pour avoir semé une belle pagaille. *Mucho caos.*

Je suis sûr à cent pour cent que c'est la première fois de ma vie que quelqu'un m'a félicité pour ça.

— On ne pensait pas faire un tel ramdam, ai-je glissé.

Tessa, elle, observait Jaime d'un œil suspicieux.

— Tu le connais d'où ? m'a-t-elle demandé.

— C'est lui qui nous a conduits dans la jungle.

— Et tu l'as rencontré comment ?

— Je t'expliquerai plus tard. Mais on peut lui faire confiance. C'est un ami.

Elle doutait encore.

— Tu viens de l'Idaho. Comment peux-tu avoir un ami péruvien ? (Puis, se tournant vers Jaime :) Vous êtes membre des Elgen ?

— *Uf ! Qué locura !* a rétorqué l'homme en la fusillant du regard. Ne m'insulte pas. Je préférerais m'arracher le cœur et le jeter aux piranhas que d'être associé à ces démons.

— Ça a le mérite d'être clair, a commenté Tessa.

— Nous n'avons pas le temps de bavarder, a poursuivi Jaime. Il faut faire vite. Vous avez excité les guêpes Elgen, elles cherchent à piquer.

— Où allons-nous ? ai-je voulu savoir.

— Dans la jungle. (Là, il s'est adressé aux guerriers qui nous avaient accompagnés :) *Feichang, sye sye.*

— *Bukechi,* lui ont répondu les Amacarra en s'inclinant légèrement.

Puis ils ont engagé la pirogue dans le courant et se sont mis à pagayer vers l'amont.

— Ces gars sont costauds, ai-je déclaré. Ils ne se sont même pas reposés.

— Ils n'en ont pas le temps, a affirmé Jaime. Et nous non plus. *Vámonos !*

Il nous a entraînés sur un sentier qui a rapidement disparu sous les feuillages et les racines noueuses des arbres qui surgissaient du sol tels des serpents. On avait beau être le matin, il faisait suffisamment sombre sous la végétation pour que Tessa et moi puissions voir nos halos.

On marchait depuis plus d'une heure quand les feuillages se sont soudain espacés pour former une petite clairière où un campement était établi près d'un cours d'eau.

— Bienvenue à la maison, a déclaré Jaime.

— Ça n'est pas chez moi, a dit Tessa en observant les alentours.

Moi-même, j'inspectais le campement avec étonnement.

— Comment avez-vous fait pour transporter tout ça ici ? ai-je questionné Jaime.

— J'ai sué sang et eau. C'est de ce camp que nous épions les Elgen.

Le camp : deux grandes tentes en nylon, une broche pour faire cuire la viande, une génératrice à côté d'une bonne dizaine de jerricans en plastique et un relais de communications qui ne dépassait pas la cime des arbres. Arrivé à une quinzaine de mètres du campement, Jaime s'est soudain immobilisé en levant les mains.

— *Alto*, a-t-il dit.

Mon petit douze de moyenne en espagnol au collège ne m'a pas permis de comprendre l'ordre : Tessa et moi avons continué à marcher.

— Je meurs de faim, a chuchoté Tessa. J'espère qu'il aura à manger.

Jaime s'est alors jeté sur moi et m'a agrippé le bras.

— *Párate !* Stop ! N'avancez plus.

Surpris, j'ai balancé des volts, sans réfléchir. Jaime s'est écroulé sur le sol en hurlant. Je me suis penché sur lui. Il se tenait le bras et gémissait.

— *Ay caramba, caramba, caramba !*

— Pardon, c'était involontaire, me suis-je excusé. L'habitude.

— Tu es pire que l'*anguila*. Vous ne devez pas aller plus loin. (Nous montrant une boule de fourrure qui gigotait sur le sol, près de la seconde tente, il a révélé :) Vous voyez ça ? C'est un piège.

— Qui a bien pu poser un piège ici ? me suis-je étonné.

— Moi. Par mesure de sécurité.

— De sécurité ? a répété Tessa. Je crois que vous vous trompez de mot...

Jaime s'est relevé sur les genoux. Puis il a ramassé une branche par terre et l'a jetée dans la clairière, trois mètres devant nous. Aussitôt une fusillade s'est déclenchée, les balles ont déchiqueté le bois.

— La vache, me suis-je étouffé.

— Ça aurait pu être nous, a soufflé Tessa. On serait du gruyère, là.

— C'est mon système de sécurité, a enchaîné Jaime, pour m'assurer que personne ne pénètre dans le camp en mon absence. Avant que nous allions plus loin, je dois désactiver le capteur.

Jaime a sorti un petit cylindre noir de sa poche. On aurait dit un tube de rouge à lèvres, avec un bouton sur le dessus, que Jaime a enfoncé.

— C'est bon, on peut y aller, a-t-il déclaré.

La bestiole à fourrure s'agitait encore à la lisière de la clairière ; j'hésitais à mettre un pied dans la zone protégée.

— Vous êtes sûr que c'est éteint ?

— Oui. Regarde.

Jaime a lancé un autre bâton. Cette fois, aucune conséquence.

— C'est bon, a-t-il confirmé. La loupiote de la tourelle est éteinte. (Sur ce, il s'est avancé tout en massant son bras endolori.) Nous sommes en sécurité. Je passe le premier.

Tessa et moi lui avons emboîté le pas.

— Plutôt cool, votre système, ai-je repris. Ça fonctionne comment ?

— C'est très simple, *amigo*. J'ai deux mitraillettes.

Il m'a conduit vers l'une d'elles. La tourelle était actionnée par des moteurs électriques montés sur des tubes d'acier que Jaime avait camouflés à l'aide de feuilles. Tout ça avait en effet l'air simple, et ma première pensée a été qu'Ostin saurait sans doute en construire une réplique avec les pièces détachées qu'il avait dans sa chambre. Ça m'a filé un petit coup de blues.

— Il s'agit d'une sentinelle robotisée, gérée depuis mon ordinateur portable. Je l'ai achetée à une compagnie américaine qui les fabrique pour le paintball.

J'ai touché le canon de la mitraillette. Il était encore chaud.

— Pour le paintball, vous dites ?

— Oui. J'ai juste eu quelques réglages à faire. (Il s'est tourné vers un arbre.) La seconde mitrailleuse est dissimulée là-bas derrière. Les deux sont très rapides, elles peuvent suivre jusqu'à quatre cibles en même temps.

— Et comment font-elles pour savoir à quel moment tirer ? s'est enquise Tessa.

— Elles sont activées par le mouvement. Tout ce qui passe devant leur caméra déclenche le tir. (Se tournant vers moi :) J'ai installé tout ça afin de protéger mon équipement en mon absence. Au cas où les Elgen passeraient par ici. S'ils mettaient la main sur nos codes de communication, toute notre organisation serait en péril.

— Ça paraît un peu… extrême, a commenté Tessa.

— Notre cause est extrême, lui a rétorqué Jaime sans sourciller. Ma sentinelle est très efficace, mais elle n'a abattu jusqu'à présent que des singes. C'est bien.

— Pas pour les singes, a plaisanté Tessa.

— Les singes, et aussi cette bestiole, là, suis-je intervenu en désignant l'animal à fourrure qui avait cessé de bouger.

— C'est quoi, ça ? a demandé Tessa.

— Ça, *señorita*, c'est notre dîner : un *oso hormiguero*.

— Charmant…

Je suis allé examiner la bête de plus près. Elle mesurait environ un mètre – sans la queue, enroulée sur son ventre – et possédait une fourrure épaisse et ébouriffée. Je ne la reconnaissais toujours pas ; j'ai dû la retourner du bout du pied pour voir sa tête. De petits yeux foncés, un museau allongé.

— C'est un fourmilier.

— *C'était*, m'a corrigé Tessa.

— En effet, a confirmé Jaime. Sa chair est délicieuse.

— J'y ai déjà goûté, a dit Tessa. C'était pas mal. Jaime, vous auriez à boire ?

— Le tonneau d'eau est là-bas, lui a répondu notre ami péruvien en montrant un gros conteneur de quinze litres en plastique blanc. Soulève le couvercle, le gobelet est accroché à côté. Et attention aux araignées. Elles aiment l'eau.

— Comptez sur moi, lui a assuré Tessa.

Elle a décroché le gobelet, soulevé le couvercle et… s'est figée un instant.

— Il y a un truc mort là-dedans, a-t-elle affirmé d'un ton neutre. Enfin, un bon million de trucs morts, mais surtout un énorme.

Jaime est allé se rendre compte par lui-même. À l'aide d'un autre gobelet, il a sorti de l'eau un insecte d'une vingtaine de centimètres de long.

— Ça n'est qu'un phasme. Pas venimeux.

— Je me sens mieux, merci, a déclaré Tessa.

Sur ce, elle a retiré tout ce qui flottait à la surface du tonneau avant d'obtenir un gobelet d'eau suffisamment propre pour le boire. Elle s'en est servi deux, puis m'en a proposé un. Il y avait des insectes dedans, surtout des moustiques et des puces. J'ai bu quand même.

— Merci, ai-je soufflé.

— C'est marrant comme on s'adapte, hein ? À l'Académie, je râlais quand on me servait un verre d'eau sans rondelle de citron vert. Après tout ce temps passé dans la jungle, plus rien ou presque ne me gêne. Une fois, j'ai mangé du tatou. Les Amacarra les roulent en boule et les font rôtir dans leur carapace.

— Je donnerais beaucoup pour m'envoyer un cheeseburger, là, ai-je avoué.

— Désolé, est intervenu Jaime, pas de cheeseburgers. Mais j'ai à manger. (Il a disparu sous la première tente et en est ressorti avec deux boîtes qu'il nous a données.) Je blaguais, à propos du fourmilier. On ne peut pas allumer de feu pour le cuire. Les soldats Elgen pourraient nous localiser grâce à la fumée. Faites-moi confiance, c'est un régal.

— Je vous crois sur parole, ai-je affirmé.

On a ouvert les boîtes : un sandwich au jambon enveloppé de film alimentaire, un sachet de biscuits à apéritif avec fromage à tartiner, un cake au quinoa, une barre chocolatée, un fruit inconnu au bataillon, une bouteille d'Inca Kola et un yaourt à boire.

— De la vraie nourriture ! s'est réjouie Tessa. *Muchas, muchas gracias.* Ça faisait trop longtemps…

— Oh oui, merci, ai-je ajouté. Je meurs de faim.

— Venez manger sous la tente, nous a invités Jaime. On a à parler.

Il a soulevé la moustiquaire qui protégeait l'autre tente ; on est entrés. L'intérieur était un carré d'environ quatre mètres de côté, encombré de caisses et de tonneaux. Une petite table pliante en plastique contre une paroi de la tente, à côté d'une radio amateur et d'une horloge digitale. Plusieurs longues caisses empilées à côté de la table, avec le mot PELIGRO écrit au feutre dessus.

Jaime s'est servi une gamelle, et on s'est tous assis sur le tapis de sol en vinyle.

— J'aime bien l'Inca Kola, ai-je commenté. Ça a un goût de chewing-gum.

— Ça se trouve, en Amérique ? m'a interrogé Jaime.

— Non. Du moins, pas dans l'Idaho.

— Dommage.

— Et ce fruit, qu'est-ce que c'est ?

— Une grenadelle. Goûte.

Je l'ai épluchée. La chair était grise, on aurait dit de la morve. Je l'ai observée un moment avant de mordre dedans. Pas mauvais, en fait. Tessa, elle, faisait la grimace.

— On dirait du vomi, a-t-elle dit.

J'ai terminé ma grenadelle puis mangé la sienne.

— Je me pose une question, Michael, a dit Tessa. Comment les Amacarra ont-ils su où te trouver ?

— Il y a de ça quelques jours, a expliqué Jaime, quand j'ai vu de la fumée s'élever de la centrale, j'ai demandé à leur chef d'ouvrir l'œil, au cas où ils apercevraient Michael et ses amis.

53

— C'est donc pour ça qu'il connaissait mon prénom…, ai-je compris.

— Oui. Je lui ai parlé de toi. (Se tournant vers Tessa :) Mais je m'étonne qu'il ne m'ait pas parlé de toi.

— La tribu me protégeait.

— Nos affaires ne concernent pas les Amacarra, a enchaîné Jaime. Pourtant, les Elgen leur ont fait du mal.

— Vous sauriez où se trouvent ma mère et mes amis ? l'ai-je interrogé.

— Ta mère et Tanner ont pu rejoindre le lieu de rendez-vous. Ils sont à présent en sécurité, auprès des nôtres.

À ces mots, j'ai ressenti un énorme soulagement.

— Et le reste de l'Électroclan ?

— Ils ont été capturés, m'a annoncé Jaime.

Adieu, le soulagement.

— Par les Elgen ?

— Non. L'armée péruvienne.

— Je ne comprends pas pourquoi ils nous pourchassent.

— Vous avez coupé le courant à tout le pays.

— Vous savez où sont détenus mes amis ?

— Dans une prison de Puerto Maldonado. Cela dit, nous avons la certitude qu'ils seront conduits à Lima pour le procès.

— Quel procès ?

— Le leur. Pour terrorisme.

— Hein ? ! Mais c'est pas nous, les terroristes ! C'est les Elgen. Nous, on leur a rendu service, aux Péruviens !

— Sauf qu'ils ne vous avaient pas demandé votre aide. À leurs yeux, vous leur avez juste coupé le courant.

54

Les magasins et les entreprises ont fermé. Les hôpitaux fonctionnent sur génératrices de secours. La famine menace. La coupure coûte à mon pays des millions et des millions de dollars. Et nous sommes les seuls à savoir que vous avez agi pour le bien.

— C'est injuste.

— En effet. Mais ainsi va le monde : on pend les sages et on glorifie les fous – du moins, de leur vivant.

D'exaspération, je me suis passé la main dans les cheveux.

— Que risquent mes amis ?

— Ils seront sans doute reconnus coupables de terrorisme.

— Mais ce sont tous des ados…

La suite, Jaime l'a prononcée d'une voix douce :

— S'ils sont reconnus coupables, leur âge n'entrera pas en ligne de compte.

— Et donc, ils risquent quoi ? ai-je insisté.

Une hésitation, puis notre ami a avoué :

— Ils seront probablement exécutés.

Mon sang n'a fait qu'un tour.

— Impossible ! ai-je martelé.

— Mon pays a aboli la peine de mort en 1979, sauf pour les cas de trahison et de terrorisme.

— Nous ne pouvons pas les laisser faire. Moi je vais les en empêcher. Combien de soldats y a-t-il sur place ?

— Plus que tu ne peux en affronter. Peut-être quatre mille. Quand bien même notre organisation déciderait de risquer le tout pour le tout et de te venir en aide, nous ne pourrions pas libérer tes amis.

— Une armée, non, ai-je concédé. Mais une souris peut se glisser là où un lion est trop gros pour passer.

— C'est vrai, a confirmé Jaime en me regardant en face.

— Je pourrais me faufiler dans leur prison et les libérer comme à Pasadena.

— Entre les patrouilles et les clôtures, tu ne pourras même pas approcher. Et je suis certain qu'ils ne vont plus tarder à transférer tes amis à Lima.

— Par avion ?

— Non. Ils ont dû être mis au courant des pouvoirs de Tanner : ils n'ont fait venir aucun appareil dans le secteur. Tanner a détruit tous les hélicoptères des Elgen…

— Mais vous disiez qu'il était en sécurité, loin.

— Les Elgen et l'armée péruvienne l'ignorent.

— Donc, est intervenue Tessa, le transfert va s'effectuer par la route.

— Il n'y en a qu'une qui relie Puerto Maldonado à Lima, a précisé Jaime. Une route de montagne, très étroite par endroits. C'est ta meilleure chance de les intercepter. Comme aux Thermopyles.

— Aux quoi ? s'est étonnée Tessa.

— Les Thermopyles étaient un défilé de la Grèce antique où trois cents soldats spartiates ont repoussé des dizaines de milliers de soldats perses. L'endroit était trop étroit pour que l'armée s'y engage de front. Or, peu importent les effectifs si on ne peut faire passer les hommes qu'au compte-gouttes.

— Si on immobilise les camions de tête, ai-je suggéré, les suivants seront coincés.

— Et alors ? m'a pressé Tessa.

— Je profiterai de la pagaille pour aller libérer mes amis en douce.

— Il y aura des gardes, a observé Jaime.

— Je saurai gérer.

— Tu seras tout de même encerclé par une armée entière.

— Si nous disposions des pouvoirs de tout le monde…

Jaime avait l'air sceptique.

— Leurs pouvoirs ne les ont pas empêchés de se faire capturer, a-t-il remarqué.

— Mais si on les amplifiait, ai-je insisté en me tournant vers Tessa. Tu serais capable d'augmenter les pouvoirs de tout le monde en même temps ?

— J'avais l'habitude de faire ça avec un demi-million de rats, alors…

— Si tu multipliais nos pouvoirs ne serait-ce que par dix, Taylor pourrait réinitialiser tous les soldats au même moment, et on pourrait filer en sifflotant. Zeus pourrait détruire n'importe quelle arme. McKenna se transformerait en supernova et ferait fondre tout ce qui bouge.

— Le risque demeure élevé, a repris Jaime. Nous devons demander son avis à la voix.

— Vous pouvez contacter la voix ?

Un petit coup d'œil alentour, par précaution, puis le Péruvien a acquiescé.

— C'est quoi, « la voix » ? nous a questionnés Tessa.

Jaime m'a interrogé du regard, avant de déclarer :

— Nous ne pouvons pas parler de la voix devant elle.

— Vous ne me faites pas confiance ? s'est emportée notre amie. Je vous ai suivi au fin fond de la jungle et vous ne me faites pas confiance ?

— T'emballe pas, suis-je intervenu. Il ne dit pas ça pour t'insulter. Il a juste besoin de certitudes.

— Qu'il en trouve, alors !

Tout à coup, Jaime s'est figé.

— Vous entendez ?

On s'est tus pour tendre l'oreille.

— Non, ai-je répondu.

— Moi non plus, a renchéri Tessa, l'air embêté. En fait, tout semble plutôt paisible.

— Exactement, a confirmé notre ami.

Là-dessus, il s'est levé en nous demandant de l'excuser une minute et il est sorti de la tente.

Sitôt que le rabat de l'entrée s'est refermé, Tessa m'a demandé :

— C'est quoi, la voix ?

Après avoir lorgné vite fait vers la sortie pour m'assurer que Jaime s'était bien éloigné, j'ai chuchoté :

— Après notre évasion de Pasadena, on est rentrés dans l'Idaho. Les Elgen nous ont suivis. On se cachait dans un salon de bronzage quand une femme est entrée et m'a remis un téléphone cellulaire. Au bout du fil, il y avait un homme. Il savait qui nous étions et d'où nous revenions. Il était renseigné à fond sur les Elgen. C'est grâce à lui qu'on a pu venir au Pérou.

— Mais c'est qui ?

— Aucune idée. Tout ce que je sais, c'est qu'il déteste Hatch autant que moi.

— Et pourquoi fait-il tant de mystère ?

— Parce que c'est sa meilleure arme. On ne peut pas combattre un ennemi dont on ignore l'existence.

— Ça se tient, a opiné Tessa. (Inspectant l'intérieur de la tente, elle m'a posé une autre question :) Et si jamais cette voix te disait de ne pas aller au secours de tes amis ?

— J'irais quand même.

— Ils comptent donc tant que ça pour toi ?

— On n'abandonne pas ses amis.

L'espace d'un instant, elle n'a rien dit. Puis elle a repris la parole :

— Ça ne se passait pas comme ça, à l'Académie. On vivait en bonne intelligence parce que le règlement nous l'imposait. Mais en fait, on était tous en concurrence. (Son regard est devenu très sérieux.) Amis ou pas, je ne pense pas que ce soit une bonne idée d'aller affronter une armée. Tu te feras forcément capturer.

— Je n'ai pas le choix, ai-je insisté. Et j'aurai vraiment besoin de ton aide.

Elle a baissé les yeux.

— Je sais pas... Si Hatch me reprend, il me fera payer ma fugue.

— Tessa, je n'y arriverai pas sans toi.

Elle a pris une grande inspiration.

— Je... j'hésite. Je dois y réfléchir.

— Réfléchis-y, ai-je soupiré. Mais quoi que tu décides, j'irai.

Un silence gênant s'est installé entre nous, et je me suis mis à déglutir bruyamment. Au bout d'une minute, j'ai observé :

— Jaime devrait déjà être revenu, non ?

— Il a peut-être eu une envie pressante.

Je suis sorti de la tente. Dans un premier temps, je n'ai rien remarqué. J'ai effectué quelques pas avant d'apercevoir notre ami, étendu sur le sol, immobile.

— Jaime ? l'ai-je interpellé en me dirigeant vers lui. Tessa !

Celle-ci a passé la tête par le rabat de la tente.

— Qu'est-ce qu'il y a ?

— Jaime est allongé par terre.

— Il a fait une crise cardiaque ?

Mais là, quelqu'un a crié :

— Les mains sur la tête, tout le monde dehors ! Exécution !

Je me suis tourné dans la direction d'où provenait la voix : un escadron de gardes Elgen s'extrayait de la jungle. Leurs armes braquées sur nous.

— Exécution ! a répété l'homme. Tous les deux. Ou nous ouvrons le feu.

— Je ne retournerai pas avec eux, a affirmé Tessa, terrorisée.

Elle s'est réfugiée sous la tente.

— Ne tirez pas, ai-je réclamé en mettant mes mains sur ma tête.

— Ne tente rien, Vey, m'a répliqué un autre garde. Ou on t'allume. Et puis dis à la fille de sortir avant qu'on canarde la tente.

— Tessa, sors ! Ils vont tirer.

— Tessa ? s'est étonné un garde à ma gauche. Tu veux dire… *Tesla* ?

Je ne lui ai pas répondu.

— Jackpot, les gars, a-t-il alors claironné. Deux pour le prix d'un : Vey *et* Tesla. Hatch va sauter au plafond.

Tessa est sortie lentement de la tente. Elle tremblait de peur.

— Ma jolie petite Tessa, lui a lancé le garde en grinçant des dents, tu te souviens de moi ? Carvelle. (Il s'approchait d'elle.) J'ai toujours eu un faible pour les rouquines. Mais toi, tu as préféré nous quitter. Hatch a tellement crisé, quand tu as disparu, qu'il a donné ton garde du corps à manger aux rats. C'était mon cousin.

Tessa a dégluti. Elle avait le teint pâle, comme si elle allait s'évanouir.

— Quelqu'un a contacté la base ? a demandé un autre garde.

— Ça ne capte pas, l'a informé un collègue. Faudra attendre d'être à la rivière.

— Regardez cette tour ! s'est soudain exclamé un autre. Ils devaient communiquer avec quelqu'un.

— Tâchons de découvrir avec qui, a décidé le capitaine. Fouillez les tentes.

Quatre gardes se sont immédiatement exécutés.

J'étais agité de tics, et mon électricité crépitait à fond, comme toujours en pareille situation. Mais avec Tessa à côté de moi, c'était du délire. J'avais même des étincelles qui me remontaient des chevilles aux cuisses.

— Arrête ça ! m'a hurlé un garde.

— C'est plus fort que moi, lui ai-je expliqué.

— Je vais t'aider, moi, a pesté un autre.

Soudain, deux fléchettes jaune et rouge m'ont atteint dans les côtes.

Je me suis effondré en grognant. Les étincelles fusaient toujours. Les fléchettes ont commencé à fumer, puis ont explosé. Mon énergie est immédiatement revenue.

— C'est Tesla, a compris Carvelle. Elle le rend plus électrique.

Trois fléchettes ont touché mon amie. Puis j'en ai reçu trois autres. Tessa s'est écroulée à deux mètres de moi. Mon électricité s'est arrêtée.

Mon amie était à bout de souffle, tant elle souffrait. Ma douleur était atroce, mais pour elle ça semblait insoutenable.

— On bouge, a ordonné le capitaine. Pedro, Pair et Sanchez, occupez-vous de la radio. Trouvez avec qui ils communiquaient. Je veux les codes, les registres et les fréquences. Ensuite, on emporte tout.

— À vos ordres, mon capitaine.

— Johnny et Ryan, vous vous chargez de Vey. Mains dans le dos et RESAT. Et faites gaffe, il est rusé. Carvelle, vu que Tessa et vous êtes si bons amis, je te la confie. RESAT pour elle aussi.

— Avec joie, a déclaré l'intéressé en sortant un appareil de son sac. Je vais te le régler un peu fort, histoire que tu ne t'amuses pas trop, ma belle. Chaque fois que tu crieras de douleur, je veux que tu penses à mon cousin, dans le bol.

Tessa a fondu en larmes.

Les hommes m'ont fixé un RESAT à la jambe, puis m'ont couché sur le ventre et m'ont lié les bras dans le dos.

— On lui ligote les jambes aussi ? a demandé l'un des deux.

— Seulement si tu as envie de te le trimbaler sur le dos, lui a répliqué son collègue.

— Je passe mon tour, s'est esclaffé le premier en me tapant sur la tête. Désolé, mon gars. Pas de passe-droit.

Du coin de l'œil, j'ai aperçu Tessa en train de subir le même sort que moi. Elle pleurait toujours, néanmoins elle ne luttait pas. Elle semblait avoir du mal à respirer. Son RESAT était réglé bien trop fort.

Quand on a été garrottés, les gardes ont traîné Tessa, sur le dos, jusqu'au milieu du camp et l'ont allongée à côté de moi. Puis ils sont allés participer à la fouille des tentes, nous laissant sous la surveillance de deux hommes. Ils ne risquaient rien : avec les RESAT, on arrivait tout juste à respirer, alors pour s'enfuir…

Au prix d'un certain effort, j'ai pu me tourner vers Jaime. Immobile comme il était, je me demandais s'il n'était pas mort. Mais je n'avais pas entendu de coup de feu et on lui avait attaché les mains. Or on ne fait pas ça avec un cadavre. Bref, c'est là que j'ai repéré la fléchette plantée dans sa hanche. Rien à voir avec celles des RESAT, plutôt une aiguille. Les gardes l'avaient endormi. Bien sûr… Les Elgen ne tuaient leurs ennemis que si ceux-ci n'avaient rien à leur offrir. Ce qui n'était pas le cas de Jaime. Ils comptaient sûrement le torturer pour lui arracher des infos. Ils le briseraient pour qu'il leur parle de la voix. Alors ils sauraient tout. Notre cause serait fichue.

À ce moment-là, j'ai avisé autre chose. Un objet par terre à côté de lui. La petite télécommande noire des tourelles était tombée de sa poche.

— Tessa, ai-je chuchoté.

Seuls ses yeux se sont tournés vers moi. Ses joues étaient maculées d'un mélange de larmes et de terre.

À grand-peine, j'ai inspiré à fond.

— Quoi qu'il arrive, ne bouge surtout pas. Surtout pas. Compris ?

Du regard, j'ai désigné la télécommande.

Elle l'a repérée. Malgré la peur, elle a cligné des paupières pour signifier qu'elle avait compris.

À plat ventre, j'ai commencé à ramper vers Jaime. Si je m'approchais suffisamment, j'arriverais à activer la télécommande avec mes mains. Mes déplacements étaient lents et douloureux. Après chaque effort, je devais me reposer, tout en espérant que les gardes n'avaient pas vu mon manège et que leurs collègues n'avaient pas terminé la fouille. J'étais à soixante centimètres de la télécommande quand les gardes sont sortis des tentes, les bras chargés de papiers et de matériel.

— Nous avons trouvé le coffre au trésor, messieurs, a triomphé le capitaine.

Un de ses hommes a jeté un coup d'œil dans ma direction.

— Il fait quoi, lui ?

— Il cherche à récupérer ce machin, a affirmé un autre en désignant la télécommande.

— De quoi s'agit-il ? est intervenu le capitaine. Apportez-moi cet objet.

Avec toutes les forces qu'il me restait, j'ai effectué une roulade latérale.

— Attrapez-le ! a hurlé le capitaine.

Me cambrant légèrement, j'ai pu saisir l'appareil. À l'instant où le premier garde allait me tomber dessus, j'ai appuyé sur le bouton. Les mitrailleuses se sont aussitôt mises à cracher.

— Embuscade ! a lancé un homme avant de s'écrouler, criblé de balles.

Celles-ci sifflaient au-dessus de moi. L'une d'elles a même arraché un pan de mon tee-shirt.

Les gardes gueulaient en mode panique et aggravaient leur cas en courant récupérer leurs armes. La fusillade n'a pas dû durer vingt secondes, mais elle m'a paru beaucoup plus longue. J'ai fermé les yeux jusqu'à ce qu'elle cesse. Assailli par la fumée nauséabonde qu'elle dégageait, je luttais contre la toux. Je n'osais même pas bouger la tête pour voir s'il y avait des survivants. J'avais peur de me tourner vers Jaime et Tessa.

Après environ trente secondes de calme, j'ai rappuyé sur le bouton de la télécommande, puis lentement levé la tête afin de voir la tourelle. Sa loupiote était éteinte. J'ai poussé un soupir de soulagement et me suis rallongé, le corps au supplice. Les gardes Elgen gisaient autour de moi, inertes.

Petit coup d'œil à Tessa. Elle tremblait.

— J'ai éteint les capteurs, lui ai-je indiqué d'une voix rauque.

Elle a tenté de me répondre, mais n'en était pas capable. Elle était trempée de sueur, comme si elle avait pris une douche tout habillée. Son RESAT allait la tuer. Mais je pouvais à peine bouger moi-même, et je doutais d'arriver à me défaire de mes liens, quand bien même je réussirais à m'approcher d'un garde et à lui prendre son couteau.

Seule solution : Jaime. Je devais lui retirer sa fléchette. J'ai roulé sur moi-même jusqu'à lui. Les mains toujours dans le dos, j'ai fini par localiser le projectile et le retirer. Il ne restait plus qu'à attendre que Jaime se réveille.

– 5 –

Au cœur des ténèbres

P rès d'une demi-heure s'est écoulée avant que Jaime ne bouge. Cinq minutes avant qu'il ne se réveille, Tessa s'est mise à convulser ; ses yeux se sont révulsés ; elle s'est évanouie. Je me suis approché d'elle et j'ai tenté de dégommer son RESAT à coups de pied, mais j'étais trop faible.

Là, notre ami péruvien a grogné, a soulevé les paupières.

— Jaime, l'ai-je interpellé.

Il a tourné les yeux vers moi.

— Aide-nous.

Il s'est assis et a découvert les cadavres des gardes.

— Que s'est-il passé ?

— Éteins-moi ce truc, ai-je soufflé en lui désignant du regard mon RESAT.

Il s'est approché de moi à genoux, les mains toujours liées dans le dos.

— Je peux te le retirer, a-t-il affirmé.

— Non. Si tu ne l'éteins pas d'abord, il se met au max et ça peut me tuer.

— Où est le bouton OFF ?

— Ce garde, là-bas, c'est lui qui me l'a installé, il a forcément la télécommande sur lui.

Jaime a rampé vers l'homme en question et l'a fouillé.

— Je crois que je l'ai !

— Vas-y.

Mon RESAT s'est éteint. J'ai pu inspirer à fond, puis j'ai balancé des volts pour faire fondre mes liens. Après, je me suis approché de Carvelle pour éteindre le RESAT de Tessa. Elle a immédiatement avalé une grande goulée d'air, comme si elle remontait à la surface. Je lui ai retiré son appareil et l'ai jeté dans la jungle.

— Détache-moi, a réclamé Jaime.

Je me suis approché de lui. En prenant bien soin de ne pas le toucher, j'ai fait fondre ses liens.

— *Gracias*, a-t-il dit en s'étirant les bras et se massant les poignets. *Muchas gracias.*

Je suis retourné auprès de Tessa. Elle n'avait toujours pas rouvert les yeux. Je lui ai délicatement nettoyé les joues. Elle a battu des paupières, puis les a ouvertes. Elle me regardait dans les yeux, encore trop faible pour parler.

— Ça va aller ? lui ai-je demandé.

Encore quelques inspirations, et elle a soufflé :

— Oui.

— Je m'occupe de tes liens.

Avec l'aide du pouvoir « multiplicateur » de Tessa, ils n'ont pas fondu, ils se sont carrément vaporisés. Elle a alors porté les mains à sa figure et pleuré. Je l'ai serrée contre moi ; elle a enfoui son visage dans ma poitrine. Quand elle a été remise, elle m'a confié :

— J'ai cru que j'allais mourir.

— Qu'est-ce qui s'est passé ? a demandé Jaime. Qui a tué les gardes ?

— La télécommande de ton système de protection était tombée de ta poche. J'ai appuyé sur le bouton.

— Tu es très malin, m'a complimenté mon ami d'un air admiratif. Très, très malin. (Avisant les papiers éparpillés à travers le campement et la radio qui gisait non loin, il m'a demandé, la mine grave :) Sommes-nous découverts ?

— Aucune idée. Je les ai entendus dire que ça ne captait pas.

— *Madre de Dios. Esquivar una bala.* On a eu de la chance. Maintenant nous devons filer. Les Elgen se déplacent comme les *lobos*, en meute. Et leurs radios sont équipées d'appareils de pistage. Tâchons d'être partis avant que l'absence de ces gardes soit découverte.

— Pour aller où ?

— Il nous faut contacter la voix. On ne va pas pouvoir transporter le relais. Donc, nous devons trouver une montagne.

— Où ça ?

— À l'ouest d'ici. Ça nous rapprochera également de la route que l'armée va emprunter pour rallier Lima.

— Il va falloir marcher longtemps ?

— Plusieurs jours sans équipement. Or nous avons pas mal de matériel à emporter. La radio et le décodeur sont très lourds. On va avoir besoin d'armes et de munitions. Sans compter la nourriture. (Un soupir.) Il m'a fallu un mois pour tout acheminer ici. Nous ne devons pas traîner. Et il faudra brûler tout ce que nous laisserons.

— Les Elgen ne risquent pas d'apercevoir la fumée ? s'est inquiétée Tessa.

— Si, mais comme on ne pourra pas tout prendre, c'est un risque à courir.

Tessa s'est relevée à grand-peine.

— Aide-moi à emballer les provisions, Tessa. Michael, les Elgen nous ont rendu service. Tu veux bien faire un tas de tout ce qu'ils ont sorti ? Ensuite on l'arrosera d'essence.

— Ça marche.

Mes deux amis ont disparu sous la tente, pendant que je ramassais tous les papiers et les registres que les gardes avaient récupérés. Je les ai entassés au milieu de la clairière, avec de grosses branches par-dessus.

Au moment où j'en terminais, Jaime et Tessa sont ressortis avec trois sacs à dos volumineux. Jaime a retiré deux ceintures de munitions aux gardes et les a passées autour de sa taille. Je lui ai pris un des sacs, on les a transportés à l'extérieur de la clairière. Alors, je me suis retourné vers le campement.

— On est prêts pour le feu ? ai-je demandé.

— *Sí*, m'a répondu Jaime.

J'ai posé mon sac par terre et suis allé vider trois bidons d'essence sur mon bûcher. J'ai créé une boule de foudre que j'ai projetée dessus. Des flammes ont jailli, aussi grandes que moi. Une fumée noire montait vers la cime des arbres.

— *Pronto*, a déclaré Jaime. Nous venons de révéler notre emplacement. Ne traînons pas.

J'allais passer mon sac sur mon dos, quand une idée m'est venue.

— Attends voir. Les tourelles…

— Quoi, les tourelles ? m'a interrogé Jaime.

— Est-ce qu'elles ont un retardateur ?

— Un retardateur ? Mais pourquoi ? (Un sourire entendu a illuminé son visage.) Ah, *entiendo*.

Il est retourné s'affairer sur l'ordi des sentinelles. À son retour, il a sorti la télécommande, appuyé sur le bouton, puis l'a jetée dans les sous-bois.

— Trente secondes, ça devrait suffire, a-t-il estimé.

— Il a fait quoi ? m'a demandé Tessa.

— Il a activé le retardateur des tourelles. Comme ça, si une patrouille Elgen pénètre dans le campement, ils auront le temps d'être tous à portée de tir.

— T'es un futé, toi, m'a-t-elle félicité.

— Allez, petit malin, a conclu Jaime, *vámonos* !

– 6 –

Journée humide

N otre marche forcée dans cette jungle épaisse était pénible et épuisante, surtout après tout ce qu'on venait de vivre. Il faisait chaud et humide, nous-mêmes étions trempés de sueur.

Une heure après le départ, on a entendu le crépitement des sentinelles.

— On dirait que les Elgen ont trouvé notre camp, a commenté Tessa.

— Ou alors c'est un singe, ai-je nuancé.

— Pauvres singes.

On a marché comme ça toute la journée, puis la nuit, à la lueur de nos halos. Jaime connaissait bien la jungle et, armé d'une machette et d'une boussole, il nous imposait un rythme d'enfer. Il devait bien être 2 heures du matin quand Tessa s'est brusquement immobilisée.

— Faut que je m'arrête, a-t-elle soufflé. J'en peux plus.

— Pareil pour moi, ai-je renchéri. Je suis vanné.

Jaime s'est tourné vers nous.

— OK. Dormons quelques heures. Mais pas trop longtemps.

— C'est toujours mieux que rien, a affirmé Tessa en laissant tomber son sac à dos.

J'ai retiré le mien aussi. Les courroies m'avaient scié les épaules.

— La tente et le tapis de sol sont dans le sac de Tessa, a dit Jaime Elle est assez grande pour deux.

Sur ce, il s'est assis, dos à un tronc d'arbre, en veillant bien à ne pas écraser d'insectes.

— Mais, et toi ? l'ai-je interrogé.

— Je dois monter la garde. Nous ne pouvons prendre aucun risque.

Je culpabilisais. Je savais qu'il était aussi lessivé que nous.

— Merci, ai-je dit.

— C'est mon boulot.

Tessa a sorti de son sac une petite tente de nylon et un tapis de sol enroulé. Il n'y avait pas de couvertures, mais vu la chaleur qui régnait dans la jungle, ça n'était pas nécessaire.

Jaime nous a donné des indications pour dresser la tente, après quoi Tessa et moi sommes entrés à l'intérieur. J'ai ôté mon tee-shirt, puis on s'est allongés. Le sol était chaud et spongieux.

— Ça me tue, le boucan qu'il y a dans la jungle, la nuit, ai-je déclaré.

— C'est maintenant que la plupart des bêtes chassent, m'a expliqué mon amie. Ou se font chasser.

— Comme nous, donc, ai-je commenté avec un profond soupir. J'ai du mal à me dire qu'il ne s'est écoulé qu'une journée depuis notre départ précipité du village. On a fui l'armée péruvienne en pirogue, on a traversé la jungle, on s'est fait capturer par les Elgen, ils ont détruit le camp de Jaime et on a de nouveau pris la fuite. C'est mille fois plus de péripéties que ce que j'ai pu vivre en quatre ans de collège, à Meridian.

— Je n'aurais rien contre un peu plus de monotonie, a avoué Tessa en se tournant vers moi. Tu penses qu'on retrouvera un jour une vie normale ?

— Si Hatch arrive à ses fins, plus rien ne sera normal.

— Comment ça ?

— Il veut changer le monde.

— Une personne seule ne peut pas changer le monde, m'a-t-elle rétorqué.

— Bien sûr que si. À la base, toute idée naît dans le cerveau d'une seule personne.

— Tu as raison, a-t-elle convenu. (Un petit silence, puis :) D'après toi, comment les Elgen nous ont-ils retrouvés ?

— Sans doute grâce à des compteurs électriques.

— Ah oui, je n'y pensais plus. Une fois, les gardes s'en sont servis pour retrouver Torstyn qui était sorti chasser. Alors, ils sont peut-être encore sur notre piste.

— C'est sûrement pour ça que Jaime est si pressé. Mais ne t'inquiète pas. La dernière fois, ils ont eu un coup de bol. La jungle est immense, et tous leurs hélicos sont HS. On est comme une aiguille dans un méga-tas de foin.

— J'espère que tu as raison. (Sur ce, elle a fermé les yeux.) Bonne nuit, Michael.

— Bonne nuit, Tessa.

— Merci de m'avoir sauvé la vie.

Il faisait encore nuit quand Jaime m'a réveillé.

— Nous devons partir, a-t-il affirmé.

J'ai mis quelques instants à me rappeler où j'étais. La jungle était toujours incroyablement bruyante. Je me suis assis et j'ai bâillé.

— Tu as pu dormir ? ai-je demandé à Jaime.

— Non. Je dormirai ce soir.

J'ai réveillé Tessa le plus délicatement possible.

— Quoi ? a-t-elle râlé.

— *Vámonos !* a lancé Jaime.

— Hein ?

— C'est l'heure, on y va, ai-je explicité.

Elle a enfin ouvert les paupières.

— Mais on s'est couchés il y a deux minutes à peine !

— Trois heures, l'a corrigée Jaime. Je suis désolé, nous devons conserver notre avance sur les Elgen.

— Eux aussi, ils dorment, a-t-elle répliqué en se pelotonnant. Revenez quand il fera jour.

De frustration, Jaime a lâché :

— Tu dormiras quand tu seras morte.

Je me suis tourné vers lui, choqué.

— Ça n'est pas comme ça que vous dites, en Amérique ?

— Pas vraiment, non. Debout, Tessa, ai-je repris. Jaime, lui, a carrément passé une nuit blanche.

— Je m'excuse, a-t-elle bredouillé. Je suis ronchonne quand je ne dors pas assez.

On a roulé le tapis de sol, replié la tente, fourré le tout dans le sac de Tessa et on est repartis.

On longeait la rivière. Il aurait été plus facile et rapide de marcher sur la berge, mais on préférait se tenir à l'écart de l'eau. J'ai vite découvert pourquoi. Un peu avant le lever du soleil, on s'est arrêtés au sommet d'une colline pour se reposer. Jaime s'est absenté quelques minutes puis est revenu en disant :

— Surtout, aucun bruit.

Il m'a conduit à l'endroit où la colline commençait à descendre vers la rivière. À travers les arbres, j'ai distingué, à quatre cents mètres environ, le Río de Madre de Dios, dont les eaux marron pâle scintillaient au clair de lune. Jaime m'a fait signe d'écouter ; j'ai tendu l'oreille. Quelque part, au loin, grondait un moteur de hors-bord. Peu après, mon ami me désignait l'embarcation du doigt.

Un hors-bord rempli de gardes Elgen est passé à toute allure. Équipés de projecteurs et de mitraillettes, ils scrutaient les berges.

— Une patrouille, a expliqué Jaime. C'est le second bateau Elgen que je vois.

— Tant qu'ils ne débarquent pas, on ne risque rien, pas vrai ?

— Nous allons malgré tout devoir traverser la rivière pour rejoindre la route.

Le Río de Madre de Dios m'a soudain paru bien large.

— À la nage ?

— *Sí.*

— Mais elle n'est pas infestée de caïmans et de piranhas ?

— De serpents, aussi, a complété Jaime.

— Au moins, on sait à quoi s'attendre...

De retour à notre « camp », on a trouvé Tessa assise sur une branche d'arbre, en train de manger de la viande séchée.

— *Vámonos !* lui ai-je lancé.

— Pitié, tu ne vas pas t'y mettre aussi, a-t-elle pesté. C'est déjà pas marrant quand c'est ton copain qui le dit... Vous étiez où, d'ailleurs ?

— Jaime voulait me montrer la rivière. Les Elgen patrouillent en hors-bord.

— À un moment, j'ai cru que vous m'aviez abandonnée.

J'ai souri.

— Cru ou *espéré* ?

— Pourquoi voudrais-tu que j'espère un truc pareil ?

— Pour pouvoir dormir.

— Je dormirai quand je serai morte.

On a marché toute la journée, avec de brèves pauses casse-croûte. Jaime parlait peu et, malgré le manque de sommeil, maintenait une bonne allure. Tessa était plus forte qu'elle ne le paraissait : on avait peut-être eu du mal à la tirer du sommeil, mais une fois lancée, impossible de l'arrêter. Le soleil allait bientôt se coucher quand j'ai vu que Jaime titubait d'épuisement.

— Vous avez besoin de dormir, lui ai-je dit.

— Non, nous devons continuer.

— Vous ne pouvez pas marcher comme ça indéfiniment.

Il a regardé autour de lui quelques instants, puis a acquiescé :

— OK, monsieur Michael. On va camper ici. Je prends le premier tour de garde.

— Non. Vous avez besoin de sommeil. Autant que nous.

Il me scrutait d'un air angoissé.

— Écoutez, ai-je insisté, personne ne va nous repérer.

Jaime a pris une grande inspiration, avant de céder :

— OK, OK.

On s'est trouvé un fourré où monter la tente, qu'on a ensuite couverte de feuilles et de lianes. Un vrai camouflage de pro. Ensuite, Jaime a ramassé des feuilles mortes et les a répandues en cercle autour du campement.

— Pourquoi vous faites ça ? l'ai-je interrogé.

— Si quelqu'un approche, on l'entendra.

— Épuisé comme je suis, il faudrait au moins de la dynamite pour me réveiller.

— Et moi une bombe atomique, a renchéri Tessa.

On est rentrés sous la tente ; Jaime a tendu un rideau de branchages devant le rabat. On était serrés comme des sardines, mais au moins on était au sec. Jaime s'est endormi sitôt qu'il a été allongé. Manque de chance, il ronflait comme une tronçonneuse. Tessa s'est esclaffée :

— Bravo, le camouflage !

Malgré ce boucan, elle aussi s'est endormie rapidement. Mon visage près du sien, je suis resté un moment à l'observer. Ça me faisait bizarre : je ne savais quasiment rien d'elle, et pourtant je me sentais très proche de cette fille. Les épreuves, ça soude. Bref, j'étais là à la regarder, et je me suis mis à penser à Taylor. Je me demandais si les soldats lui faisaient du mal. Rien que d'y songer, mes tics me reprenaient. J'ai chassé cette idée de ma tête. Je ne pouvais rien pour elle en ce moment, et j'aurais tout le temps de m'en inquiéter plus tard. Pour l'instant, dans notre petite grotte de nylon, et pour la première fois depuis une éternité, je me sentais en sécurité. J'ai fermé les yeux et me suis endormi.

Le soleil était déjà levé quand je me suis réveillé. Il était même assez haut dans le ciel. J'étais bien reposé. À côté de moi, Tessa m'observait.

— Salut, beau gosse. Tu comptes dormir toute la journée ?

— Si possible, oui.

— Désolée, ça va pas le faire. Tu dormiras quand tu seras mort.

J'ai souri et me suis assis.

— Où est Jaime ?

— Parti chercher de l'eau. Il m'a dit de te donner ça pour le petit déjeuner, au cas où par miracle tu te réveillerais. (Elle m'a tendu une boîte avec dedans un pain au lait, des bananes et de la papaye séchées.) Le pain, tu vas adorer. D'après Jaime, il est à la farine de châtaigne. J'ai failli manger le tien et te faire croire qu'on n'avait que de la cervelle de singe à se mettre sous la dent.

— Ah oui ? Et qu'est-ce qui t'a retenue ?

— Sais pas…

On commençait à démonter la tente quand Jaime est revenu.

— *Buenos días, hermanos.* J'ai trouvé de l'eau.

Il m'a passé une gourde froide. Je l'ai d'abord proposée à Tessa. Elle a bu goulûment.

— La vache, elle est gelée ! s'est-elle exclamée.

— *Sí.* Elle provient d'une source.

Tessa m'a rendu la gourde. L'eau était non seulement froide, mais douce et délicieuse.

— Elle est excellente, ai-je commenté.

— L'eau de la région est très bonne, à condition de savoir la trouver, a déclaré Jaime.

J'ai rebouché la gourde puis demandé le programme de la journée à notre ami.

— Nous ne sommes plus très loin d'une montagne, a-t-il annoncé. Cet après-midi, nous installerons la radio.

À cette idée, le courage m'est revenu.

— Et on pourra parler à la voix ? ai-je insisté.

— Je l'espère.

— Dans ce cas, on y va. *Vámonos !*

— *Vámonos !* a répété Jaime.

— Je ne supporte décidément pas ce mot, a râlé Tessa.

On a terminé de ranger nos affaires et on a repris la route. La pente avait beau être forte, la nuit de sommeil nous avait requinqués. On a atteint le sommet vers 15 heures. De là, on dominait la forêt.

— C'est ici que nous allons installer notre camp, a annoncé Jaime.

Tessa et moi avons monté la tente, pendant que lui s'occupait de la radio. Tessa s'est ensuite glissée sous la tente pour se reposer et je suis allé voir si Jaime avait besoin d'un coup de main.

— Je peux faire quelque chose ?

— *Sí.* Il faudrait que tu grimpes à un arbre, le plus haut possible, en tenant ça.

« Ça », c'était un rouleau de câble fin. Je m'en suis saisi.

— À quoi ça sert ?

— C'est l'antenne de la radio. Je suis trop lourd pour atteindre une hauteur suffisante, sinon j'irais moi-même.

— Pas de problème, lui ai-je assuré.

Sur ce, je me suis mis à inspecter les arbres environnants pour déterminer lequel serait le plus approprié. Après quoi j'ai noué le bout du câble à un passant de mon pantalon.

— Souhaitez-moi bonne chance, ai-je lancé à Jaime.

— Sois prudent. Les branches seront peut-être humides. Ne tombe pas.

— Je n'y comptais pas.

Le tronc de l'arbre devait dépasser un mètre de diamètre, et son écorce était lisse et grise. J'ai pu escalader une quinzaine de mètres avant que les branches ne deviennent trop minces pour supporter mon poids.

— Ça va comme ça ? ai-je crié à Jaime qui m'observait depuis le sol, à côté de Tessa qui avait fini sa mini-sieste.

Un doigt sur les lèvres, il m'a fait signe que oui. J'ai fixé le câble aussi haut que j'ai pu, puis je suis redescendu. Il faisait beaucoup plus sombre en bas ; le soleil se couchait.

— T'es un vrai singe, toi, a dit Tessa. Tu m'impressionnes.

— J'ai toujours aimé grimper aux arbres près de chez moi, ai-je répondu avant de me tourner vers Jaime : Désolé d'avoir crié.

— Nous devons être prudents, a-t-il dit. Les Elgen sont en chasse. Je ne pense pas qu'ils soient dans le secteur, mais ce ne serait pas la première fois que je me tromperais.

— Est-ce qu'on peut appeler la voix, maintenant ?

Petit coup d'œil à sa montre, puis :

— Dans un moment. D'abord, mangeons.

On a regagné la tente.

— C'est quoi, le menu ? ai-je voulu savoir.

— Des sandwiches, m'a informé Tessa.

— Encore ? Pas de pizza ?

Elle m'a souri en me tendant un sandwich.

— J'avais presque oublié que ça existait, la pizza. Une bonne grosse part avec plein de fromage, ça serait pas super, là ?

— Tu m'étonnes ! Avec un milk-shake au chocolat.

— Arrête, tu me tortures.

— Tu savais que, en Italie, « peperoni » se dit *salame piccante* ?

— *Salame piccante* ? « Saucisson piquant » ? Non, je l'ignorais. D'où tu sais ça, toi ?

— J'ai visité l'Italie, quand je faisais partie de la « famille » du Dr Hatch. J'ai fait le tour du monde.

— Ah, ai-je acquiescé. J'oublie tout le temps que tu as été une des leurs.

— Une des leurs ? s'est-elle indignée. Qu'est-ce que tu entends par là ?

Sa réaction m'a pris de court :

— Euh, rien de précis…

— Ne me juge pas. J'avais neuf ans quand ils m'ont enlevée. S'ils t'avaient kidnappé à cet âge-là, toi aussi tu serais devenu un des leurs.

— Je ne te jugeais pas, lui ai-je assuré.

— C'est pas ce qui m'a semblé.

— Désolé. Excuse-moi.

Jaime a consulté sa montre.

— C'est l'heure. Nous pouvons contacter la voix.

Tessa s'est un peu détendue.

Jaime a sorti une petite lampe torche de sa poche et nous a conduits à la radio. Il s'est installé devant le poste.

— Michael, à ma gauche, m'a-t-il indiqué.

Je me suis assis. Il m'a passé la prise électrique de la radio.

— Tiens-la, mais n'envoie pas trop de volts. Tu risquerais de griller l'appareil. Tessa, n'augmente pas son électricité.

— Je ferai de mon mieux.

Elle est allée s'asseoir à l'écart.

Jaime m'a tendu un casque que j'ai mis sur ma tête. Lui aussi en avait un. Il m'a fait signe d'envoyer le courant. J'ai balancé quelques volts et les voyants de la radio se sont éclairés.

— Un peu moins, a réclamé Jaime.

J'ai diminué l'intensité. Jaime a actionné quelques boutons, puis composé un code. Mes écouteurs ont craché des parasites. Le Péruvien a commencé :

— Paratonnerre, ici Croix du Sud. À vous.

Il y a eu trois bips, puis une voix a répondu :

— Croix du Sud, nous vous recevons. Confirmez.

— *Diez, uno, uno, uno, nueve, seis, dos.*

— Confirmé. Un instant, je vous prie.

Une pause, puis *la voix*, celle que je connaissais, a pris la parole :

— Croix du Sud, faites le point, je vous prie.

— Nous sommes dans la jungle, mais en sécurité.

— Avez-vous des pierres précieuses ?

— Un diamant et une tourmaline.

— Une tourmaline ? Voilà qui n'était pas prévu, mais nous nous en réjouissons.

— Oui, ç'a été une surprise.

— Avez-vous rencontré la moindre résistance ?

— Nous avons échappé à une attaque. Nous avons été obligés d'abandonner la base.

— Le protocole a-t-il été suivi ?

— Oui, monsieur. Tout a été détruit ou emporté.

— Bien. Nous avons appris que Hatch a été convoqué à leur base. Le président est très mécontent de lui. Nous pensons qu'il va être éliminé.

— *Madre de Dios !* s'est exclamé Jaime. Il y a *mucho* de quoi faire la fiesta.

J'en ai profité pour m'emparer du micro.

— Ici Michael. Est-ce que vous avez ma mère ?

— Ne donne pas ton nom sur les ondes, m'a rembarré la voix.

— Pardon.

— Elle est en sécurité.

— Je peux lui parler ?

— Elle n'est pas près de moi.

— Que savez-vous sur mes amis ?

— Ils ont été capturés par l'armée péruvienne et sont retenus sous très bonne garde à Puerto Maldonado. Nous pensons qu'ils vont être transférés à Lima pour leur procès.

— Nous devons les libérer, ai-je affirmé.

— Nous ne croyons pas que ce soit judicieux. Pour l'heure, notre meilleure option est la voie diplomatique. Nous avons des contacts au consulat.

— Vous pourrez les faire sortir ?

Une pause.

— Nous ferons de notre mieux.

— Et je suis censé comprendre quoi ?

— Je ne vais pas te mentir : ce n'est pas gagné d'avance. En revanche, c'est beaucoup moins risqué que de s'attaquer à toute une brigade de militaires péruviens. Ça, ce serait du suicide.

— Suicide ou pas, je dois tenter de les sauver.

— Nous ne pouvons t'y encourager. Quand nous vous avons fait venir au Pérou, tes amis et toi, nous savions que nous prenions un gros risque. Mais vous avez réussi : vous avez détruit la plus grande centrale des Elgen, libéré ta mère et vous vous êtes enfuis. Ce succès a toutefois un prix, comme tous les succès. Tu dois l'accepter.

— Je ne peux pas accepter d'abandonner mes amis. Je vais les libérer.

— Nous te l'interdisons. Ce serait…

Je n'ai pas écouté la suite. J'ai retiré mon casque et rendu le micro à Jaime. Celui-ci m'observait, l'air gêné. Quelques instants plus tard, il a repris :

— Il ne vous écoute pas… Oui, monsieur… Oui, monsieur. Terminé.

Sur ce, il a éteint la radio.

— Il a dit quoi ? lui ai-je demandé.

— De faire de mon mieux pour te dissuader d'intervenir.

— Je vous souhaite bien du courage.

— Mais, Michael…

— Je pars les libérer, me suis-je emporté. Vous êtes avec moi, ou pas ?

Jaime me regardait sans rien dire. Tessa a baissé les yeux.

Mon visage a été pris de tics, j'ai porté la main à ma joue.

— Très bien. J'irai tout seul.

Jaime a croisé les bras et riposté :

— Et comment comptes-tu faire sans moi ? Ne serait-ce que pour t'orienter ?

— Je sais qu'il faut traverser la rivière. Ensuite, je marcherai jusqu'à ce que je tombe sur la fameuse route.

— Et si tu te fais prendre ?

Rivant mon regard au sien, j'ai asséné :

— Je leur révélerai tout ce que je sais au sujet de la voix.

Jaime a tressailli.

— Tu ne ferais pas ça !

— C'est la guerre : soit vous êtes mon ami, soit vous êtes mon ennemi. Vous décidez quoi ?

— Nous sommes tes amis. Nous voulons la même chose que toi.

— Je ne crois pas, non.

Jaime est resté pensif un moment, puis il a soupiré lentement.

— Je vais te conduire jusqu'à la route, et ensuite je t'attendrai. Mais si tu échoues, tu dois promettre de ne pas parler de nous.

— C'est d'accord. Tessa, tu es avec moi ?

— Désolée, m'a-t-elle répondu en fronçant les sourcils. Je ne peux pas.

— Tu ne peux pas ou tu ne *veux* pas ?

Elle est restée muette. De colère, je suis retourné à la tente.

Tessa m'a emboîté le pas et saisi par le bras.

— Michael, je suis navrée. C'est juste que... ça n'est pas mon combat.

— Comment ça, pas ton combat ? Tu vis dans le même monde que moi, et les Elgen cherchent à s'en emparer. Si nous, on ne résiste pas, qui va le faire ?

— Les Elgen sont une organisation gigantesque, et nous... deux jeunes et un Péruvien. On ne pourra pas les arrêter, ni même les ralentir. Si tu crois pouvoir affronter une armée entière, c'est que tu es fou. Tu n'es pas Superman.

— Pas Superman, non. Mais fou, oui. Ce sont mes amis. Je *dois* tenter quelque chose.

Tessa me fixait, sans voix.

— Je n'ai pas besoin de toi, ai-je fini par lui lancer. Ni de Jaime.

Sur ce, je me suis glissé sous la tente.

Tessa et Jaime ne m'ont pas rejoint avant un long moment. Ils ne m'ont pas adressé la parole. Jaime ronflait depuis longtemps que moi je ne trouvais pas le sommeil. J'avais l'estomac noué.

La vérité, c'était que j'avais besoin de Tessa. Et de Jaime. Par-dessus tout, j'avais besoin de mes autres amis. Ils me manquaient terriblement.

Deuxième partie

− 7 −

La reddition des magiciens

L e bruit s'était répandu très vite parmi les soldats péruviens, comme quoi les huit adolescents qu'ils recherchaient dans la jungle n'étaient pas de simples terroristes. Ils faisaient partie d'un groupe occulte, l'Électroclan, et pratiquaient la magie noire. La rumeur avait encore enflé quand il était apparu que certains parmi eux brillaient dans le noir.

La culture péruvienne compte beaucoup de superstitions profondes, si bien que, même après que les jeunes s'étaient rendus, un grand nombre de soldats avaient refusé de les approcher. D'autres, malgré les ordres stricts qui leur intimaient de ramener les terroristes vivants, avaient imploré leurs chefs de les abattre et de ne rapporter que leurs cadavres.

La Garde d'Élite des Elgen, qui collaborait avec l'armée péruvienne, avait contribué à propager ces histoires de magie noire parmi les soldats les plus ignorants, dans l'espoir que ceux-ci feraient ensuite pression sur leurs supérieurs afin qu'ils livrent les membres de l'Électroclan aux Elgen.

L'officier Elgen en liaison avec les militaires péruviens était le capitaine Welch, haut gradé de la Garde d'Élite, troisième dans la hiérarchie. Welch avait tenté, en vain, de convaincre, de soudoyer puis de menacer le commandant de la brigade, le général Panchez, pour que celui-ci lui livre les jeunes. Le général s'était montré inflexible. Ses ordres émanaient du sommet de l'État : le président péruvien en personne avait exigé que les membres de l'Électroclan passent devant un juge. La capture des terroristes avait été relayée par la presse du monde entier, et la population du Pérou réclamait justice. En réalité, le président se souciait moins de cela que de sa cote de popularité. Le black-out avait plongé le pays dans la crise, aussi les gens voulaient-ils faire payer leurs souffrances à quelqu'un. En bon politicien, le président savait que si aucune tête ne tombait sous peu, ce serait la sienne que l'on couperait. Quant au général Panchez, il savait que lui-même ne tarderait pas alors à subir le même sort.

Jack et Zeus voulaient toujours en découdre... mais face à cinq cents soldats armés, ils n'avaient eu d'autre choix que de se rendre. C'était Taylor qui avait pris la décision : elle avait arraché un pan de son chemisier blanc et l'avait agité au-dessus de sa tête.

— On abandonne ! avait-elle lancé. On se rend.

Une voix au fort accent péruvien lui avait répondu au mégaphone :

— Levez-vous avec les mains dessus la tête !

— Le bouffon, il ne parle même pas correctement, avait pesté Jack.

— Ce sont des soldats péruviens, lui avait expliqué Ostin. Pas des Elgen.

— C'est bon pour nous, ça, non ? s'était enquise Abigail.

— Pas sûr… On verra bien.

Taylor avait été la première à obéir.

— Ne tirez pas ! avait-elle crié.

Puis, les mains sur la tête, elle s'était levée lentement, bientôt imitée par les autres : Ostin, Jack, Zeus, Abigail, McKenna, Ian et Wade. Sitôt qu'ils avaient été debout, les soldats s'étaient approchés.

— Maintenant sur vos genoux, leur avait ordonné le commandant, un petit gros, chauve, coiffé d'un béret et vêtu d'une tenue de camouflage.

— Décidez-vous, à la fin, avait râlé Jack. On se lève ou on s'agenouille ?

— Fais ce qu'il dit, l'avait mouché Taylor.

Quand tous les membres de l'Électroclan avaient été à genoux, deux patrouilles de soldats avaient apporté des RESAT. Plus de cent hommes braquaient leurs armes sur les adolescents, tandis que leurs collègues – qui n'avaient jamais vu ni utilisé de RESAT de leur vie – fixaient les appareils sur ces « terroristes », y compris sur Ostin, Wade et Jack.

Puis on les avait menottés mains dans le dos et on leur avait entravé les chevilles – la chaîne leur permettait de faire des pas de trente centimètres.

On leur avait également fourré des sacs sur la tête, ce qui avait eu pour effet de les désorienter, à l'exception de Ian, dont la vision « électrique » n'était que légèrement perturbée par son RESAT.

Enfin, les soldats leur avaient passé une longue corde en nylon à la taille et les avaient escortés en file indienne jusqu'aux véhicules qui les attendaient à la lisière de la jungle. Marcher dans ces conditions avait été difficile. Leurs chaînes n'arrêtaient pas de se prendre dans des cailloux et des racines, et tous étaient tombés plusieurs fois. À ce jeu-là, Ostin avait gagné la médaille d'or : huit chutes et une kyrielle d'ecchymoses et de coupures aux bras et aux jambes.

Quand ils avaient été hors de la jungle, les militaires leur avaient enlevé la corde et les avaient conduits chacun à un véhicule différent (toujours menottés, entravés, aveuglés et escortés par plusieurs hommes).

Encadré par deux tanks et plus de quatre-vingts blindés de transport de troupes, le convoi avait ensuite parcouru les neuf kilomètres qui les séparaient de la prison de Puerto Maldonado.

L'armée avait réquisitionné cet établissement pour y incarcérer les terroristes. Il avait fallu réaffecter douze des cinquante-sept occupants des lieux dans deux minuscules cellules, afin de réserver leurs huit cellules d'origine aux nouveaux arrivants. Les soldats avaient également érigé trois clôtures électriques de quatre mètres de haut tout autour de la prison, le long desquelles patrouillaient des maîtres-chiens et plus de cinquante hommes.

Les Elgen avaient prévenu le général des précédentes évasions de ces jeunes. Panchez n'avait voulu prendre aucun risque. Ces petits terroristes ne lui fileraient pas entre les doigts.

Dès leur arrivée à la prison, les soldats avaient pris leurs empreintes digitales, puis les avaient photographiés, avant de les conduire dans leurs cellules individuelles. Ostin était passé le premier. Sitôt qu'il avait été enfermé, il s'était assis sur le sol, avait chassé les moustiques, massé ses contusions et grommelé :

— Moi qui n'avais même jamais été privé de sortie, voilà que je me retrouve en taule.

Au collège, il avait étudié la géographie du Pérou et, comme d'habitude, mémorisé tout ce qui se rapportait au sujet. Y compris l'histoire du pays, la culture inca, son invasion par Francisco Pizarro, l'organisation politique actuelle, les exportations, et jusqu'à l'hymne national, dont il se rappelait encore les paroles. Il se souvenait également que le pays punissait de mort les actes de terrorisme, ce qui l'effrayait dans la mesure où les soldats les traitaient de *terroristas*.

— On ne leur a rien fait, à eux, avait-il pesté en tapant contre les murs (ce qu'il avait immédiatement regretté). On a attaqué ces ordures d'Elgen, pas le Pérou. Rien à voir. Qu'est-ce qu'ils ont contre nous ?

La cellule du garçon était une étuve de trois mètres sur trois, aux murs et au sol bétonnés sur lesquels poussaient des moisissures. À la fenêtre, de gros barreaux rouillés et des planches. Dans un coin, un seau pour faire ses besoins. Au plafond une ampoule nue.

— Il y a forcément un moyen de sortir d'ici. Réfléchis, bon sang, réfléchis.

Ostin se massait les tempes, ça l'aidait toujours.

— Nous devons nous évader. Que sais-je en matière d'évasion ? John Dillinger s'est évadé deux fois de prison. Les magiciens Houdini et David Hoodoo...

Cinq ans plus tôt – Ostin avait alors dix ans –, ses parents l'avaient emmené voir un spectacle de magie de David Hoodoo, à Las Vegas. L'artiste avait réussi à s'extraire d'un coffre-fort suspendu à dix mètres du sol. Il avait également fait disparaître un éléphant sur scène. Ses exploits lui avaient valu un tonnerre d'applaudissements, mais Ostin, lui, enrageait de ne pas comprendre la supercherie. Il s'était juré d'en venir à bout... sans jamais y parvenir toutefois. Rentré dans l'Idaho, il s'était passionné pour les documentaires sur les requins et pour la robotique.

— Ça ne marchera pas, ruminait-il. À Las Vegas, tout était mis en scène. Pas ici.

Il s'était mis à taper sur son RESAT. À leur arrivée à la prison, on leur avait retiré les sacs de leur tête, les menottes et les chaînes, mais pas ces appareils.

— Les crétins, ricanait Ostin en observant le boîtier fixé à sa poitrine. Ils ne savent même pas à quoi ça sert. Le RESAT n'a aucun effet sur les gens normaux. Ça n'est pas un Taser – tout le contraire, même. (Tout à coup, une idée lui était venue.) Et si ce bidule fonctionnait comme un Taser...

Le garçon avait retiré l'appareil de sa poitrine pour mieux l'examiner : des diodes rouges et vertes s'étaient mises à clignoter, puis une sirène stridente avait résonné. Le RESAT était censé s'activer si on le retirait avant de l'avoir éteint. Mais sur un être humain normal, la manœuvre était inoffensive. Ostin avait ensuite ouvert le couvercle du boîtier à l'aide de la boucle de sa ceinture.

— OK, ça c'est le condensateur. Belle bête. Je parie qu'il peut stocker un million de volts. Et ça… oui, bien sûr. Je me demande si…

Il n'avait pas fallu une demi-heure à Ostin pour comprendre comment modifier son RESAT. L'opération terminée, il avait approché deux fils électriques à cinq centimètres l'un de l'autre et le courant était passé entre eux.

— La décharge de folie…, avait-il commenté. Ça va bien les secouer, ça. (Un temps de réflexion, puis :) Non, il faudra davantage que les secouer.

Le garçon s'était de nouveau penché sur le circuit. Cinq minutes plus tard, il souriait.

— C'est donc comme ça que ça marche. Plutôt futé. Si je fais une dérivation ici… Voilà qui est mieux. Il ne me reste plus qu'à trouver un cobaye.

– 8 –

Interrogatoire

Dès que les jeunes ont été sous contrôle, les interrogatoires ont commencé. Taylor étant considérée comme le chef du groupe, c'est elle qui a été emmenée la première. En quittant sa cellule, menottée, elle songeait qu'elle aurait voulu avoir Michael auprès d'elle ; aussitôt, elle a culpabilisé. « Non. Mieux vaut qu'il ne soit pas là. »

Elle a essayé de réinitialiser les deux militaires qui l'escortaient, mais son RESAT lui pompait presque toute son énergie, et elle n'a réussi qu'à en faire trébucher un. Du moins, c'est ce qu'elle a cru. L'homme avait très bien pu s'emmêler les pinceaux.

La salle d'interrogatoire était une petite cellule rectangulaire équipée d'un miroir sans tain sur un mur. Au centre de la pièce, une table en bois et deux chaises face à face. La plus proche de la porte était occupée : en entrant, Taylor a donc vu la nuque d'un homme, ou du moins l'arrière de son casque. Ces mêmes casques que les Elgen ne quittaient jamais en sa présence.

Les soldats l'ont conduite jusqu'à l'autre chaise. L'un des deux l'a reculée pour elle, pendant que son collègue lui ôtait ses menottes.

— Merci, lui a-t-elle dit.

Elle s'est ensuite massé les poignets ; ils étaient un peu meurtris.

L'homme assis en face d'elle l'a scrutée quelques instants, puis, d'une voix douce, lui a dit :

— Assieds-toi, je t'en prie.

Taylor a adressé un rapide coup d'œil à ses deux gorilles, puis s'est assise lentement. Les soldats ont quitté la salle.

L'homme semblait péruvien, bien qu'il soit plus grand que la plupart des soldats qu'elle avait pu voir. Par ailleurs, il était jeune et, dans d'autres circonstances, elle l'aurait peut-être trouvé mignon. Il avait devant lui un carnet et un stylo. La dernière fois que Taylor s'était trouvée ainsi face à un adulte, ç'avait été pour son entretien d'admission chez les pom-pom girls.

L'homme s'est d'abord contenté de la scruter, comme pour la jauger. Ensuite, à sa grande surprise, il lui a souri.

— Bienvenue, a-t-il dit en lui tendant la main.

Mais Taylor ne l'a pas saisie. Il est resté figé quelques secondes, puis a penché la tête de côté et a reposé sa main sur ses genoux.

— Je m'appelle Cesar. Quel est ton nom ?

Il s'exprimait presque sans accent. Taylor le trouvait trop aimable pour la mission qui lui avait été confiée. La moue aux lèvres, elle l'observait sans répondre. Au bout d'une minute de silence, il a repris :

— Ton nom ?

— Vous savez déjà qui je suis. Autrement, vous ne porteriez pas ce casque.

— C'est vrai. Je veux simplement l'entendre de ta bouche.

— Je ne suis pas un jouet, lui a-t-elle rétorqué en détournant la tête.

— Je ne te prends pas pour un jouet. J'essaie uniquement… d'établir le contact.

Aucune réaction de la part de Taylor. L'homme l'a regardée un moment avant de lui demander :

— Tu refuses de me parler ?

Pas de réponse.

— Pourrais-tu me dire d'où tu viens ? (Il a légèrement changé de position sur sa chaise, puis, comme Taylor gardait le silence, a enchaîné :) À ton accent, je pense que tu viens des États-Unis ; quelque part dans l'ouest du pays, peut-être.

— Pourquoi me posez-vous des questions dont vous connaissez les réponses ?

L'homme l'a étudiée un moment, puis s'est levé pour aller s'accroupir près d'elle.

— Tu sais que tu es observée et que tes paroles sont enregistrées. Je ne vais pas te faire de mal. Mais si tu ne te montres pas coopérative, mes supérieurs t'enverront quelqu'un qui aura des méthodes plus… musclées. Un Elgen, peut-être.

Toujours sans le regarder en face, Taylor lui a répliqué :

— Vous me faites le coup du gentil flic et du méchant flic, c'est ça ?

— Je te demande pardon ?

— On voit ça dans toutes les séries policières, en Amérique. L'un joue le flic sympa qui s'inquiète pour moi, l'autre le méchant qui rêve de me casser la figure. Le but étant que je me confie au premier.

— Je vois, a acquiescé l'homme. Le gentil flic et le méchant flic. Il faudra que je m'en souvienne. Cela dit, nous ne sommes pas dans une série américaine. La société Elgen a beaucoup d'influence, et ces gens-là tiennent à te récupérer. Je ne travaille pas pour eux ; je fais partie du *Servicio de Inteligencia Nacional*.

— Je ne parle pas votre langue.

— C'est l'équivalent de la CIA chez toi. Nous collectons des renseignements sur les groupes qui menacent notre pays.

— Et vous pensez que nous, nous menaçons votre pays !

— Tes copains et toi, oui. Donc, tu choisis : soit tu me parles à moi, soit tu parles à quelqu'un... qui ne sera pas moi.

Taylor l'a observé quelques secondes avant de se décider.

— Que voulez-vous savoir ?

Cesar est retourné s'asseoir et a saisi son stylo.

— Commençons par ton nom. Comment t'appelles-tu ?

— Taylor.

— Taylor comment ?

— Taylor Swift.

L'homme lui a adressé un regard froid, puis a enchaîné :

— OK, mademoiselle Swift. De quel État des États-Unis viens-tu ?

— De l'Utah.

— L'Utah, a répété le Péruvien. Avec ses grandes montagnes. Qui t'a envoyée ici ?

— Je ne comprends pas.

— Qui t'a envoyée au Pérou ? Quelqu'un voulait détruire la centrale électrique ; de qui s'agit-il ? Une société rivale ? Une puissance militaire étrangère ?

— Personne. Nous ne sommes pas venus détruire la centrale. Nous sommes venus parce que les Elgen retenaient prisonnière la mère de mon ami.

— Quel ami ?

Taylor a baissé les yeux un instant avant de poursuivre :

— Un ami, c'est tout.

— Un des jeunes que nous détenons en captivité ?

Là, elle a levé les yeux vers Cesar.

— Oui.

— Lequel ?

— Ostin.

L'homme a noté trois mots sur son carnet.

— Comment avez-vous rallié le Pérou ?

— Par avion.

— Tu en es sûre ?

Taylor a hoché la tête.

— Quelle compagnie aérienne ?

— Euh... Delta.

— Nous avons consulté les registres de toutes les compagnies qui proposent des vols à destination du Pérou, et ni toi ni tes amis n'apparaissez nulle part.

— On est venus par la route.

— Par la route ?

Taylor a acquiescé.

— Tu en es sûre ?

— Oui.

— Combien de temps vous a-t-il fallu pour atteindre le Pérou depuis… depuis l'Utah ?

— Un peu plus d'une semaine.

— Vraiment ?

Taylor a avalé sa salive avant de préciser :

— À deux ou trois jours près.

— Où avez-vous laissé vos véhicules ?

— Nous les avons vendus à notre arrivée.

Cesar tapotait son carnet avec son stylo.

— Tu en es sûre ?

— Oui.

— À qui ?

— Je ne les connaissais pas. Des types croisés par hasard. Sûrement des trafiquants de drogue, vu qu'ils ont payé en liquide. Ils ne voulaient pas qu'on leur pose trop de questions.

— Et où sont vos passeports ?

— Ils nous les ont pris.

— Les… trafiquants qui ont acheté votre voiture ?

— Oui. Enfin, non. Les gens des passeports.

— Les gens des passeports ?

— Pourquoi vous répétez tout ce que je dis ?

— Pour être certain de bien te comprendre. Les gens des passeports t'ont pris ton passeport. Tu veux parler des agents de contrôle, à la frontière ?

— Si c'est comme ça que vous les appelez.

— En général, ils ne les conservent pas.

— Les nôtres, si.

— Avez-vous franchi le canal de Panamá en ferry, ou l'avez-vous contourné par la route ?

Taylor a plissé les yeux avant de répondre :

— On l'a contourné. C'était plus rapide.

— Je n'en doute pas. (Là-dessus, Cesar l'a observée un moment, puis s'est levé.) OK, Taylor Swift. Merci de ta coopération. Une dernière question…

— Oui, monsieur.

— Comptes-tu te produire en concert dans notre beau pays ?

À ces mots, Taylor a rougi.

— Tu sais, si tu as rallié le Pérou depuis les États-Unis en une semaine, tu devrais peut-être te réorienter vers une carrière de pilote automobile, car ce trajet prend trois semaines minimum, en conduisant non-stop. Mais ce qui m'impressionne le plus, c'est que vous ayez contourné le canal de Panamá. Des gens qui marchent sur l'eau, il paraît que ça existe, mais des voitures qui roulent sur l'eau, ça tient encore plus du miracle.

Se penchant en avant, il a ajouté :

— Tu me déçois, Taylor Ridley. De Meridian, Idaho. En dehors de ton prénom, je ne crois pas que tu m'aies dit une seule chose vraie de tout l'entretien. Je ne pense pas que tu te rendes comptes de ta situation. Tes amis et toi avez coûté à mon pays des millions et des millions de dollars.

— Vous m'enverrez la facture, a ironisé Taylor.

Ça a fait sourire Cesar.

— Tu ne crois pas si bien dire. Et le prix sera ta vie. Tu ne mesures pas réellement tout le sérieux de la

situation, si ? Tes amis et toi avez été catalogués terroristes. Dans ce pays, le terrorisme est passible de la
peine de mort.

Les larmes montaient aux yeux de Taylor, mais elle
gardait le silence.

— Très bien, a conclu l'homme en se tournant vers
la porte. Nous allons voir comment tu te débrouilles
face aux interrogateurs des Elgen.

Il a fait mine de s'en aller.

— Attendez, l'a retenu Taylor. Je m'excuse.

L'autre s'est immobilisé et l'a regardée par-dessus
son épaule.

— Tu t'excuses ?

— Oui, monsieur.

— Et que veux-tu que cela me fasse ?

— Je vais vous dire la vérité.

Cesar s'est retourné et l'a scrutée.

— Vraiment ?

Long soupir de Taylor.

— Je vous dirai ce que je peux. Promis.

— Nous verrons bien ce que vaut ta promesse.

— Ce que j'ai dit à propos de la mère de mon ami
était exact. C'est la raison de notre venue.

— Quel ami ?

Taylor a dégluti, puis avoué :

— Vous ne le connaissez pas. Écoutez, vous devez
bien comprendre une chose : vous vous trompez de
coupables.

— Tu veux dire que ce n'est pas vous qui avez fait
sauter la centrale ?

— Je veux surtout dire que les méchants, c'est les Elgen. Ils ne cherchent pas à aider votre pays. Ils sont venus le conquérir. Une fois qu'ils contrôleront votre production d'électricité, ils contrôleront le Pérou. Nous vous avons rendu service. (Taylor fixait Cesar droit dans les yeux.) Je vous dis la vérité. Nous ne sommes pas venus faire sauter une centrale. Nous ne sommes que des ados. Au lycée, je suis pom-pom girl. Nous sommes venus au Pérou uniquement parce qu'ils ont enlevé la mère de mon copain.

— Qui l'a enlevée ?

— Les Elgen.

— Pourquoi auraient-ils fait cela ?

— Parce qu'ils essayaient de nous capturer.

— Dans ce cas, vous n'auriez pas dû venir.

— Je sais. Mais ils avaient sa mère.

— Et donc, la mère de ton copain, l'avez-vous retrouvée ?

— Oui.

— Où est-elle en ce moment ?

— Elle s'est enfuie.

— Avec ton copain ?

— Oui.

— Comment s'appelle ton copain ?

Une hésitation. Puis :

— Michael.

— Michael comment ?

— Michael Vey.

Cesar l'a toisée quelques instants avant de la relancer :

— Et je devrais te croire ?

— Croyez ce que vous voulez. Mais qu'est-ce qui pourrait pousser un groupe de lycéens à venir faire sauter une centrale électrique au Pérou ?

— C'est ce que j'essaie de déterminer. Cela dit, tu ne m'as rien appris qui se tienne.

— Je vous ai dit la vérité. Vous pouvez me croire maintenant, ou bien attendre que les Elgen aient conquis votre pays.

— Mon pays… En parlant de cela, comment avez-vous pu pénétrer sur notre territoire ?

Nouvelle hésitation de Taylor.

— J'ai besoin de savoir, a insisté Cesar.

Elle a attendu quelques secondes de plus avant de soupirer. Puis de déclarer :

— Nous ne sommes pas les seuls à savoir que les Elgen sont des méchants. Et ces gens nous ont fait venir ici en avion.

— Quels gens ?

— Je ne sais rien d'eux.

— Excuse-moi, mais je ne peux pas me satisfaire de cette réponse.

— Je vous dis la vérité. Ils nous contactent uniquement par téléphone cellulaire. Le type se fait appeler « la voix ».

Appuyant son menton sur la paume de sa main, Cesar scrutait la jeune Américaine.

— Vous devez me croire.

— Je te crois.

— Alors aidez-nous. Les Elgen sont vraiment des ordures.

Le Péruvien a attendu quelques secondes encore avant de déclarer :

— Je te remercie. Je vais transmettre tout cela à mes supérieurs. C'est tout pour le moment. (Se retournant à moitié, il a tapé à la porte.) *Terminamos ya.*

— Qu'allez-vous faire de nous ? s'est inquiétée Taylor.

— Vous allez être transférés à Lima, où vous serez jugés pour terrorisme.

Elle a essuyé une larme sur sa joue, puis a insisté :

— Je vous répète que ce n'est pas votre pays que nous avons attaqué. Nous nous battons contre les Elgen.

— Ce que vous avez fait constitue une attaque directe contre notre pays.

— Si nous sommes reconnus coupables, que risquons-nous ?

— Avec un peu de chance, la prison, d'où tu ressortiras quand tu seras une très vieille dame.

À cette pensée, Taylor a frémi.

— Et si nous avons moins de chance ?

— Si vous avez moins de chance ?

Cesar a rivé son regard à celui de Taylor.

— Alors tu ne deviendras jamais une très vieille dame. (Sur ce, il a ouvert la porte.) *Traigame el siguente.*

De l'autre côté du miroir sans tain, un capitaine des Elgen a porté son téléphone à sa bouche.

— Quatre, deux, Charley, Alpha, Vixen, Omega.

— J'écoute, lui a répondu un homme.

— Ici le capitaine Moyes. J'ai besoin de m'entretenir immédiatement avec le capitaine Welch.

— Un instant, mon capitaine.

Une minute plus tard, Welch a saisi le combiné.

— Que se passe-t-il, Moyes ?

— Nous venons d'achever le premier interrogatoire.

— De qui s'agissait-il ?

— De Numéro Seize. La jumelle de Tara.

— Des informations intéressantes ?

— L'info la plus essentielle recueillie jusqu'ici : les jeunes n'opèrent pas seuls.

— Qu'entendez-vous par là ?

— Quelqu'un les aide. Ils font partie d'un mouvement de résistance.

— En êtes-vous sûr ?

— Absolument.

— Félicitations. Je préviens le Dr Hatch.

– 9 –

Habile diversion

Ostin était incarcéré depuis une heure quand un soldat est entré dans sa cellule. Allongé sur un mince matelas infesté de puces, le jeune Américain scrutait le plafond craquelé. Pour toute arme, le garde tenait à la main une matraque en bois.

— Debout, a-t-il ordonné à Ostin.

— *Qué pasa ?* lui a demandé ce dernier en se levant lentement.

— Debout. *Hazlo !*

— OK. Allez pas nous faire une crise de nerfs.

L'homme le dévisageait sans comprendre.

Dix minutes plus tôt, Ostin avait rattaché son RESAT à sa poitrine. Arrivé à portée de main du soldat, il a tapoté le boîtier en disant :

— Vous pourriez me le baisser un peu ? C'est trop fort.

— Non. Mets les mains devant toi.

Dissimulant les câbles du RESAT au creux de ses paumes, le garçon a obéi. Sitôt que le garde a approché les menottes, Ostin a appuyé les fils dénudés contre les bras du Péruvien. L'électricité a craqué ; le soldat s'est écroulé sans même un cri.

Baissant les yeux sur lui, Ostin a ironisé :

— Je vous avais pourtant dit que c'était trop fort.

Il s'est accroupi pour s'assurer que sa victime était bien inconsciente. « Voilà donc ce que ça fait, d'être comme Michael », a-t-il songé. Après quoi il a enroulé les fils et s'est dépêché de déshabiller l'homme pour enfiler son uniforme. Celui-ci lui allait à peu près, sauf au niveau de la taille, où il le boudinait.

Une fois changé, Ostin a menotté le garde les mains dans le dos, lui a fourré ses chaussettes en boule dans la bouche, puis l'a bâillonné avec un drap pour éviter qu'il ne les recrache. Enfin, il s'est emparé de sa clé et de sa matraque, a jeté un coup d'œil dans le couloir et, ne voyant personne, s'y est engagé.

La petite prison de Puerto Maldonado se composait d'un unique couloir de vingt mètres de long, flanqué de part et d'autre de cellules. Ignorant dans lesquelles ses amis étaient détenus, Ostin a décidé d'essayer la première. À l'intérieur, Zeus était allongé sur son matelas, le visage déformé par la douleur. La sueur perlait à son front : son RESAT était réglé beaucoup trop fort.

— *Oye !* lui a lancé Ostin.

— Va mourir, lui a répliqué Zeus.

— Je passe mon tour.

— Ostin ? Mais comment as-tu… ?

Ostin a retiré les fils de son RESAT modifié et les a fixés sur celui de Zeus, avant de lui annoncer :

— Je vais te libérer.

— Surtout pas ! Ça va le déclencher. Tu risques de me tuer.

— T'inquiète. J'ai reconfiguré le mien pour contrer les effets du tien. Je suis sûr à 99,6 % que ça va le faire.

Zeus a observé le boîtier un instant.

— Certain ?

— Je viens de te le dire : oui.

Sur ce, il a défait une attache du RESAT de son ami. L'appareil s'est immédiatement allumé.

— Il charge, a stressé Zeus.

— Je sais.

La machine a émis un son aigu.

— Ostin…

— Tu sens une différence ?

— Non.

— Alors détends-toi.

Zeus ne sentait pas les effets du RESAT se renforcer. Au contraire, la douleur semblait diminuer.

— Je crois que ça marche, a-t-il dit.

— Mais ça ne durera pas. Il faut te retirer l'appareil : le condensateur ne peut stocker qu'une certaine quantité d'électricité avant d'exploser.

— Et c'est maintenant que tu me le dis ?

Aussitôt, il a défait les autres attaches et s'est libéré de l'appareil. Après quoi il s'est écroulé contre le mur et a poussé un grognement de soulagement.

— Il n'y a pas de quoi, a repris Ostin en s'emparant du RESAT.

— Merci, a dit Zeus. Ces salauds de soldats, je vais tous les griller.

— Mauvaise idée. On est encerclés, et ils sont armés. (Il a ouvert le RESAT, a arraché quelques fils à l'intérieur, l'a refermé et l'a rendu à Zeus.) Tiens, remets-le sur toi.

— Même pas en rêve.

— Il est désactivé. Par contre, les loupiotes fonctionnent toujours, donc personne n'en saura rien.

Zeus a de nouveau fixé l'appareil sur son corps.

— La suite du programme, c'est quoi ?

— Nous devons retrouver les autres, a répondu Ostin. Ensuite, capturer deux ou trois soldats, leur chiper leurs uniformes et faire semblant d'escorter le reste de notre groupe à l'extérieur. C'est le seul moyen de s'échapper.

— Tu sais ce qui nous attend dehors ?

— Mis à part dix mille soldats ? Non. On va avoir besoin de Ian. S'il y a un point faible à exploiter, il l'aura sûrement repéré. Sais-tu dans quelle cellule il est retenu ?

— Non. J'avais une capuche sur la tête quand on m'a conduit à la mienne.

— Exact. Pareil pour nous autres. (Se dirigeant vers la porte de la cellule, Ostin a enchaîné :) Je vais ouvrir. S'il n'y a personne, je traverse le couloir et j'ouvre la cellule d'en face. Prépare-toi à courir.

Ostin a entrebâillé la porte et jeté un coup d'œil à l'extérieur. Personne en vue.

— La voie est libre, rapplique.

Zeus l'a rejoint. Ostin a de nouveau inspecté le couloir, puis les deux garçons l'ont traversé. Ostin a ouvert la porte de la cellule d'en face et s'est avancé.

— C'est nous..., a-t-il commencé.

Il s'est interrompu en découvrant une bonne vingtaine de prisonniers péruviens qui le fusillaient du regard.

— Désolé, je me suis gouré..., s'est-il excusé, avec un sursaut de recul.

— *Atacquenlos !* a lancé un grand barbu.

— *Vámonos !* s'est écrié un autre en se précipitant vers Ostin.

Celui-ci restait figé de peur dans l'embrasure de la porte. Zeus l'a écarté du bras puis, les deux mains tendues, a projeté la foudre sur les deux hommes qui fondaient sur eux. Sa décharge s'est scindée pour aller frapper tous les prisonniers en même temps. Tous se sont écroulés ; l'un d'eux a même porté les mains à sa poitrine. Zeus a empoigné Ostin et l'a traîné hors de la cellule.

— Mauvaise pioche, vieux, lui a-t-il dit en refermant la porte.

Ils sont passés à la cellule suivante, qu'Ostin a réussi à ouvrir – plus prudemment cette fois – malgré la tremblote qui s'était emparée de lui. Dans un premier temps, ni lui ni Zeus n'ont aperçu qui que ce soit. Puis Zeus a pointé le doigt vers un coin de la cellule.

— Elle est là.

Couchée sur le dos, à même le sol, McKenna cambrait les reins. Ses longs cheveux noirs étalés en soleil autour de sa tête. D'un geste décidé, Zeus a fait entrer Ostin puis a refermé derrière eux.

— McKenna, a lancé le génie des sciences avant de s'apercevoir qu'elle convulsait. Non ! Son RESAT est en train de la tuer.

Il s'est précipité vers la jeune fille, dont le corps entier était transi et les yeux révulsés.

— Éteins son RESAT, lui a ordonné Zeus.

Ostin s'est agenouillé près d'elle, a connecté les deux RESAT et lui a pratiquement arraché sa machine. Aussitôt, McKenna a pris une profonde inspiration, puis est restée inerte.

— McKenna ! s'est écrié Ostin.

Zeus a appuyé un doigt contre le cou de leur amie, avant de tenter d'écouter les battements de son cœur.

— Il est arrêté, a-t-il déclaré.

— Faut la réanimer. (Sans perdre une seconde, Ostin a appuyé sur la poitrine de la jeune fille, a ensuite écouté son cœur, puis a renouvelé l'opération.) Je n'arrive à rien.

Zeus a alors écarté du bras Ostin et posé la main sur le cœur de McKenna.

— Accroche-toi, a-t-il murmuré.

Dans la foulée, il a électrocuté la jeune fille, dont le corps a fait un bond. Zeus a approché son oreille de sa poitrine. Rien. Il a retenté l'électrochoc en encourageant leur amie d'un « Allez, McKenna ! ». Le corps de celle-ci a bondi encore plus haut. Puis elle a grogné. Zeus a de nouveau écouté son cœur. Cette fois, il l'a entendu.

McKenna a rouvert les yeux et s'est mise à pleurer.

Ostin s'est agenouillé à son côté. Il répétait en boucle : « Je suis désolé, je m'en veux à mort. » Il lui a essuyé ses larmes, et elle a tourné vers lui un regard reconnaissant.

Quand elle a été en état de parler, son premier mot a été :

— Merci.

— Je ferais n'importe quoi pour toi, lui a assuré Ostin.

— On n'a pas une minute à perdre, est intervenu Zeus. Tâchons de filer avant que notre absence soit remarquée.

Ostin a désactivé le RESAT de McKenna avant de le fixer de nouveau sur son corps.

— Tu peux tenir debout ? a demandé Ostin à McKenna.

— Je crois, oui. Aide-moi juste à me lever.

Ostin l'a remise sur ses pieds. Une fois debout, elle s'est effondrée dans les bras du garçon. Il l'a soutenue jusqu'à ce qu'elle ait repris des forces.

— Excuse-moi, a-t-elle bredouillé.

— T'inquiète. Prends ton temps.

Zeus, lui, s'impatientait :

— Du temps, on n'en a pas tant que ça.

— On peut y aller, a annoncé McKenna.

Zeus a ouvert la porte de la cellule et jeté un coup d'œil dans le couloir.

— La voie est libre, a-t-il déclaré.

Ostin lui a confié la clé et Zeus est allé ouvrir la cellule voisine. À l'intérieur se trouvait Ian, qui, malgré son RESAT, parvenait toujours à voir ce qui se passait alentour et attendait l'arrivée de ses amis.

Zeus a fait signe à McKenna et à Ostin de le rejoindre.

— Je t'ai vu tripoter ce machin, a lancé Ian à Ostin en désignant son RESAT.

— J'ai trouvé comment le neutraliser.

— Alors vas-y, parce que je déguste à mort.

Ostin a relié les fils de son boîtier à celui de Ian, puis lui a retiré l'appareil. L'« aveugle » a poussé un grondement de soulagement et remercié Ostin.

Ce dernier disséquait déjà son RESAT.

— Merci aussi d'avoir sauvé McKenna, a ajouté Ian.

Sur ce, il est allé serrer la jeune fille dans ses bras. Les deux adolescents avaient partagé la même cellule plusieurs années, à l'Académie. McKenna était devenue une sœur pour Ian… Le garçon avait hurlé « Au secours ! » de toutes ses forces en la voyant lutter contre les effets du RESAT.

— Tu te sens comment ? s'est-il inquiété.

— Mieux, merci.

Elle a adressé un petit coup d'œil à Ostin.

Celui-ci lui a souri, puis s'est remis à trifouiller dans le boîtier de Ian. Quand il l'a eu reconfiguré, il l'a refermé et rendu à son propriétaire.

— Et voilà. Ce serait bien que tu le remettes.

— Ça marche.

— Où sont les autres ? s'est enquis Zeus.

— Jack, Abigail et Wade sont dans les trois cellules d'à côté, a indiqué Ian. Taylor occupe la dernière, de l'autre côté du couloir. Mais elle n'y est pas en ce moment. Les soldats l'ont emmenée pour l'interroger.

— C'est pas bon, ça, a pesté Zeus.

— Au contraire, a objecté Ostin, c'est peut-être l'occasion rêvée. Allons attendre dans sa cellule : quand les gardiens la raccompagneront, on leur tombera dessus. Avant ça, tâchons de récupérer les autres. Ian, tu nous préviens quand tu aperçois les gardiens.

— OK. Jack est dans la cellule d'à côté, ensuite c'est Wade, mais je crois qu'on devrait d'abord s'occuper d'Abi. Elle souffre énormément.

— On y va, a décidé Zeus.

La petite troupe, emmenée par Ian, s'est dirigée vers la cellule d'Abigail. La jeune fille ne les a pas vus entrer. Allongée par terre, face au mur, elle se tordait de douleur. Zeus s'est précipité à son côté.

— On est là, l'a-t-il rassurée.

Abigail s'est tournée vers lui, les joues inondées de larmes.

— J'ai mal, a-t-elle grogné.

— Je sais. On va t'enlever ce truc. Bouge-toi, Ostin !

Ce dernier a relié son RESAT à celui d'Abigail, puis Zeus a pu en soulager la jeune fille. Celle-ci s'est ensuite remise sur le ventre en sanglotant. Zeus lui massait délicatement le dos.

— C'est trop naze, Abi, pestait-il. Tu peux faire passer la douleur à tout le monde, sauf à toi.

McKenna s'est accroupie à côté de son amie.

— Ça va aller ?

— Ces Péruviens sont de vrais monstres.

— Je ne crois pas, a tempéré Ostin. À mon avis, ils ne savent pas se servir des RESAT.

— D'où est-ce qu'ils les sortent, au fait ? a voulu savoir Zeus.

— Sans doute un cadeau des Elgen, a estimé Ian.

— À tous les coups, oui, a confirmé Ostin en se relevant. Allez, on bouge.

Zeus a aidé Abigail à se remettre debout. Elle l'a remercié puis a passé ses bras autour de son cou.

— Ian, a poursuivi Ostin, fais-nous le topo.

— Ça s'agite un peu à l'entrée, mais on est encore bons. Allons chercher Jack et Wade.

Ostin est allé libérer Wade pendant que les autres attendaient dans la cellule d'Abigail. Quand ç'a été au tour de Jack, le groupe s'est réuni autour de lui.

— Jack ! a lancé Wade en apercevant son ami.

— Hé, mec ! Ça fait plaisir de te voir.

Sur ce, Zeus les a rejoints ; il portait Abigail dans ses bras.

— Qu'est-ce qui lui est arrivé ? l'a interrogé Jack.

— Les soldats avaient réglé son RESAT trop fort.

— Je vais leur casser la tête, moi.

— On sera deux.

Ostin les a interrompus :

— Étape suivante. Ian, dis-nous ce qui se passe dehors.

— Ça s'annonce mal : je vois des milliers de soldats. Ils ont construit trois immenses clôtures de barbelés autour de la prison. Du coup, même si on arrive à sortir, il faudra encore franchir cet obstacle. En plus, leur campement est installé de l'autre côté des clôtures…

— C'est cool, a ironisé Zeus, on passera grave inaperçus.

— Personne ne nous a remarqués quand on a pénétré dans la centrale Starxource, a rappelé Jack. On a pourtant traversé leur cafétéria. Là, si on se sépare...

Cette idée effrayait manifestement Abigail :

— Moi c'est clair qu'ils vont me repérer. Je ne ressemble pas à un soldat péruvien.

— Il nous faudrait des masques d'assaut, a observé Jack. Et des uniformes.

— Ce qu'il nous faudrait surtout, a nuancé Ostin, c'est une diversion. Et je sais comment faire. (Un large sourire aux lèvres, il a ajouté :) Oh oui, ça va être génial.

— Tu nous expliques un peu ? a dit McKenna.

— On est assis sur un baril de poudre qui n'attend plus qu'une étincelle. Les soldats ont regroupé les prisonniers dans une seule et même cellule. Ils sont au bord de l'émeute.

— Deux cellules, a rectifié Ian. Une près de l'entrée, et l'autre au bout du couloir, à côté de celle de Taylor.

— Encore mieux, s'est réjoui Ostin. Voilà ce qu'on va faire. J'ai entendu des soldats discuter pendant le trajet jusqu'à la prison. Ils ne savaient pas que je parlais l'espagnol. Bref, ils ont reçu l'ordre de nous ramener vivants.

— Pourquoi ? l'a questionné Jack.

— Aucune idée. Peut-être pour des raisons de relations publiques. Ou alors pour pouvoir nous pendre en bonne et due forme. Toujours est-il qu'on est protégés. Du coup, si on fait du feu...

— Attends, l'a coupé Abigail, tu veux incendier la prison pendant qu'on est à l'intérieur ?

— C'est ça. Les soldats ne voudront pas nous laisser cramer. Si en plus on libère les autres prisonniers, et que ces gars-là aperçoivent la fumée…

— Ça vire à l'émeute, a compris Jack.

— Et les soldats seront obligés de venir nous chercher, a enchaîné McKenna.

— Exact. Sauf que les soldats qui viendront pour nous… ça sera nous, a triomphé Ostin.

— Là je suis perdu, a avoué Wade.

— Toi, Jack et moi, on sera déguisés en soldats, a explicité Ostin. Et on escortera les autres.

— Seul problème, a insisté Wade, comment veux-tu faire un feu ? En frottant deux bâtons ?

— Tu dis ça pour rire, j'espère ? lui a rétorqué McKenna.

Se tournant vers elle, Wade s'est rappelé son pouvoir.

— Ah oui, c'est vrai…

— Mec, t'es trop con, a râlé Jack.

Wade a froncé les sourcils.

— Et les deux autres uniformes, on les trouve où ? a demandé Abigail.

Ostin s'est alors adressé à Ian :

— L'interrogatoire de Taylor est terminé ?

— Non.

— Il y a des soldats auprès d'elle ?

— Oui, deux.

— Parfait. On va se cacher comme prévu dans sa cellule. Quand les gardiens l'y reconduisent, Zeus les grille et on récupère leurs uniformes.

— Dans ce cas, dépêchons-nous, a dit Ian. On ignore combien de temps l'interrogatoire va durer.

— C'est parti, s'est écrié Jack en ouvrant la porte. Ian, la voie est libre ?

L'intéressé a inspecté le couloir.

— Ça m'en a l'air.

— On rase les murs, tout le monde, a ordonné Ostin.

Le groupe s'est dirigé en file indienne vers la cellule de Taylor. Zeus en a ouvert la porte, et ils sont tous entrés à l'intérieur.

— Le moment venu, a annoncé Ostin, on se plaque contre ce mur. On ne sait pas si les gardiens pénétreront ou pas dans la cellule, mais s'ils nous repèrent, on est mal. Zeus, dès que la porte s'ouvre, sois prêt à les griller. Après ça, Jack et Wade les traînent à l'intérieur et enfilent leurs uniformes. Ian, tu nous indiques leur progression, qu'on puisse se tenir prêts.

— Ça marche.

— Et pour sortir, ensuite, on fait comment ? a voulu savoir Jack.

— Le couloir n'a qu'une issue, a affirmé Ian. Mais il y a un garde en faction à la porte.

— Taylor devra le réinitialiser, a conclu Ostin. Et après, Ian, on prend quelle direction ?

— À gauche, puis on sort par le hall de devant.

— Dehors, qu'est-ce qui nous attend ?

— Des soldats. Comme s'il en pleuvait.

— Tu vois des véhicules dans le coin ?

Ian a balayé le secteur du regard avant d'énumérer :

— Un camion, deux voitures, une moto et un véhicule de transport de troupes.

— Tu vois des clés sur le contact de l'un d'eux ?

Le garçon s'est concentré.

— Apparemment, non.

— Je sais démarrer un moteur en trafiquant les fils, a assuré Jack. J'en aurai pour trois minutes.

— Admettons, a dit Ostin. Qu'est-ce qu'on aurait à affronter ensuite ?

— Un portillon pour franchir les trois clôtures. Le poste de contrôle avec trois gardes équipés de mitraillettes, deux de plus dans la guérite, enfin un char de l'autre côté.

— On peut donc oublier le passage en force. Il faudra convaincre ces hommes que nous conduisons les prisonniers en sûreté.

McKenna lui a effleuré le bras.

— Qu'est-ce que tu attends de moi, en plus d'allumer le feu ?

— Que tu ne prennes aucun risque.

— Je ferai de mon mieux.

À cet instant précis, Ian a annoncé :

— Ils arrivent.

— Combien de soldats ? a voulu savoir Ostin.

— Deux. Un à la droite de Taylor, l'autre à sa gauche. Elle marche un pas devant eux.

Ostin s'est tourné vers Zeus.

— Prêt ?

— Plus que jamais, lui a assuré son ami en faisant crépiter l'électricité entre ses doigts.

Jack et Wade se sont adossés au mur à côté de la porte.

— Ian, compte à rebours, a réclamé Ostin.

— Neuf mètres. Sept, six, cinq… (Sa voix est devenue murmure.) Trois, deux.

Ils ont entendu le bruit de la clé dans la serrure. Jack a interrogé Zeus du regard. Celui-ci a acquiescé. La porte s'est ouverte, les deux soldats ont poussé Taylor à l'intérieur.

La fille a découvert ses amis avant les soldats. Elle les scrutait, stupéfaite, quand un des soldats a repéré Zeus.

— Surprise ! lui a lancé celui-ci en projetant une décharge qui l'a séché, lui et son collègue.

— Bravo ! (Jack jubilait.) Occupe-toi de celui de gauche, Wade !

Wade s'est exécuté, tandis que Jack traînait l'autre soldat à l'intérieur.

— Désolé, s'est excusé Zeus. J'y suis allé un peu fort.

— Je te comprends, lui a assuré Jack. Je parie que tu as adoré.

— Sûrement plus qu'eux, a ironisé McKenna.

Ostin a refermé la porte, puis demandé à Ian :

— Quelqu'un nous a vus ?

— Je ne crois pas.

— Taylor, par ici.

La prenant par le bras, Ostin l'a conduite vers le fond de la cellule. Elle semblait encore perdue.

— Comment vous avez fait pour entrer ici ? a-t-elle questionné.

— On a ouvert la porte. (Ostin a relié son RESAT à celui de Taylor.) Allez, je te libère.

— Impossible, l'a retenu son amie en se dégageant. Il se déclenche si tu le tripotes.

— Pas de panique, est intervenue McKenna. Ostin a réglé ce problème.

— Dans ce cas, pourquoi le tien fonctionne-t-il toujours ?

— Pour blouser l'ennemi, a expliqué Ostin. Je l'ai neutralisé. Mais les Péruviens n'en savent rien. Ils ne savent même pas comment fonctionne un RESAT.

— OK, enlève-moi le mien, a approuvé Taylor.

Ostin a mis moins de trente secondes à s'exécuter. L'opération terminée, Taylor s'est affalée sur le lit.

— Merci…

— Attends, il faut encore que je le reconfigure.

Zeus et Abigail ont ligoté les soldats, pendant que Jack et Wade finissaient d'enfiler leurs uniformes.

— Quel est ton plan, Ostin ? a demandé Taylor.

— Sortir par la grande porte. Tu vas devoir réinitialiser les gardiens, d'ailleurs.

— Pourquoi voudrais-tu qu'on nous laisse sortir ?

— Parce qu'on va mettre le feu à la prison et provoquer une émeute. Dans la panique, on se fera passer pour des gardes qui vous conduisent en sûreté.

— J'ai l'air de quoi ? a alors demandé Jack à Abigail.

— D'un soldat péruvien. Mais en plus grand. Et en plus mignon.

Le garçon lui a souri.

— Et moi ? a demandé Wade.

— Un vrai soldat, l'a complimenté Abigail.

— Les gars, problème, a chuchoté Ian. Un soldat se dirige vers la cellule de Zeus.

— Seul ? a réagi ce dernier.

— Seul.

— Alors je m'en occupe. (Le garçon a ouvert la porte et passé la tête dans le couloir.) Hé, *amigo* !

Le Péruvien s'est tourné vers lui.

Zeus a tendu le bras.

— Un petit cadeau pour toi.

Aussitôt, il a projeté une décharge sur près de dix mètres. Sa victime a rebondi contre un mur et s'est écroulée sur le sol.

— Faut y aller, a lancé Ostin en reposant le RESAT de Taylor.

— Eh, mon boîtier, a protesté cette dernière.

— Pas le temps de finir de le reconfigurer. Tiens, prends le mien. Tu peux griller des gens, avec.

— Merci.

— Un point sur la situation dehors, Ian ?

— Un calme surprenant. Comme si tout le monde était en pause sieste.

— Les prisonniers se trouvent dans quelle cellule ?

— Celle d'à côté.

— Zeus, viens avec moi quand je les libérerai, au cas où ils réagiraient comme ceux de tout à l'heure.

— Ça roule.

— Je jouerai ta prisonnière, Ostin, a décidé McKenna.

— Je me charge d'Abi, a enchaîné Jack.

Abigail a acquiescé.

— Et moi ? a fait Taylor.

— Toi aussi ; je peux vous gérer toutes les deux.

— Frimeur, va.

Ian s'est alors adressé à Wade :

— Apparemment, c'est toi qui vas m'escorter, vieux.

— OK, a récapitulé Ostin : les prisonniers devant, les gardes derrière. Les prisonniers mettent les mains dans le dos, comme s'ils étaient menottés. Mais personne ne sort d'ici avant que Zeus et moi ayons libéré les vrais prisonniers. Zeus, tu es prêt ?

— Quand tu veux.

Les deux garçons se sont présentés devant la cellule voisine. Zeus a tendu la clé à Ostin qui l'a tournée dans la serrure. Zeus a poussé le battant d'un coup de pied. Une bonne vingtaine de prisonniers s'entassaient là-dedans.

— *Estamos escapando !* leur a crié Ostin. *Salganse ahorita ! Huyan !*

Les Péruviens le dévisageaient, déboussolés de voir un Américain en tenue de soldat local leur hurler de s'enfuir.

— Allez, quoi ! a insisté Ostin. *Motín !*

Toujours pas de réaction.

— On va pas avoir le temps, est intervenu Zeus. Restez donc dans votre cage, bande de rats.

— Non, allume plutôt le feu, a suggéré Ostin. Après tout, c'est ce qui est prévu.

— Pas faux.

Aussitôt, Zeus a envoyé une décharge dans le matelas. Celui-ci s'est enflammé. Les prisonniers ont bondi en arrière puis, scrutant le garçon avec horreur, ont pris leurs jambes à leur cou. Ostin et Zeus ont regagné la cellule de Taylor.

— On y va ! a lancé Zeus à ses amis.

— McKenna, fais cramer les matelas, a ordonné Ostin.

Elle a souri.

— Avec joie.

Ses mains sont alors devenues incandescentes et elle a mis le feu au matelas de Taylor. Après quoi Zeus et elle sont partis en faire de même dans les cellules voisines. Le couloir s'est rapidement empli de fumée. Une alarme a retenti.

Ostin a ouvert la cellule des autres prisonniers ; ceux-là ne se sont pas fait prier.

— Tous en place ! a-t-il ordonné ensuite. Taylor, prépare-toi à réinitialiser les gardes. (Puis en direction de la porte :) *Abran la puerta !*

Taylor s'est concentrée. Aussitôt, la porte s'est ouverte. Des soldats se sont engouffrés dans le bâtiment, équipés de fusils et d'extincteurs.

— Ian, guide-nous ! a enchaîné Ostin.

— Suivez-moi.

Sitôt qu'ils ont été à la porte d'entrée, un soldat a braqué son arme sur eux.

— *Alto !*

Dans la seconde, l'homme s'est écroulé par terre.

Un collègue à lui, qui se tenait à son côté, leur a crié :

— *Amigos*, par ici !

— Qui êtes-vous ? s'est méfié Ostin.

— *Apúrate !* l'a pressé le Péruvien en le prenant par le bras. Nous n'avons pas beaucoup de temps.

— Vous êtes avec Jaime ? a demandé Taylor.

— Jaime ? a répété l'homme, un peu perdu.

— La voix ? a-t-elle insisté.

Une petite hésitation, puis le soldat lui a assuré :

— La voix. *Sí.*

Une autre alarme s'est déclenchée ; au-delà des clôtures, les soldats sortaient de leurs tentes.

— S'il vous plaît. Dépêchons.

Les ados ont suivi l'inconnu jusqu'à un véhicule de transport de troupes, dont il a ouvert les portières arrière.

— Tout le monde dedans. Vite.

Tout à coup, une énorme explosion a retenti, une centaine de mètres à l'ouest du camp. Puis il y a eu des cris d'hommes, et les sirènes se sont tues.

— Montez ! a ordonné le soldat.

Quand tout le monde a été à bord, il a refermé les portières, puis est allé prendre place sur le siège passager. Sur ce, il a intimé au chauffeur :

— *Vámonos !*

Le véhicule s'est alors faufilé dans la foule des soldats venus combattre l'incendie. Une fois au poste de contrôle, un garde armé a demandé au chauffeur :

— *Adónde vas ?*

— *Estamos sacandoles del encendio. Orden del general.*

Le planton a inspecté les jeunes, puis déclaré :

— *No puedo dejarte ir.*

Le passager s'est servi d'une arme, le soldat s'est écroulé. Puis il a appuyé sur un bouton d'une télécommande, et une nouvelle explosion s'est fait entendre. Plus proche de la prison, celle-ci a arraché une trentaine de mètres de clôture.

— *Vamos !* a ensuite ordonné l'homme au chauffeur.

— Une diversion, a compris Ostin. Bien joué.

Le véhicule croisait des centaines de gardes qui se précipitaient vers la prison. En quelques minutes à peine, il avait franchi les limites du camp.

— On a réussi, a claironné le passager par l'interphone. On est dehors.

À l'arrière, les jeunes se sont tapé dans les mains. Tous, sauf Ostin, qui semblait mal à l'aise. Jack lui a donné un petit coup de poing à l'épaule.

— Relax, vieux, ton super cerveau et toi vous nous avez sauvé la mise.

Wade a imité son copain et ajouté :

— C'est clair, t'es un génie, mec.

Mais Ostin ne se déridait pas.

— Ça n'est pas moi qui nous ai fait sortir de prison. Ce sont ces gars. (Se tournant vers Taylor, les sourcils froncés, il lui a demandé :) Pourquoi ne connaissaient-ils pas Jaime ?

— Si ça se trouve, ils n'utilisent pas leurs vrais noms entre eux.

— Il y a un truc qui cloche. Tu pourrais lire dans leurs pensées, s'il te plaît ?

Taylor a regardé le passager, dont elle était séparée par une épaisse plaque de Plexiglas blindé, renforcée par une armature métallique.

— Pas sûr, a-t-elle hésité. Je vais essayer.

Elle a appuyé sa main contre la paroi en métal du véhicule.

Ostin a tapoté la vitre pour interpeller l'homme.

— Oui ? a fait celui-ci en se retournant.

— On va où ?

— On vous conduit en sûreté. Ne vous inquiétez pas.

Sur ce, il s'est de nouveau mis face à la route.

Taylor observait Ostin, les yeux écarquillés.

— Nous devons absolument filer, a-t-elle chuchoté.

— Pourquoi ?

— Ils nous emmènent chez les Elgen.

– 10 –

Vraie fausse évasion

À l'arrière du camion, l'ambiance est passée du soulagement à la terreur.

— Qu'est-ce qu'on peut faire ? s'est interrogée Abigail.

— La portière arrière, a proposé Jack.

— Il n'y a pas de poignée, a observé Taylor. Elle ne s'ouvre que de l'extérieur.

— Tu pourrais griller ces types ? a demandé Ostin à Zeus.

— Pas à travers la vitre en Plexi, non.

— Et si je te la fais fondre ? a suggéré McKenna.

— Mais si tu les grilles, a objecté Taylor, on va foncer dans le décor.

— Je préfère risquer un accident que de retourner auprès de Hatch, a affirmé Zeus. Au moins, dans un accident, j'ai une chance de survivre.

Taylor s'est retournée vers les deux hommes, puis a tapoté la vitre derrière le passager.

— Où nous emmenez-vous exactement ?

— Je vous l'ai dit : dans un endroit sûr.

— Mais où ça ?

— Vous savez tout ce que vous avez besoin de savoir.

— Qui êtes-vous, au juste, tous les deux ? l'a pressé Ostin.

Les hommes n'ont pas répondu, dans un premier temps. Puis le chauffeur s'est esclaffé :

— Des soldats de fortune.

— Non, l'a corrigé son collègue. Des soldats sous-payés.

— Plus maintenant. Dans pas longtemps on se dorera sur les plages d'Argentine.

— Ordures, vous êtes des Elgen ! a craché Jack.

— Non, lui a rétorqué le passager. Nous ne faisons pas partie de cette société. Par contre, ils paient mieux que l'armée du Pérou.

— Vous savez qu'ils vont nous tuer, a repris Taylor.

— Ce qu'ils font, on s'en fiche, lui a rétorqué le chauffeur. Et de toute façon, le gouvernement péruvien vous aurait exécutés. Vous avez plus de chances avec les Elgen.

— On voit bien que vous ne connaissez pas Hatch, a pesté Zeus.

— Qui ça ?

— Manuel, est intervenu le chauffeur, soudain pani-qué. *Mire !*

Au beau milieu de la route, un tank pointait son canon sur eux.

— Ça sent pas bon, ça, a commenté Ostin.

— C'est qui ? a dit Taylor.

— Apparemment, l'armée péruvienne est moins cruelle que ne le pensent ces deux zigotos.

— *Que hago ?* a demandé le chauffeur.

— *No sé ! Vire !*

— *Pueden reducirnos a cenizas !*

— *No van a matar los chicos.*

— Ils disent quoi ? a voulu savoir Taylor.

— Ils se demandent comment réagir.

Tout à coup, des tirs de mitrailleuse ont retenti autour d'eux, crevant les pneus du véhicule.

— Tout le monde à plat ventre ! a crié Taylor.

Les jeunes ont obéi. Les roues ont chassé dans un couinement horrible.

— *Mi Madre de Dios !* a lancé le chauffeur.

— *Firme !*

Le camion a quitté la route, les ados se sont retrouvés ballottés dans tous les sens. Des balles ont fait éclater le pare-brise et les vitres de la cabine. L'une d'elles a même touché Jack au bras.

Il a poussé un cri de douleur.

— Ils ont eu Jack ! a paniqué Wade. Ils ont eu Jack !

— Calme-toi ! l'a rassuré son ami. C'est rien qu'une égratignure !

Le véhicule a basculé sur deux roues, puis a dévalé une pente et terminé sa course dans un petit bosquet. À l'arrière, c'était le chaos. Et le silence.

— Tout le monde va bien ? a demandé Jack au bout d'un moment.

— Moi ça va, lui a répondu Abigail.

— Moi aussi, a enchaîné McKenna. Je me suis juste cogné la tête.

— OK ici aussi, a déclaré Taylor.

Elle avait une petite coupure au front, et du sang qui lui dégoulinait sur la joue.

— Tu saignes, a observé Ostin.

— J'avais remarqué, a-t-elle ironisé en s'essuyant le contour de l'œil.

— Ça n'a pas l'air bien profond, a estimé le génie des sciences après un rapide examen.

Là-dessus, Zeus a pris des nouvelles de Jack :

— Tu tiens le coup, vieux ?

— Ouais. Ça picote, juste.

— Laisse-moi t'aider, est intervenue Abigail.

Aussitôt, elle a saisi Jack par le bras, et la douleur s'est envolée.

— Merci, lui a dit le blessé.

— Tout le plaisir est pour moi.

Pendant ce temps, plusieurs dizaines de soldats péruviens encerclaient le camion. Ils ont commencé par extraire de la cabine les cadavres des traîtres.

— *Están muertos.*

Ensuite, un soldat est venu jeter un coup d'œil par la vitre arrière, puis il s'est reculé.

— Sortez tous du camion, a ordonné une voix.

— Nous sommes enfermés ! a répondu Ostin.

— *Apúrense ! Scales antes que reventa el combi !*

Les hommes se sont massés derrière le véhicule.

— Nous allons ouvrir la portière, a annoncé l'un d'eux. Si vous fuyez, nous tirerons.

— Je les grille ? a proposé Zeus.

— Non, lui a rétorqué Taylor. Ils sont trop nombreux.

— Et armés jusqu'aux dents, a ajouté Ostin.

— Ils vont peut-être nous fusiller pour tentative d'évasion, a frémi Wade.

— Ils ont un tank. S'ils avaient voulu nous tuer, ils auraient pu faire sauter le camion. En plus, ils doivent se dire que les deux autres nous ont kidnappés.

Les portières arrière se sont ouvertes. Des dizaines de fusils étaient braqués sur le groupe d'adolescents ; il y avait même deux mitrailleuses et un lance-flammes.

— Je crois que c'est un poil exagéré, a ironisé Ostin.

— Sortez ! a crié un soldat. Un par un.

Le garçon a poussé un long soupir, puis pesté :

— Encore raté.

— Michael, a soufflé Taylor en se tenant la tête. Où es-tu ?

Troisième partie

– 11 –

Un orage électrique

En mer Tyrrhénienne. À bord de l'*Ampère*.

— Sommes-nous tous d'accord ? a demandé le président Schema.

Deux heures plus tôt, il avait convoqué le conseil d'administration en séance extraordinaire. Une atmosphère sombre et menaçante emplissait la salle de conférences.

Numéro Onze a rompu le silence :

— J'ai un peu de mal à être juge et partie. Nous votons tout de même pour ou contre une exécution.

— Vous préféreriez peut-être passer le restant de vos jours en prison ? lui a répliqué Numéro Deux.

— À condition qu'on ne vous pende pas avant, a observé Numéro Dix.

— Nous n'avons pas le choix, a repris Schema en secouant la tête. Hatch ne doit pas quitter ce navire en vie. (Son regard gris balayait lentement l'assemblée.)

Nous devons être unanimes. L'heure n'est pas aux dissensions.

— Dans ce cas, je m'abstiens de voter, a annoncé Numéro Onze.

— Moi aussi, a enchaîné Numéro Sept.

— Tout comme moi, a déclaré Numéro Six.

Schema les a regardés tous les trois avec dégoût.

— Je ne m'étais pas aperçu que notre conseil comptait des lâches en son sein.

Les autres membres se sont détournés des trois pestiférés. Schema, lui, braquait toujours sur eux son regard le plus froid.

— Qu'il en soit ainsi, a-t-il fini par lâcher. Que la position des membres Onze, Six et Sept soit consignée dans les minutes de la réunion.

— Je propose que nous passions au vote, a embrayé Numéro Deux.

— J'appuie cette motion, a affirmé Numéro Dix.

— Y a-t-il encore des questions ? a demandé Schema. (En l'absence de réponse, il a poursuivi :) Que tous ceux qui sont en faveur de la motion disent « Oui ».

Un concert de « oui » a retenti.

— Quelqu'un s'y oppose ? (Schema s'est tourné vers Onze, Six et Sept, qui sont restées muettes.) Motion acceptée.

La secrétaire du président est alors entrée dans la pièce. Elle a chuchoté quelques mots à l'oreille de son patron. Celui-ci a acquiescé, puis l'a interrogée :

— Avons-nous confirmation de qui se trouve à bord ?

— Oui, monsieur. Il n'y a que le pilote et le Dr Hatch.

— Prévenez la sécurité de leur arrivée. Qu'ils débarquent. (Comme sa secrétaire faisait demi-tour, Schema s'est retourné vers le conseil.) Nous avons pris notre décision juste à temps. On vient de m'apprendre que l'appareil du Dr Hatch était en train de se poser.

L'hélicoptère de la société s'est glissé sous une nappe de nuages gris-noir, avant de se poser sur la plate-forme d'atterrissage de l'*Ampère*. Hatch a failli vomir. Les atterrissages risqués sur une plate-forme instable faisaient partie des mille et un reproches que lui inspirait ce vaisseau amiral.

Le pilote a éteint le moteur et, tandis que les rotors ralentissaient, deux gardes armés – un grand maigre et un petit costaud – se sont approchés de l'appareil. Hatch a ouvert sa portière et posé le pied au sol. Un sourire ironique à l'intention des gardes, il leur a demandé :

— Pourquoi diable ces armes ?

— S'il vous plaît, monsieur, éloignez-vous de l'hélicoptère, lui a rétorqué le plus grand.

— Je vous ai posé une question.

— S'il vous plaît, éloignez-vous de l'hélicoptère.

Le regard de Hatch oscillait entre les deux hommes.

— Comme vous voudrez, a-t-il enfin cédé.

L'autre garde, le musclé, est allé jeter un coup d'œil à l'intérieur de l'appareil.

— Rien à signaler en visuel, a-t-il aboyé à son collègue.

— Vous attendiez quelqu'un ? a lancé le docteur.

— Nous allons devoir vous fouiller, monsieur, a repris le grand maigre. Les mains sur la tête, je vous prie.

— Tout cela est-il bien nécessaire ? s'est agacé Hatch.

— Oui, monsieur.

Le docteur s'est laissé fouiller par le musclé.

— Rien à signaler, a indiqué ce dernier.

— Le président Schema est-il au courant du traitement que vous m'infligez ?

— C'est lui-même qui nous l'a ordonné, monsieur.

— Regrettable…, a soupiré Hatch.

— Si vous voulez bien me suivre, a enchaîné le grand maigre.

Hatch s'est exécuté. Le musclé fermait la marche, l'arme au poing.

Par l'interphone, la secrétaire a prévenu le président Schema de l'arrivée du trio. D'un mouvement de tête, elle a ensuite indiqué au grand garde d'ouvrir la porte de la salle de conférences. Hatch a pénétré à l'intérieur. Aussitôt, il a remarqué la présence de deux autres gardes. Les membres du conseil, eux, ne disaient pas un mot.

— Je constate qu'il y a eu du changement, depuis ma dernière visite, a-t-il déclaré en s'asseyant. Merci de m'avoir envoyé un comité d'accueil.

Le président Schema, installé à l'autre bout de la table, se contentait de le scruter d'un œil glacial. C'est à grand-peine qu'il masquait sa colère sous une apparence de civilité.

Soutenant son regard, Hatch a poursuivi :

— Vous avez une communication à me faire ?

— Docteur Hatch, vous aviez reçu des instructions précises et un calendrier bien défini pour démanteler le programme de biogenèse. Au lieu de cela, vous avez désobéi à nos ordres de façon flagrante. Avec pour conséquence la destruction de notre plus grande installation, un black-out affectant soixante-dix pour cent du Pérou et une sérieuse atteinte à notre réputation.

Sans manifester la moindre émotion, le docteur s'est défendu :

— Nous avons été attaqués par des terroristes. En quoi cela est-il ma faute ?

— Ils ont attaqué parce que vous n'avez pas obéi à notre ordre de relâcher Mme Vey ! s'est emporté Schema. C'est votre refus qui a entraîné l'attaque.

— Je ne dirais pas cela. Ce groupe avait des motivations politiques propres.

— Des motivations politiques ! a ricané Numéro Trois. Ce sont des adolescents. Leur unique motivation politique, c'est un accès gratuit à l'Internet.

Hatch a tourné vers Numéro Trois un regard sombre et mauvais.

— Je le répète, ils ont des motivations politiques.

— Les dégâts provoqués par votre impudence, a repris Schema, nous ont ramenés plusieurs années en arrière. Nos chances de succès à long terme sont peut-être même anéanties.

— Ne dites pas de sottises. Croyez-vous réellement qu'un pays, quel qu'il soit, refusera la gratuité de l'électricité ? En revanche, la mauvaise gestion de la situation vous est entièrement imputable. Nous avons été attaqués par un groupe d'anarchistes et de terroristes puissant et très bien organisé. L'attentat aurait dû nous valoir la sympathie du monde entier, or c'est le contraire qui s'est produit. Et vous, au lieu de susciter cette sympathie, vous avez présenté vos excuses. Que vous est-il passé par la tête ? Imaginez-vous le président Roosevelt s'excuser devant le monde entier après Pearl Harbor ? Votre stupidité a dressé l'opinion publique contre nous. (Regardant tour à tour les membres du conseil, Hatch les a pris à partie :) Est-ce là notre chef ? Notre président ? L'homme à qui nous confions notre avenir ? (Puis, faisant face à Schema :) Vous avez causé assez de dégâts comme ça !

— Cela suffit ! s'est emporté le président en tapant du poing sur la table.

— Je ne vous le fais pas dire. Vous n'êtes plus en mesure de diriger notre organisation.

— Comment osez-vous ?

Schema avait bondi de sa chaise. Hatch en a fait autant et a tapé lui aussi du poing sur la table.

— C'est à vous qu'il faudrait poser la question ! Vous n'avez fait prendre à ce conseil que des décisions catastrophiques. Votre manque de vision n'a d'égale que votre bêtise.

Le visage tout rouge, les veines des tempes saillantes, Schema a ordonné :

— Gardes, conduisez-le en cellule.

— Je n'ai pas terminé, a repris Hatch en pointant du doigt le président. Il est temps, pour les Elgen, d'accomplir leur destinée. L'heure du changement a sonné, mais ce changement n'est pas celui pour lequel vous m'avez fait venir. (Balayant du regard la salle, le docteur a poursuivi d'une voix plus douce :) Oui, je sais pourquoi vous m'avez convoqué. Vous ne pouvez pas me renvoyer. Je sais trop de choses. Je tiens vos vies entre mes mains. Vous m'avez fait venir ici pour me… faire taire.

Personne ne lui a répondu.

— Je vous rassure, cela ne se produira pas. La seule personne qui va être réduite au silence, c'est notre illustre président.

— Gardes, emmenez-le ! a crié Schema. Immédiatement.

Les deux gardes sont venus se poster derrière le docteur pour le menotter.

— Les mains dans le dos, monsieur.

— C'est parti, a commenté Hatch en affichant un sourire sombre et plein d'assurance. Y a-t-il ici quelqu'un – mis à part moi-même, naturellement – qui s'oppose au projet du président ? Je vous invite à la plus grande prudence, votre décision aura des conséquences.

— Même face à un échec aussi cuisant, vous optez pour la provocation, a craché Numéro Deux.

Hatch s'est tourné vers la femme et lui a assené :

— Vous avez toujours partagé l'animosité du président envers moi. Dès lors je m'interroge : que partagez-vous d'autre avec lui ?

— Je ne vous permets pas !

— Comme si j'attendais votre permission…

— Vous êtes fou. Nous faisons bien de nous débarrasser de vous.

— N'en soyez pas si sûre. La journée n'est pas encore terminée.

— Vous pensez que le conseil va changer d'avis ? Ce que vous pouvez être obtus et arrogant !

— Nous verrons bien qui est réellement obtus. Cela dit, non, je ne crois pas que vous changerez d'avis. Mais les membres du conseil les moins obtus, si. Quant à mon arrogance, elle n'est pas sans fondement. Écoutez-moi attentivement, mes amis : ceux d'entre vous qui ne m'apportent pas leur soutien le regretteront. Et plus tôt que vous ne le croyez.

Numéro Sept s'est levée pour prendre la parole :

— Monsieur le président, est-il vraiment nécessaire de traiter le Dr Hatch ainsi ?

— Je m'interroge également, a renchéri Numéro Six. Le Dr Hatch a apporté énormément à notre organisation. Sans lui, le projet Starxource n'existerait même pas.

Schema a promené son regard sur les membres du conseil, puis demandé à voix basse :

— Qui d'autre désapprouve mes actions ? Qui souhaite rouvrir la discussion concernant le blâme du Dr Hatch ?

Numéro Onze a levé la main.

— Numéros Sept, Six et Onze, a déclaré le président en les toisant avec mépris, vous êtes relevées de vos fonctions de membres du conseil et assignées à résidence le temps que nous statuions sur votre sort. Capitaine, veillez à mettre un garde en faction à la porte de leurs chambres.

— Oui, monsieur.

Schema a ensuite interrogé le reste du comité :

— Qui d'autre souhaite se joindre à elles ?

Personne n'a rien dit.

— Emmenez ces imbéciles, a conclu le président.

Au moment de monter dans l'ascenseur situé au cœur du navire, Hatch s'est adressé aux deux gardes qui l'escortaient :

— Je vous offre une chance de prouver votre loyauté. (Une pause, puis :) Dans votre intérêt, pas le mien.

— Bouclez-la, lui a répliqué un des gardes. Vous êtes cinglé.

— Comme vous voudrez, a dit le docteur avec un sourire.

La cabine s'est rouverte au niveau inférieur de l'*Ampère*, et les gardes ont conduit Hatch à la prison par une longue coursive. Elle se composait de part et d'autre de quatre cellules de deux mètres sur deux, aux murs matelassés et aux serrures électriques. À une vingtaine de mètres de la salle des machines, il régnait un vacarme permanent.

Un garde a ouvert la première cellule et lancé à Hatch :

— Bienvenue dans votre nouvelle maison. Mettez-vous à l'aise. Vous y êtes pour un bon bout de temps.

— Je ne crois pas, non, lui a répliqué le docteur. Allez-vous m'ôter ces menottes ?

Le garde l'a poussé à l'intérieur.

— Demain, peut-être. Mais c'est loin d'être sûr.

— Demain n'existe pas pour vous.

— Il est maboul, a estimé l'autre garde.

Sur ce, il a claqué la porte de la cellule, dont la serrure a émis un bourdonnement. Les deux hommes repartaient déjà quand Hatch les a rappelés :

— Encore un mot.

Ils se sont tournés vers lui.

— Je vais vous apprendre une chose à mon sujet que beaucoup ont apprise à leurs dépens. (Se penchant vers les barreaux, il a dit d'une voix grave et gutturale :) Je n'oublie jamais rien.

— Comme les éléphants, s'est esclaffé un garde.

— Allez, viens, lui a dit son collègue. Laissons ce guignol dans sa cage.

Mais tout à coup, les lumières de la coursive ont vacillé. Puis celles du bout se sont éteintes.

— Messieurs, je crois qu'un orage électrique se prépare, a annoncé Hatch.

Les deux gardes ont empoigné leurs armes : mitraillette pour le premier, petit Colt pour le second. Soudain, ce dernier a lâché son pistolet avec un hurlement. Le visage écarlate, il agitait violemment les bras.

— Mes mains ! Elles brûlent !

Son collègue a alors jeté sa mitraillette pour tenter de retirer ses bottes.

— Mes pieds ! se lamentait-il.

À ce moment-là, leurs armes se sont soulevées du sol et ont volé jusqu'à l'autre bout de la coursive. Torstyn, Quentin et Kylee ont surgi des ténèbres. Ils ont croisé sans émotion les gardes qui se tordaient de douleur par terre. Kylee a subtilisé la clé électrique que portait l'un d'eux sans même se baisser. Puis elle a ouvert la cellule de Hatch.

— Vous en avez mis, du temps, a pesté le docteur.

– 12 –

Prise de pouvoir

— Debout ! a ordonné Quentin aux gardes. Ou Torstyn vous explose la cervelle ! Ensuite vous vous mettez en sous-vêtements et vous entrez dans la cellule.

Un premier garde a obéi. Les mains couvertes de cloques, il s'est déshabillé en vitesse.

— Tout ce que vous voudrez, monsieur, a-t-il ajouté.

Son collègue a retiré ses bottes mais est resté couché par terre. Il semblait sous le choc.

Posant le regard sur lui, Quentin lui a lancé :

— Tu ne comprends pas ce que je dis ?

— Si, monsieur. Mais je ne… (Une grimace.) Mes pieds…

Quentin a constaté que l'homme avait les pieds cramoisis et couverts de cloques.

— Dans ce cas, tu rampes, a décidé Torstyn. Ou tu préfères que je te pulvérise ?

— Non, monsieur, s'est empressé de répondre l'homme.

Et aussitôt, il a ôté son pantalon, hurlant quand le tissu frottait contre ses pieds. Ensuite, il a pénétré dans la cellule à quatre pattes en gémissant.

— À genoux, tous les deux, est intervenu Hatch. Les mains contre le mur. Et ne me faites pas perdre mon temps.

Les gardes se sont exécutés et le docteur a refermé la porte de la cellule.

— Il y a deux minutes, vous rigoliez, a-t-il ironisé. Qu'est-il arrivé ? On a perdu le sens de l'humour ?

Aucune réaction.

— Je vous ai posé une question.

— Non, monsieur ! ont crié à l'unisson les gardes.

S'adressant en particulier à l'un des deux, Hatch a poursuivi :

— De quoi m'avez-vous traité, déjà ? De guignol ?

— Je suis désolé, monsieur.

— Ce n'est pas suffisant, l'a menacé le docteur. (Puis, aux trois enfants électriques :) Allons rendre visite aux membres du conseil.

En se dirigeant vers l'ascenseur, Hatch a ramassé le Colt du garde, l'a fourré dans sa poche droite et a sorti de la gauche un téléphone satellite.

Il a appuyé sur un bouton. Deux secondes plus tard, une voix lui répondait.

— À l'attaque, a-t-il dit dans le micro.

Sur ce, il a rangé le téléphone et s'est tourné vers Quentin.

— Où sont Bryan et Tara ?

— Ils surveillent le niveau principal. Je vais les prévenir que nous sommes en route.

— Non, dis-leur plutôt de nous rejoindre.

— Bien, monsieur. (Le garçon a alors saisi son propre téléphone et composé un numéro.) Tara ? Ici Quentin. Descendez au niveau inférieur. Par l'ascenseur. Ils arrivent tout de suite.

Moins d'une minute plus tard, l'ascenseur s'ouvrait devant eux et Tara et Bryan sortaient de la cabine.

— Que se passe-t-il, là-haut ? les a interrogés Hatch.

— Tout est calme. Je crois que le conseil est encore en réunion.

— Quelqu'un sait-il que vous êtes à bord ?

— Deux laveurs de carreaux nous ont repérés, a indiqué Tara.

— Et… ? l'a relancée le docteur.

— Ils se sont jetés dans le vide, a pouffé Bryan. Tara leur a imposé une vision du navire infesté de cobras. Il y en a même un qui s'est rétamé sur le ventre. Énorme.

Hatch, lui, ne trouvait visiblement pas la chose amusante :

— Quelqu'un les a-t-il vus tomber à l'eau ?

— Nous ne le pensons pas, lui a affirmé Tara. Nous n'avons vu personne d'autre. Et c'est tout juste si on les a entendus crier.

— Bien. Maintenant, écoutez : les trois membres du conseil à m'être fidèles sont détenus dans leurs quartiers. Nous allons les libérer, puis rendre une petite visite à leurs collègues. Il y a en ce moment quatorze gardes à bord. Parmi eux, quatre me sont loyaux et attendent mes ordres : Woodbury, Spafford, Harlan et Mull. Nous avons mis deux hommes en cellule, les huit autres devront être neutralisés.

Un hélicoptère transportant vingt de nos meilleurs soldats fait route vers le *Faraday*. Il se posera dans précisément vingt-huit minutes. Quentin, Tara et toi allez faire en sorte qu'ils ne rencontrent aucune résistance. C'est compris ?

— Oui, monsieur.

— Oui, monsieur, a également acquiescé Tara.

— Kylee, Bryan et Torstyn viennent avec moi. Nous allons nous occuper des trois gardes des suites, puis retrouver nos quatre hommes sur le pont. Tara, as-tu vu d'autres gardes sur la passerelle de commandement ?

— Deux.

— Débarrasse-nous-en.

— Bien, monsieur.

— Quentin, coupe toutes les communications. Aucun SOS ne doit pouvoir être envoyé à un autre navire de la flotte. Ceux-ci ne me sont pas encore tous acquis.

— Bien, monsieur. J'aurai neutralisé la passerelle avant votre arrivée.

— Ne touche ni aux contrôles ni au radar, ou ce navire nous sera inutile.

— Bien, monsieur.

— Supprime également la console vidéo. Je ne veux pas qu'on nous épie. Tu as cinq minutes. Appelle-moi quand ce sera terminé.

— Bien, monsieur.

— Allez-y.

Tara et Quentin ont pris l'ascenseur. Moins de cinq minutes plus tard, le téléphone de Hatch sonnait.

— Nous contrôlons la passerelle, monsieur. Les consoles sont neutralisées.

— Bien. Attendez mon arrivée. (Sur ce, le docteur a raccroché puis s'est adressé à Torstyn, Kylee et Bryan :) Finissons-en.

– 13 –

Mutinerie

Dans la salle de conférences, Schema avait le regard sombre.

— La décision est donc unanime, a-t-il déclaré. Dès que nous serons au large, le Dr Hatch sera éliminé. (Une quinte de toux l'a secoué, après quoi il a expiré lentement.) Ce sera un soulagement.

Deux gardes Elgen, Spafford et Mull, surveillaient l'extérieur de la salle.

L'émetteur-récepteur de Spafford a bipé. L'homme s'est tourné vers son collègue.

— C'est le moment.

Mull a acquiescé. Un dernier regard dans la coursive, après quoi les deux gardes ont ouvert la porte de la salle de conférences, y ont pénétré et ont refermé derrière eux.

— Messieurs, les a interpellés Schema, je vous demande de sortir. La réunion n'est pas terminée.

Spafford et Mull ont braqué leurs armes sur les membres du conseil.

— Vous êtes tous en état d'arrestation, a annoncé Spafford. Les mains sur la tête. Exécution !

— Que cela signifie-t-il ? s'est indigné le président.

Numéro Deux a discrètement pressé un bouton sous la table.

— J'ai dit : Exécution ! a répété Spafford.

— Je vous suggère plutôt de rendre les armes, est intervenue Numéro Deux. J'ai alerté les gardes.

— La ferme ! l'a mouchée Mull. Tout le monde à genoux, préparez-vous à rencontrer l'amiral de la flotte Elgen.

— L'amiral ? s'est étouffée Numéro Deux.

— L'amiral Hatch, a précisé Spafford.

— Mais vous êtes complètement malades ! a rétorqué Schema.

Au même instant, la porte s'est ouverte, Hatch est entré dans la salle. Flanqué de Quentin et Torstyn, suivi des Numéros Sept, Six et Onze.

— Gardes, emparez-vous de lui ! a ordonné Schema en désignant le docteur.

Ce dernier s'est contenté de secouer la tête en soufflant :

— Le dindon de la farce, comme d'habitude. Ces hommes ne vous obéissent pas. (S'adressant à Spafford et à Mull :) Beau travail, messieurs.

— Votre petite manœuvre ne réussira pas, a craché Numéro Deux. J'ai alerté les gardes. D'ici peu, vous aurez regagné votre cellule.

Hatch l'a toisée quelques instants.

— Vous avez alerté les gardes ?

La porte s'est de nouveau ouverte : une dizaine d'hommes en uniforme noir ont fait irruption dans la salle, sous le commandement d'un capitaine d'escadron en tenue violette.

— *Ces gardes*, a précisé Numéro Deux. (Puis, au capitaine :) Dieu merci, vous voilà. Le Dr Hatch s'est rebellé. Arrêtez-le.

Le capitaine ne réagissait pas, se contentant de scruter la femme avec mépris.

— Je vous ai donné un ordre ! a insisté celle-ci.

— Ce ne sont pas nos hommes, lui a soufflé le président.

— Tout à fait, Schema, a dit Hatch avec un sourire serein. Il est si rare que vous ayez raison, par les temps qui courent, c'en est rafraîchissant.

— Que manigancez-vous, Hatch ?

— Je vous relève de vos fonctions, Schema. Capitaine, emparez-vous d'eux.

— Bien, monsieur. Tout le monde se lève ; les mains dans le dos. Exécution !

Aucun membre du conseil n'a obéi. Tous interrogeaient Schema du regard. Ce dernier défiait Hatch.

— On vous a donné un ordre, a souligné celui-ci.

Toujours aucune réaction.

— Non ? Très bien. Capitaine Welch, veuillez abattre un de ces individus.

— Oui, monsieur. Lequel ?

— Je vous laisse le choix.

L'homme a immédiatement braqué son arme sur Numéro Trois.

— Une minute ! l'a retenu Schema. Ne tirez pas. Nous ferons tout ce que vous voudrez.

— J'y compte bien, a confirmé Hatch. Capitaine, la prochaine fois que l'un d'eux hésite à obéir, vous l'abattez.

— Bien, monsieur.

— Être chef, c'est une lourde tâche. Je ne vous apprends rien, Schema. Si vous menacez de couper un doigt à ceux qui enfreignent les règles, il vous faudra en amputer plusieurs avant que tout le monde vous prenne au sérieux. Alors, qui parmi vous veut servir d'exemple ? La décision vous appartient. Levez-vous.

Tout le monde s'est levé aussitôt.

— Assis.

Tout le monde s'est assis.

— Debout !

Tous se sont levés.

— Et maintenant… entre les deux.

La moitié des membres du conseil se sont assis, l'autre a hésité, s'arrêtant en plein mouvement. Tous scrutaient Hatch avec nervosité.

— Qu'attendez-vous de nous ? l'a interrogé Numéro Quatre.

Le docteur a souri.

— Je m'amuse, c'est tout. Assis.

Tout le monde s'est assis.

— Que cherchez-vous à prouver, Hatch ? a demandé Schema.

Le sourire de l'intéressé a fait place à une moue renfrognée.

— Je cherche à prouver que vous êtes des crétins et que je vous ai écoutés trop longtemps. À compter de maintenant, et jusqu'à la fin de vos misérables vies, vous ferez très exactement ce que je dis. Debout.

Tous se sont levés.

— Capitaine, saisissez-les.

— Vous avez entendu ? a aboyé l'homme. Les mains dans le dos. Exécution !

Tout le monde a obéi. Deux soldats se sont occupés de leur ligoter les poignets. Mais soudain, Numéro Dix a fait volte-face et tenté de s'emparer du pistolet d'un des hommes. Un garde l'a immédiatement neutralisé à l'aide d'un Taser.

— Maîtrisez-le, a tonné le capitaine.

Deux soldats ont empoigné Numéro Dix, lui ont lié les bras dans le dos, ligoté les chevilles, puis l'ont traîné jusqu'aux pieds de Hatch.

— Quels sont vos ordres, monsieur ? a demandé le capitaine.

Le docteur s'est accroupi à côté de Numéro Dix pour lui dire :

— Vous avez du mal à comprendre ?

— Vous ne l'emporterez pas au paradis, lui a rétorqué l'autre.

— Oh que si. Jetez-le à la mer.

— Ce n'est pas nécessaire, Hatch, est intervenu Schema. Il est désolé. Pas vrai, Dix ?

— Ça, je n'en doute pas, a répliqué le docteur. Capitaine, ouvrez une fenêtre, je vous prie.

Du doigt, il montrait le panneau central de la grande paroi vitrée.

Le capitaine a braqué sa mitraillette dans la direction indiquée, pressé la détente et fait voler en éclats une grande section de verre. L'odeur de la poudre a empli la salle.

— Par ici la sortie, a lancé Hatch à Numéro Dix. J'espère que vous êtes bon nageur.

— Je… Je m'excuse. Je ferai tout ce que vous voudrez.

— Vraiment ?

— Vraiment, monsieur.

— Bien. Je veux que vous vous noyiez.

Deux soldats ont entraîné Numéro Dix vers le trou dans la vitre, puis se sont tournés vers Hatch. Celui-ci a acquiescé. Les gardes ont soulevé l'homme et l'ont jeté dans le vide. Son cri s'est achevé dans un *plouf* lointain.

— Adieu, Numéro Dix, a conclu le docteur. Capitaine, pensez-vous qu'il puisse nager les mains liées dans le dos ?

— Non, amiral.

— Moi non plus. (Puis, s'adressant aux autres membres du conseil :) Comme je vous disais, il faut toujours amputer quelques doigts avant que tout le monde comprenne bien. Qui d'autre souhaite tester ma détermination ?

L'assistance le scrutait avec crainte.

— Vous apprenez vite, on dirait. À vous de jouer, capitaine.

— Vous obéirez à nos moindres paroles, a déclaré ce dernier. Avancez-vous tous vers la vitre et mettez-vous à genoux.

Tous se sont exécutés en vitesse, mis à part Schema. Le capitaine est allé arracher le président de sa chaise, l'a forcé à s'agenouiller et lui a assené un coup de pied en plein ventre. Schema s'est écroulé, secoué par une quinte de toux.

Hatch s'est alors tourné vers les numéros Six, Sept et Onze.

— Reprenez vos places, je vous prie.

Les trois anciens parias ont aussitôt regagné la table. Hatch, lui, s'adressait aux autres membres du conseil :

— C'est amusant, comme les choses peuvent changer. Il y a une heure à peine, vous méprisiez ces trois collègues. Et maintenant, vous donneriez n'importe quoi pour être des leurs, je me trompe ? Je vous avais bien dit qu'il y aurait des conséquences. (Là, il s'est lentement dirigé vers Schema.) Durant mon séjour au Pérou, j'ai un peu découvert la culture inca. Ces gens-là étaient beaucoup plus avancés qu'on ne le croit. Ils ont ainsi réalisé des prouesses architecturales qui font rougir nos architectes modernes. Ils ont élevé de gigantesques pyramides que nous sommes incapables de reproduire. Ils pratiquaient avec succès la chirurgie du cerveau.

» Certes, ils avaient un côté brutal, ils s'adonnaient à des sacrifices humains, mais là encore, ils démontraient une grande intelligence et une grande compréhension de la nature même de la politique. Chaque fois qu'un roi inca triomphait d'un royaume voisin, le souverain vaincu était sacrifié devant ses sujets, afin que tous sachent bien qui gouvernait désormais.

À ces mots, Schema a pâli. Hatch s'est accroupi devant lui.

— Vous ne me pensiez tout de même pas assez bête pour venir jusqu'ici les mains dans les poches ?

a-t-il sifflé. (Se relevant et s'adressant aux membres du conseil agenouillés :) Encore un exemple du manque de vision de votre président. (Se tournant vers ce dernier :) Comme je vous l'ai dit, je vous relève de vos fonctions. Estimez-vous heureux que je ne vous ôte pas la vie.

— Vous paierez pour cela, Hatch. C'est un acte de mutinerie.

— *Amiral* Hatch, l'a calmement corrigé l'intéressé. Et bien sûr que c'est un acte de mutinerie. Quant à me faire payer… à quelle adresse dois-je envoyer le chèque ? Et à l'ordre de qui dois-je le libeller ? Si vous insinuez que cette histoire peut se terminer autrement que par ma prise de fonctions et votre mise au cachot, je vous prie d'oublier tout cela très vite. La cavalerie n'arrivera pas. Tout le monde est à mes ordres. C'est d'ailleurs là le problème, quand on délègue, Schema : à un moment, la hiérarchie se fait… court-circuiter. Capitaine, enfermez-les tous dans la même cellule. La première.

— Oui, amiral. (Pivotant sur ses talons, il a lancé aux prisonniers :) Debout !

Les membres du conseil se sont relevés avec difficulté.

— Qu'allez-vous faire de nous ? a voulu savoir Numéro Deux.

— Vous passerez en jugement. Mais pas de panique : j'aurai pour vous la même pitié que vous comptiez avoir pour moi. Capitaine, vous ferez pendre l'*ex*-président Schema par les pieds. Je tiens à ce que ses loyaux sujets sachent qu'il a été vaincu.

— Oui, monsieur.

— Ne faites pas cela, a imploré Schema. Vous avez besoin de moi.

— J'ai autant besoin de vous que d'un calcul rénal, lui a répliqué Hatch. Emmenez-le.

Deux soldats ont soulevé Schema et l'ont transporté jusqu'à la prison. Six autres gardes escortaient le reste du conseil d'administration.

Les regardant sortir, Quentin s'est mis à rire, bientôt imité par les autres enfants électriques qui les avaient rejoints. Hatch lui-même a souri.

— Ç'a été plus amusant que je n'aurais cru. Je suis presque triste que ce soit terminé.

– 14 –

Informations C10

Quand les prisonniers ont été évacués, Hatch s'est dirigé vers la place de Schema, en bout de table. Il a reculé la chaise de l'ancien président et marqué une pause avant de s'asseoir.

— Vous n'avez pas idée de la patience qu'il m'a fallu. Laissez-moi savourer cet instant. (Une grande inspiration, puis il s'est assis lentement, le visage barré d'un sourire sinistre.) Enfin…

Numéro Sept s'est mise à applaudir, bientôt imitée par toutes les personnes présentes.

— Merci, a déclaré Hatch. Vous pouvez vous asseoir. Quentin et Torstyn, à mes côtés. Quentin à ma droite, Torstyn à ma gauche.

Chacun a pris place : les anciens membres du conseil à leurs sièges respectifs, les adolescents aux places libres près du docteur.

Ce dernier s'est levé et dirigé vers un meuble de rangement adossé à la cloison bâbord du navire. Il l'a ouvert, révélant un tableau blanc.

— Les informations que je m'apprête à vous révéler sont classifiées C10.

Les visages des enfants se sont assombris.

— Est-ce clair ?

— Oui, amiral, lui ont répondu les jeunes.

— Vous allez peut-être me trouver sentimental, mais vous, mes chers aigles électriques, vous pouvez encore m'appeler « monsieur ».

— Oui, monsieur.

Les membres du conseil échangeaient des regards interrogateurs. Numéro Onze a levé la main.

— Oui ? lui a lancé Hatch.

— Navrée de vous interrompre, amiral, mais qu'est-ce que la classification C10 ?

— Explique-lui, Quentin.

— Oui, monsieur. La classification C10 est notre niveau de confidentialité le plus élevé. Les informations qui vont nous être révélées ne devront pas être répétées en l'absence de l'amiral Hatch, même entre nous. Le châtiment encouru pour la divulgation d'informations C10 est la mort par torture.

— Est-ce clair ? a demandé Hatch.

— Oui, lui a assuré Numéro Onze. Merci.

— Effectuez le salut Elgen, je vous prie.

Les jeunes ont porté la main gauche à leur tempe. Les trois membres du conseil les ont observés puis imités.

— Très bien. Je vais à présent vous parler de l'opération Luau.

Hatch a noté les mots OPÉRATION LUAU sur le tableau blanc, puis il a pivoté sur ses talons et jeté le feutre sur la table.

— Nous avons besoin d'une base terrestre, a-t-il développé. Un endroit où réaliser nos expériences et construire de plus grosses armes à impulsion électromagnétique. Une base à l'écart des regards indiscrets, invisible pour la CIA, le FSB, le MI5, le Mossad, ou n'importe quel gouvernement local. Un lieu jouissant de l'autonomie politique. Or j'ai justement découvert l'endroit idéal. Dans le Pacifique Sud, à mi-chemin entre les îles Hawaii et l'Australie, près des îles Samoa et Fidji : l'archipel polynésien de Tuvalu.

— Tuvalu ? a répété Bryan.

— Si vous n'en avez jamais entendu parler, ne vous inquiétez pas, personne ne le connaît. Et c'est précisément en cela qu'il nous intéresse. C'est le quatrième plus petit pays du monde, derrière le Vatican, Nauru et Monaco. Tuvalu se compose de neuf atolls.

» Hélas pour eux, les Tuvaluans ont pris leur indépendance vis-à-vis de la Grande-Bretagne dans les années 1970. Geste hautement imprudent de la part de cette population majoritairement composée de danseuses traditionnelles et de pêcheurs. Ils ne possèdent pas d'armée, ne consacrent aucun budget à leur défense et ne peuvent compter que sur une minuscule police locale sans grand pouvoir. Leur marine militaire consiste en un unique patrouilleur fourni par le gouvernement australien et affecté aussi bien à la surveillance maritime qu'à la pêche. Notre *Tesla* lui-même n'en ferait qu'une bouchée.

» Les Tuvaluans font actuellement face à une crise énergétique. La montée du niveau des océans a endommagé deux de leurs centrales électriques, à moteur

Diesel. Malheureusement pour eux, leur troisième a rendu l'âme voilà deux mois.

— Le destin nous a été favorable, a commenté Numéro Six.

— Le destin est l'excuse de ceux qui sont trop bêtes ou trop faibles pour construire leur propre avenir, lui a rétorqué Hatch. C'est nous qui avons saboté cette centrale. Trois semaines plus tard, nous ouvrions une centrale Starxource sur l'atoll de Funafuti. Nous contrôlons à présent cent pour cent de l'électricité du pays.

» En vue de notre arrivée, nous avons, comme au Pérou, bâti un camp d'entraînement pour la rééducation de la population locale.

» Voici mon plan : nous rassemblons la flotte Elgen dans le port péruvien de Callao, où nous nous ravitaillons, et nous évacuons nos troupes de la centrale péruvienne. Nous ne laissons derrière nous qu'un escadron de soldats pour défendre ce qu'il reste de la centrale. De là, nous rallions Tuvalu en deux semaines.

— Comment y parviendrons-nous à leur insu ? a voulu savoir Quentin.

Hatch s'est appuyé des deux mains sur la table et s'est penché en avant.

— Mais ils sont tout à fait au courant. Et ils n'opposeront aucune résistance. Ils prévoient même de nous accueillir avec colliers de fleurs et danses traditionnelles. Il s'agit d'une visite diplomatique visant à célébrer l'ouverture de notre centrale Starxource.

» Nous avons convié le Premier ministre, ainsi que le gouverneur général et le parlement tout entier à un repas de fête. Nos hommes sur place m'assurent que les Tuvaluans ont hâte de nous prouver leur gratitude.

» Pendant que nous mangerons, le *Faraday* se mettra en place au large de la capitale. Nos troupes débarqueront, tandis que le *Watt* patrouillera aux alentours. Tout navire qui tentera de pénétrer dans l'archipel ou d'en sortir sera coulé.

» Une fois nos troupes en position, nous couperons le courant dans l'archipel, de sorte à empêcher les communications internes et avec l'extérieur. Seules nos installations seront alimentées. Le gouvernement tuvaluan sera mis aux arrêts le temps que nos troupes capturent les policiers locaux. Ces hommes rejoindront leurs dirigeants en prison.

» Nos soldats prendront le contrôle de l'unique station de radio de l'archipel, depuis laquelle je m'adresserai le lendemain matin à la population afin de l'informer des changements. Chaque citoyen devra se faire recenser par notre police interne. Ceux qui résisteront seront incarcérés et envoyés en rééducation.

» Dans le même temps, l'*Ohm* et le *Volta*, chacun doté d'un contingent de deux cents gardes, accosteront sur l'île de Nanumaga, dont la population sera évacuée. C'est là que nous construirons nos nouveaux laboratoires et usines d'armement.

Hatch a promené son regard sur l'assistance, puis demandé :

— Des questions ?

Personne ne prenant la parole, il a poursuivi :

— Très bien. Quentin et Torstyn, suivez-moi. Les autres, vous pouvez vous retirer pour la soirée.

La journée a été longue. Reposez-vous. Nous allons être très occupés au cours des cinq prochaines semaines.

Accompagné de Quentin et de Torstyn, Hatch s'est alors rendu dans la suite présidentielle. Les gardes lui en ont ouvert la porte et, une fois à l'intérieur, le docteur a décroché le téléphone.

— Envoyez du personnel d'entretien pour la suite de l'amiral. (Une pause.) Oui, la suite présidentielle. Merci.

Le téléphone raccroché, Hatch a saisi une carafe en cristal et a rempli trois verres de whisky qu'il a posés sur un plateau d'argent. Il a offert un verre aux deux garçons. Quentin portait déjà le sien à ses lèvres quand le docteur l'a retenu.

— Un instant, Quentin. Ne t'ai-je donc rien appris ? Ne bois jamais avant de savoir ce que tu t'apprêtes à boire. Ce breuvage est un Balvenie Fifty, rare spécimen de l'un des meilleurs scotchs *single malt* jamais distillés. Cinquante ans d'âge. Un seul flacon se vend à plus de trente mille dollars. Je vous en ai versé pour trois mille dollars. La décence et le respect vis-à-vis de cette boisson nous imposent de remercier l'ex-président Schema pour son goût très sûr en matière de scotch. (Levant son verre :) À Schema. Un bouffon qui savait reconnaître une bonne bouteille.

Tous trois ont trinqué. Le docteur a bu les yeux fermés, puis a reposé son verre.

— Il vaut bien son prix…, a-t-il estimé.

Quentin s'est un peu étouffé, ce qui a fait sourire Torstyn.

Hatch observait les deux garçons.

— Je vous ai invités ici afin de marquer l'occasion. Une journée qui fera date... dans l'infamie. Aujourd'hui démarre un nouvel ordre mondial. Le monde change, mes amis. La souveraineté des nations échappe déjà à leurs citoyens, sans qu'ils s'en rendent compte.

» Il est évident que l'autorité supranationale d'une élite intellectuelle est préférable au modèle démocratique archaïque et dépassé. La croyance selon laquelle l'être humain moyen, avec ses superstitions et son conditionnement religieux, est capable de prendre des décisions rationnelles pour régir la société dépasse le ridicule. C'est de la bêtise pure.

» Aujourd'hui, nous avons franchi un pas décisif dans notre marche vers une gouvernance mondiale. Je ne parle pas d'une Société des Nations, grotesque et impuissante, mais plutôt d'une élite prête à défendre les classes abruties contre elles-mêmes.

» Vous deux, mes jeunes apprentis, reprendrez un jour le flambeau. Vous régnerez sur le monde, et le monde ne s'en portera que mieux. Saluons donc cette journée capitale par un toast. (Hatch a rempli de nouveau leurs verres.) À l'élite Elgen.

— À l'élite Elgen, ont répété les garçons.

Et tous trois ont englouti leur scotch.

– 15 –

Le Dragon et sa Bête

L e toast à peine achevé, on a frappé à la porte.
— C'est pour le ménage, a lancé une voix.
— Entrez, a répondu Hatch.
La porte s'est ouverte lentement et une femme de ménage en tenue – une Italienne rondelette d'une cinquantaine d'années – a passé la tête dans l'embrasure.

— Président Schema ?

— M. Schema n'habite plus ici, l'a informée le docteur. Je suis votre nouveau patron. Êtes-vous venue seule ?

— Oui, monsieur.

— Comment vous appelez-vous ?

— Patrizia.

— Très bien, Patrizia, je vous conseille d'appeler du renfort. Cette chambre empeste le Schema. Je veux que vous la désinfectiez. Du sol au plafond. Changez les draps, les tapis, les serviettes – en résumé, je vous demande de stériliser ou de remplacer le moindre bout d'étoffe, y compris les rideaux. Vous commencerez par vider les placards et les tiroirs des effets personnels de M. Schema.

La domestique semblait perdue.

— Et où dois-je emporter les affaires du président ?

— Il n'est plus le président, vous ne devez plus lui donner ce titre. Est-ce compris ?

— Oui, monsieur.

— Je me moque de ce que vous ferez de ses affaires. (Se frottant le menton, Hatch s'est ravisé.) En fait, non, j'ai une préférence. Jetez-les par-dessus bord. Je n'aime pas m'encombrer, et Schema n'aura plus besoin de tout cela.

Contemplant les nombreuses œuvres d'art, Patrizia a voulu clarifier :

— Je jette tout, monsieur ?

— Tout. À présent, appelez vos collègues et mettez-vous au travail. Vous devrez avoir quitté ma chambre dans deux heures. Une minute de plus, et vous passez la nuit en cellule, en compagnie de l'ancien président. Suis-je clair ?

— Oui, monsieur.

— Parfait. Au travail. (Tournant le dos à la femme de ménage, il s'est resservi à boire, puis s'est adressé à Quentin :) Veille à ce que chacun soit bien installé.

— Oui, monsieur.

— Va. Et quand tu auras fini, présente-toi au rapport sur le pont avant.

— Oui, monsieur.

Le garçon s'est levé ; Hatch a ordonné à Torstyn de l'accompagner.

Patrizia avait déjà convoqué ses collègues et entassait frénétiquement le linge au milieu de la chambre. Hatch souriait de la voir si motivée. Il s'est ensuite emparé de la bouteille de scotch et s'est dirigé vers la porte.

— Patrizia, a-t-il interpellé l'Italienne. Une heure et cinquante-huit minutes. J'ai déclenché une minuterie. Je reviendrai dans une heure et cinquante-huit minutes. En espérant ne pas avoir à vous faire escorter par un de mes gardes.

— Oui, monsieur.

Le docteur est sorti de la chambre.

Il a rejoint la passerelle de commandement par l'ascenseur et s'est rendu sur le pont. Le parfum piquant des embruns emplissait ses narines. Il s'est assis près de la proue, les pieds posés sur une chaise. Après avoir pris une gorgée de scotch au goulot, il a posé la bouteille à côté de lui. Il était là depuis une trentaine de minutes lorsque Quentin est venu le rejoindre.

— Tout le monde est satisfait de sa chambre, monsieur, a-t-il annoncé.

— Où est Torstyn ?

— Dans la sienne.

— Parfait. (Le regard toujours perdu au loin, Hatch a enchaîné :) Quentin ?

— Oui, monsieur ?

— As-tu lu la Bible ?

Le garçon a froncé les sourcils.

— Non, monsieur. C'était interdit, à l'Académie.

— Regrettable. C'est une fiction vraiment fabuleuse. Un tas d'inepties, bien sûr, mais dans lequel, à certains moments, les auteurs ont vu juste. Savais-tu que la Bible annonçait notre venue ?

— Je l'ignorais, monsieur.

— Il y a de cela deux mille ans, les auteurs ont décrit notre époque. « Et j'ai vu une Bête émerger des eaux, elle avait sept têtes et dix cornes, et sur ses têtes un nom de blasphème. Cette Bête que j'ai vue était comme la panthère, ses pieds comme ceux de l'ours, sa bouche comme la gueule du lion. Le Dragon lui a donné son pouvoir, son trône et sa grande autorité. Et le monde entier, émerveillé, a suivi la Bête. Le culte que tous vouaient naguère au Dragon, ils le vouaient désormais à la Bête. Ils disaient : "Qui est pareil à la Bête ? Qui peut lui faire la guerre ?" Et autorité lui a été donnée sur toutes les tribus, les langues, les nations. Et tous les habitants de la terre lui voueront un culte[1]... »

Hatch s'est interrompu afin de boire une nouvelle rasade au goulot, puis il s'est tourné vers Quentin.

— Sept têtes et dix cornes, le nombre dix-sept représente les enfants électriques. Et le dragon lui a donné son pouvoir, tout comme je vous ai donné les vôtres. Tout comme je vais vous donner des trônes et la grande autorité. Et les peuples de ce monde vous craindront et me voueront un culte.

Il a souri.

— Le temps qu'ils découvrent qui nous sommes, il sera trop tard. (Et dans un grand éclat de rire :) Je suis bien terre à terre, ce soir, tu ne trouves pas ?

---

1. Apocalypse 13, 1-8. (*N.d.T.*)

— Si, monsieur, a confirmé Quentin.

— Ou bien c'est l'ivresse…

Baissant les yeux, le garçon a demandé :

— À propos des dix-sept… qu'en est-il des autres ?

— Les autres Halos ? Ils finiront par se rallier à nous. Y compris Michael Vey. Si la vie m'a bien enseigné une chose, c'est qu'on ne peut lutter contre sa destinée.

— Bien, monsieur. Puis-je encore vous être utile ?

— Laisse-moi seul.

— Oui, monsieur. Permission de regagner ma chambre demandée.

— File.

Quentin a pivoté sur ses talons et est rentré à l'intérieur. Hatch s'est tourné vers le soleil couchant. Le pouce levé pour éclipser l'astre rouge orangé, il a empoigné la bouteille en disant :

— Au Dragon. Et à ses redoutables jeunes Bêtes.

Il faisait nuit quand Hatch s'est rendu à la prison avec ce qu'il restait de scotch. Les moteurs étaient en maintenance, il régnait donc un silence inhabituel dans la coursive. Les hommes de faction devant les cellules ont salué le docteur en se mettant au garde-à-vous.

— Amiral, ont-ils lancé en chœur.

— Repos, marins, leur a répondu Hatch. (Puis, leur tendant la bouteille :) Veuillez me la tenir.

Le voyant apparaître, les anciens membres du conseil d'administration se sont levés, les mains toujours attachées dans le dos. Schema, lui, était suspendu par les pieds, le dos à Hatch. Depuis trois heures qu'il était ainsi, il avait perdu connaissance. Une flaque de vomi s'étalait sous lui.

Numéro Deux est venue s'appuyer contre les barreaux.

— Détachez-le, Hatch. J'exige que vous le détachiez.

— Ai-je bien entendu ? Vous *exigez* ? Est-ce là ce que vous avez dit ?

La femme a dégluti, sa mine indignée s'est vite évaporée. Sourire aux lèvres, le docteur a repris :

— Vous n'êtes pas en position d'*exiger* quoi que ce soit, *Numero Dos*. Et à la prochaine remarque aussi impérieuse, vous irez nourrir les poissons avec Numéro Dix. Me suis-je bien fait comprendre ?

— Oui, lui a répondu Numéro Deux en tremblant.

— Oui qui ?

— Oui, monsieur…

— Oui, *amiral*, l'a corrigée Hatch. (Braquant son regard sur les autres prisonniers, blottis au fond de la cellule, il a enchaîné :) Si l'un de vous se trompe encore, il le regrettera le peu de temps qu'il lui restera à vivre. À partir de maintenant, vous ne m'appellerez plus que *Amiral Hatch*.

Il allait repartir quand…

— Amiral, l'a retenu Numéro Deux.

Hatch a fait volte-face. La femme était à genoux, la tête presque à terre.

— Pitié, amiral. Acceptez de détacher le président. Il ne tiendra pas longtemps dans ces conditions.

Le docteur l'observait d'un œil intrigué.

— Je ne m'étais donc pas trompé : vous tenez à lui.

La femme a levé les yeux. Ses joues étaient baignées de larmes.

— Oui, amiral.

— Éprouvez-vous des sentiments pour lui ?

— Oui, amiral.

— L'aimez-vous ?

Une hésitation, puis :

— Oui, amiral.

— Voyez-vous ça ! s'est esclaffé Hatch. À quel point ?

— Que voulez-vous dire ?

— À quel point l'aimez-vous ?

Numéro Deux scrutait le docteur avec crainte, persuadée que cette question était un piège.

— Je l'aime de tout mon cœur.

— Vraiment ? J'ignorais que vous en aviez un.

Sans répondre, la femme s'est contentée de baisser la tête.

— Très bien, vous prétendez l'aimer, je vais le faire détacher. Par égard pour *l'amour*.

Surprise de cette décision, Numéro Deux a relevé la tête.

— Merci, amiral. Merci.

— À condition que vous acceptiez de prendre sa place.

Le soulagement a fait place à l'horreur sur les traits de la femme.

— Par égard pour *l'amour*, a ironisé Hatch. À moins que votre amour n'aille pas jusque-là ?

Son interlocutrice a de nouveau hésité, puis elle a fini par se décider :

— Si, amiral. Mon amour va jusque-là. Merci de votre bonté.

Hatch l'a scrutée un moment, avant de hausser les épaules.

— Hum. Étonnant. (À un garde :) Faites.

— Oui, monsieur.

Le docteur a repris sa bouteille. Il hochait la tête. Il a fait demi-tour et s'est éloigné en fredonnant : « *All you need is love…* »

Quatrième partie

– 16 –

À contre-courant

Jaime, Tessa et moi avons encore marché deux jours à travers la jungle épaisse. Parfois, notre silence était aussi étouffant que l'humidité ambiante. Jaime était en colère. Il avait accepté de désobéir à sa hiérarchie uniquement parce que j'avais menacé de dénoncer la voix s'il ne me conduisait pas à la route que devait emprunter le convoi. Tessa, elle, n'avait toujours pas décidé de m'aider à sauver mes amis, mais j'étais quasi sûr qu'elle culpabilisait.

Le deuxième jour, en fin d'après-midi, Jaime nous a fait gravir la pente raide d'une colline avant de s'immobiliser brusquement et de poser son sac par terre.

— Nous allons camper ici cette nuit, a-t-il annoncé.

— Il fait encore jour, ai-je observé.

— Suis-moi, j'ai quelque chose à te montrer. (À travers une trouée dans les arbres, il m'a désigné une montagne, sur l'autre berge de la rivière.) Voilà notre destination. Nous y serons demain.

— Raison de plus pour ne pas nous arrêter, ai-je estimé. L'armée peut décider de transférer mes amis à tout moment. Ils sont peut-être déjà en route.

— Si c'est le cas, il est déjà trop tard : nous ne traverserons pas la rivière de nuit. C'est le moment où se nourrissent la plupart des bêtes qui la peuplent. En plus, nous ne pourrons pas allumer de feu pour nous réchauffer et nous sécher en ressortant de l'eau. Mieux vaut attendre le matin.

Me tournant une dernière fois vers la rivière, j'ai fini par accepter. Je devais faire confiance à Jaime. Il n'approuvait peut-être pas mes plans, mais rien ne l'obligeait à m'aider autant qu'il m'avait aidé. Je pense que, au fond de lui, malgré les ordres, il voulait que je libère mes amis.

— Merci, lui ai-je dit.

— Tu me remercieras quand tu auras survécu, m'a-t-il répliqué avec un regard inquiet.

Nos réserves de nourriture diminuaient rapidement. Il ne nous restait que de la viande et des bananes séchées, du pain dur et du fromage à tartiner. Pendant que Tessa et moi montions la tente, Jaime est parti chercher des vivres. Il est revenu une heure plus tard, le sac à dos rempli.

Il en a sorti une avalanche de fruits. Tessa en a saisi un, gros comme un œuf, avec des écailles rouge foncé.

— C'est quoi ? a-t-elle demandé.

— Le fruit de l'*aguaje*, lui a répondu Jaime. Délicieux et très bon pour la santé.

Elle a épluché le fruit et mordu dedans.

— Ça a un goût de carotte, a-t-elle commenté.

— Il est très apprécié chez nous, a expliqué le Péruvien. Les femmes qui vivent près de la forêt tropicale en consomment beaucoup. Elles prétendent qu'il les rend plus belles.

— Moi ça va, je me sens déjà assez belle comme ça, a plaisanté Tessa.

Jaime m'a tendu un autre fruit, en forme de poivron jaune.

— Un *cocona*, m'a-t-il précisé, ou tomate amazonienne. Il n'est pas doux, mais il est très bon.

J'ai goûté. À mi-chemin entre le citron vert et la tomate. J'ai remercié Jaime et lui ai demandé s'il avait eu du mal à trouver tous ces fruits.

— Pas vraiment, a-t-il avoué. Le tout est de savoir ce qu'on cherche. La jungle regorge de fruits, mais beaucoup sont toxiques.

Le repas terminé, on a fini d'installer notre camp. C'était la première fois qu'on se couchait si tôt.

Le lendemain, je me suis réveillé de bonne heure. Tessa dormait encore, sa respiration légère était régulière. Jaime était dehors. J'ai rampé vers l'ouverture de la tente. Le soleil pointait au-dessus des arbres, teintant le ciel bleu de nuages orangés.

Jaime avait déjà tout remballé. L'apercevant, je l'ai salué.

— *Buenos días*, m'a-t-il répondu. Prends donc un fruit.

— Merci. Tout est paré pour le départ ?

— *Sí*. Mieux vaut ne pas traîner.

— Depuis quand es-tu debout ?

— Peut-être deux heures. Je suis descendu à la rivière, une patrouille Elgen est passée voilà une heure. J'ai ramassé un fruit marron.

— Nouveau, celui-là, ai-je déclaré en l'examinant.

— Un *piton*, a précisé Jaime. Je l'ai trouvé ce matin.

— On dirait une mangue.

— C'est une mangue sauvage.

— J'adore la mangue. C'est le meilleur fruit qui existe.

À cet instant, Tessa est sortie de la tente.

— C'est quoi, le meilleur fruit qui existe ? a-t-elle voulu savoir.

— La mangue.

— Mon fruit préféré ! s'est-elle exclamée. Surtout en smoothie avec du lait concentré sucré.

— Ça, tu peux oublier.

— Mangez tout, nous a conseillé Jaime. Nous ne pourrons pas traverser la rivière avec tout ça.

— On la traverse aujourd'hui ? s'est étonnée Tessa.

— *Sí, señorita.*

— Bien. Ça veut dire qu'on se rapproche.

Quand nous avons eu terminé de manger, Tessa et moi avons rangé la tente, et on est descendus à la rivière.

Avant de s'engager à découvert sur la berge, Jaime a observé de longues minutes le cours d'eau avec ses jumelles.

— C'est le bon moment pour traverser, a-t-il affirmé ensuite.

— Où est le bateau ? l'a interrogé Tessa.

— Il n'y en a pas.

— Comment va-t-on traverser, alors ?

— À la nage.

Elle le regardait d'un air incrédule.

— Vous me faites marcher, là ?

— Non. Je suis sérieux.

— Je ne sais pas nager. Une fois, j'ai failli me noyer dans une baignoire.

— Jaime, je crois qu'on a un problème, ai-je commenté.

— Il n'y a pas d'autre moyen de franchir la rivière, a-t-il martelé.

— Tu ne sais vraiment pas nager ? ai-je demandé à Tessa.

— Disons pas très bien. Et là, on n'est pas à la piscine. C'est une gigantesque rivière, cradingue, effrayante et bourrée de bêtes affamées. On ne pourrait pas plutôt chercher un pont ?

— Le premier se situe à plusieurs centaines de kilomètres, a annoncé Jaime.

— Alors fabriquons une barque. C'est vrai, comment comptez-vous faire, avec la radio ?

— J'ai un sac étanche. Je la transporterai.

— C'est *moi* que vous devriez transporter dans un sac étanche, a pesté Tessa.

— On pourrait trouver un gros rondin et se laisser dériver, ai-je proposé.

— Nous n'avons pas le temps, m'a rétorqué Jaime.

— On n'a pas trop le choix, ai-je insisté. Tessa, tu en dis quoi ?

— J'en dis qu'il y a toujours des tonnes de créatures carnivores là-dedans. Imagine qu'elles soient attirées par nos halos ?

— Les tribus de la jungle traversent cette rivière à la nage tous les jours, a argumenté Jaime. C'est moins dangereux que de traverser une rue à Los Angeles.

— Ça ne me rassure pas, a râlé Tessa.

Je me suis tourné vers elle et l'ai regardée dans les yeux.

— T'inquiète, ça va le faire. Je resterai auprès de toi.

— OK, s'est-elle agacée. Tâchons juste de trouver un super gros rondin.

Avec Jaime, on s'est enfoncés dans la jungle. Au bout d'une dizaine de minutes, on en a découvert un de deux mètres cinquante de long qui, malgré son gabarit, était très léger. Comme du balsa.

— Parfait, s'est réjoui notre ami. C'est du kapokier. Les indigènes s'en servent pour fabriquer leurs pirogues.

On a charrié le rondin jusqu'à la berge. Jaime a rangé la radio dans son sac étanche, laissant un maximum d'air à l'intérieur avant de le fermer. Après, on a tous accroché nos sacs au rondin et on l'a poussé à moitié dans l'eau.

— N'oubliez pas que le courant est impétueux, nous a prévenus Jaime. Vous devrez nager de toutes vos forces.

Sur ce, il a pénétré dans les eaux sombres, la radio devant lui.

— *Vámonos !* a-t-il lancé avant de plonger en se couchant sur le sac.

Il s'est mis à battre des pieds furieusement tandis que le courant l'entraînait.

— On y va, ai-je dit à Tessa.

Elle m'a adressé un petit coup d'œil apeuré, mais s'est malgré tout approchée du rondin.

— Je passe devant, ai-je décidé.

— Non, mets-toi plutôt derrière moi, au cas où je lâcherais.

— Tu ne dois surtout pas lâcher prise, l'ai-je suppliée.

— Je sais ! Mais il n'y a pas de poignée là-dessus !

Je me suis placé derrière elle, puis lui ai conseillé :

— Accroche-toi aux sangles de ton sac, ça sera plus facile que de te cramponner au rondin.

— OK, OK. (Deux pas dans l'eau.) C'est dégueu, là-dedans…

— On n'est pas super propres non plus, lui ai-je fait remarquer. Allez, courage !

On a fini de mettre le rondin à l'eau. Il s'est d'abord enfoncé – et nous avec ! – avant de remonter à la surface. Les mains de Tessa étaient crispées sur les sangles. Elle était terrifiée.

— Je déteste l'eau ! a-t-elle hurlé en crachotant.

— Ça te fait un point commun avec Zeus.

— Ne cite pas nos deux prénoms dans la même phrase, a-t-elle râlé.

Le courant nous a entraînés sur une vingtaine de mètres.

— Nous devons nager vers l'autre rive ! ai-je crié.

— Je peux pas, je me cramponne.

— Utilise tes jambes !

On se démenait comme de beaux diables, sans toutefois réussir à lutter contre le courant. Jaime se trouvait une vingtaine de mètres en aval de nous, mais il approchait déjà du but. Pour nous, c'était plus dur : le rondin nous laissait à la merci de la rivière.

— *Más rápido !* s'est égosillé notre ami. Nagez plus vite !

On donnait toujours tout ce qu'on avait, mais le courant n'arrêtait pas de nous submerger.

— Accroche-toi, ai-je encouragé Tessa. On est presque à mi-chemin.

Je me suis rendu compte que, le temps qu'on atteigne la berge, on se trouverait à plusieurs centaines de mètres de Jaime. Celui-ci n'avait plus qu'une dizaine de mètres à franchir, mais il se laissait dériver, s'efforçant de ne pas trop s'éloigner de nous.

Tout à coup, Tessa a poussé un cri et demandé :

— C'est quoi ?

— Quoi ?

— Devant nous.

J'ai regardé. Un rondin. Sauf qu'il ne suivait pas le courant.

— C'est juste un rondin qui doit être coincé là, ai-je affirmé.

— M'étonnerait.

J'ai mieux observé. En effet. C'était un énorme caïman.

— Et merde.

— Michael...

— Grimpe sur le rondin !

On a essayé tous les deux, mais le rondin n'arrêtait pas de rouler et de nous renverser.

Après la troisième tentative, Tessa s'est écriée :

— Je peux pas ! (Puis, se tournant vers le reptile :) Il arrive !

— Jaime ! Caïman ! Caïman !

Il était trop loin pour se rendre compte de ce qui se passait.

— Butez-le ! me suis-je égosillé en désignant la bête qui approchait toujours.

Jaime s'est mis à nager en direction de la berge.

— Michael ! m'a interpellé Tessa.

Elle a fermé les yeux au moment où le caïman ouvrait grand la gueule, à un mètre cinquante d'elle.

— Augmente mes pouvoirs ! lui ai-je ordonné. Donne-moi tout ce que tu as.

Sur ce, j'ai balancé des volts comme jamais. À tel point que l'eau a grésillé autour de moi. Le reptile a convulsé, puis s'est tourné sur le flanc et a coulé. Tout à coup, des dizaines de poissons ont fait surface.

— Je vais m'évanouir, a marmonné Tessa.

— Surtout pas ! l'ai-je secouée. Continue de battre des pieds.

Il nous a fallu encore dix minutes pour approcher de la berge. Jaime a abandonné la radio et accouru à notre rencontre. Il s'est enfoncé dans la rivière jusqu'aux épaules et a empoigné l'avant du rondin, puis nous a tirés jusqu'à la terre ferme. Tessa et moi sommes ressortis de l'eau en titubant et sommes tombés à genoux.

Lessivés. Quand elle a eu repris son souffle, elle a hurlé à Jaime :

— Me forcez plus jamais à faire ça !

— *Señorita*…

— Y a pas de *señorita* qui tienne ! J'ai failli me faire bouffer par un crocodile.

— Un caïman, ai-je nuancé.

— Je suis désolé, s'est excusé Jaime.

— Sûrement, oui, a pesté Tessa.

Jaime me regardait, l'air penaud.

Tessa a retiré ses chaussures, les a vidées, puis les a renfilées et s'est levée.

— *Vámonos*, a-t-elle décidé.

J'ai adressé un petit haussement d'épaules à Jaime.

On était trempés, mal dans nos habits, et la marche pour atteindre le sommet de la montagne nous a pris encore six heures. Le seul point positif, c'est qu'une fois à destination nos vêtements étaient quasi secs – du moins, autant qu'ils pouvaient l'être après une randonnée dans la forêt tropicale.

Bref, du sommet de la montagne, je voyais la route qui s'étendait vers l'est et l'ouest sur une dizaine de kilomètres avant de disparaître dans la jungle. J'ai compris pourquoi Jaime avait choisi cet endroit pour attaquer : la route suivait une pente raide, et la jungle semblait vouloir dévorer l'asphalte.

Notre ami péruvien a scruté vers l'est avec ses jumelles, puis me les a passées.

— C'est par là qu'ils arriveront.

J'ai regardé dans la direction indiquée.

— Vous êtes sûr qu'ils n'ont pas d'autre moyen de rallier Lima ?

— *Sí.* C'est la route par laquelle ils sont arrivés. Je les ai vus. Elle rejoint Lima, à l'ouest, via Cuzco.

— Est-il possible que le convoi soit déjà passé ? me suis-je inquiété.

— Non. Observe bien, tu verras sur la route des fruits et des charognes pas encore aplatis. Un grand convoi ne les aurait pas épargnés.

J'ai mieux regardé. Il avait raison. Je lui ai rendu ses jumelles en le remerciant.

— Allons installer le camp, ensuite nous contacterons la voix pour avoir des nouvelles.

On s'est installés pas très loin du sommet, sur une pente douce et ombragée. Ne sachant pas combien de jours il faudrait attendre, on a pris le temps de bien se camoufler (feuilles de bananier et de palmier pour dissimuler la tente, etc.). Jaime a même tendu des lianes à proximité pour faire trébucher d'éventuels intrus.

Le soleil se couchait quand enfin on s'est arrêtés pour dîner. Jaime nous a remis de grosses fèves rouge orangé qu'il avait fendues à l'aide de son couteau. L'intérieur du fruit était blanc – on aurait dit du homard bouilli – et renfermait une amande noire.

— Jamais vu ça de ma vie, a commenté Tessa.

— C'est du cacao, nous a révélé notre guide.

— Enfin quelque chose de connu, a-t-elle soupiré.

— Mais ça n'aura pas le goût d'une barre chocolatée. Il faut d'abord retirer la peau de l'amande, puis mâcher l'intérieur.

Tessa et moi avons fait comme il disait. La chair blanche n'était pas mal, mais l'amande elle-même était amère et n'avait qu'un vague goût de chocolat.

— Ça n'est pas ce que j'appelle du chocolat, s'est récriée Tessa, dépitée.

— C'est ce qui sert à le fabriquer, a expliqué Jaime. Mange plutôt le dernier *piton*.

Le repas terminé, on s'est réunis autour de la radio, sous la tente. À l'altitude où on se trouvait, je n'ai pas eu besoin de grimper à un arbre pour surélever l'antenne. Ni d'alimenter le poste en électricité. Apparemment, j'avais suffisamment rechargé les batteries lors de notre précédente transmission.

Jaime a appuyé sur un bouton, les loupiotes se sont allumées. Puis il m'a tendu un casque. Les parasites étouffaient la symphonie de la jungle.

— Je veux écouter aussi, a réclamé Tessa.

— Je n'ai que deux casques, s'est excusé Jaime.

— Viens, on partage, ai-je proposé.

Elle a pris un écouteur, moi l'autre. Sur ce, notre ami a composé un numéro, puis prononcé :

— Paratonnerre, ici Croix du Sud. À vous.

Aucune réponse. Nouvel essai :

— Paratonnerre, ici…

Trois bips l'ont interrompu, après quoi une voix féminine a déclaré :

— Nous vous recevons, Croix du Sud. Merci de confirmer.

— *Diez, uno, uno, uno, nueve, seis, dos.*

— Veuillez répéter les deux derniers chiffres.

— Non, a refusé Jaime.

— Confirmé, a approuvé la femme. Un instant, je vous prie.

Une pause, puis *la voix* s'est exprimée :

— Êtes-vous toujours en possession des pierres précieuses, Croix du Sud ?

— Oui.

— Nous sommes heureux de l'apprendre. Tout n'est donc pas parti à vau-l'eau.

— Qu'entendez-vous par là ? a interrogé Jaime.

— Les événements ont pris une mauvaise tournure. Hatch contrôle désormais les Elgen. Il a mis le président aux arrêts et il dirige la flotte.

— *Qué piña !* On touche le fond.

— Notre source affirme que Hatch prévoit d'établir une base terrestre où les Elgen pourront former leurs soldats et construire des armes de destruction massive.

— Des armes de destruction massive ? ai-je répété. Des armes nucléaires ?

— Non, m'a rétorqué la voix. Les Elgen développent des générateurs d'impulsions électromagnétiques très puissants.

— Quentin est capable de créer ces impulsions, est intervenue Tessa. Ça lui permet de neutraliser toutes sortes d'appareils électriques ou électroniques.

— Exact, a confirmé la voix. Une impulsion suffisamment puissante peut affecter tous les appareils électriques se trouvant dans un rayon de plusieurs milliers de kilomètres.

— Mais ça ne tue personne, ai-je observé.

— Oh que si. On estime que dix pour cent de la population mourrait dès les premiers instants. Si l'on détruit tout ce qui est électrique, on neutralise les hôpitaux et tous les appareils de santé. Les patients sous respirateur artificiel n'y survivront pas.

— Mais les hôpitaux ont des génératrices de secours, a rappelé Tessa.

— L'impulsion électromagnétique ne se contente pas de couper l'électricité, elle détruit définitivement tous les circuits électroniques. L'éclairage ne fonctionne plus. Les voitures ne roulent plus. Les communications sont impossibles – y compris par téléphone cellulaire et par radio. Les pompes des stations d'essence sont hors service. Les systèmes réfrigérants des magasins s'éteignent ; la nourriture pourrit ; les gens meurent de faim. Toutes les entreprises sont au point mort. On assiste à des émeutes dans les rues et à des scènes de pillage. On estime que, à long terme, une impulsion électromagnétique fait plus de victimes qu'une arme nucléaire.

— Combien de temps faudrait-il pour remettre le courant ? ai-je demandé.

— Le problème, c'est que les machines nécessaires pour réparer ou reconstruire les infrastructures fonctionnent elles aussi à l'électricité. Les pays touchés risquent donc d'être dans l'incapacité de se relever.

— C'est d'une folie sans nom, a craché Tessa.

— Une vision à court terme, a nuancé la voix. Mais l'électricité a toujours été le talon d'Achille du monde moderne.

— Et en quoi cela peut-il profiter aux Elgen ? l'ai-je relancé.

— Les Elgen proposeront leur aide pour rendre l'électricité à ces pays via leurs centrales Starxource. Ce faisant, ils contrôleront l'électricité et l'économie du monde entier.

— À quel pays Hatch compte-t-il s'attaquer ? a demandé Jaime.

— Un tout petit État du Pacifique Sud : Tuvalu. Les Elgen y sont déjà installés depuis plus d'un an et ont construit une centrale aussi grande que celle du Pérou. Avec bâtiment administratif et centre de rééducation.

— Et ce pays n'a pas d'armée pour se défendre, ou quoi ?

— Non. Tuvalu occupe une superficie équivalente à celle d'une petite ville américaine. Il dispose simplement d'une police, et il y a actuellement sur place plus de cent gardes Elgen pour chaque policier local. Les Elgen sont en outre beaucoup mieux équipés et formés. Les Tuvaluans sont des gens simples. Les Elgen vont soit les massacrer, soit les utiliser comme main-d'œuvre.

— Les transformer en esclaves, vous voulez dire, ai-je raillé.

— Très probablement.

— *Qué lío !* a pesté Jaime. Ces hommes sont le mal incarné.

— Tuvalu occupe un emplacement stratégique. Les Elgen auront ainsi accès à Hawaii, l'Australie, Taïwan, la Chine, l'Inde, les Philippines et le Japon.

— C'est une catastrophe, s'est lamenté Jaime en se massant le front. Que pouvons-nous faire pour empêcher cela ?

— Nous avons transmis des informations aux dirigeants de Tuvalu, mais ils refusent d'entendre. Les Elgen viennent de remédier au black-out qui touchait le pays, ce sont des héros. Il nous reste toutefois une chance de les arrêter. Avant de passer à l'attaque, la flotte Elgen doit se regrouper dans le port de Callao, à l'ouest de Lima. La manœuvre a pour but de récupérer les troupes encore stationnées à Puerto Maldonado.

» Les Elgen en profiteront pour faire le plein de carburant et de vivres. Nous estimons que l'opération les retiendra quatre à cinq jours. Mais une fois qu'ils auront quitté le port, plus rien ne pourra les arrêter. Nous devons frapper avant.

— Quels sont vos ordres ? a demandé Jaime.

— Il faut couler l'*Ampère* dans le port de Callao.

— C'est quoi, l'*Ampère* ? ai-je voulu savoir.

— Le yacht le plus luxueux de la flotte Elgen, m'a répondu Tessa. Je l'ai visité. Trop cool. Il y a là une plate-forme pour atterrissage d'hélicos, un bar à sushis… et même une discothèque.

— L'*Ampère* est la base de commandement des Elgen, a précisé la voix. C'est de là que Hatch opère.

— Et comment voulez-vous qu'on fasse, pour le couler ? ai-je demandé, découragé.

— Tes amis et toi avez détruit la plus grande et la plus sécurisée de toutes les centrales Starxource. Nous ne doutons pas que vous réussirez à couler un navire.

— Mouais, en même temps, mes amis ne sont pas avec moi. Et la dernière fois qu'on s'est parlé, vous m'avez interdit d'aller à leur rescousse.

— Nous voulions te protéger. Nous pensions que tes chances de succès contre l'armée péruvienne étaient moins importantes que les nôtres auprès du gouvernement péruvien. C'était avant le coup de force de Hatch. La voie diplomatique est désormais une impasse. Les Elgen vont mettre une pression monstre sur les Péruviens. Tu dois donc libérer toi-même tes amis. Croix du Sud, faites tout ce qui est en votre pouvoir pour l'aider. Appelez des renforts, le cas échéant.

— Bien, monsieur. À ce sujet, savez-vous où se trouvent les autres ?

— Ils sont toujours détenus à Puerto Maldonado. Ils ont failli réussir à s'évader, mais ont été repris à l'extérieur du complexe. Nos sources affirment que l'armée s'apprête à les transférer à Lima. Donc, si vous envisagez de pénétrer dans le complexe, faites vite.

— Nous avons un autre plan, a annoncé Jaime. Le convoi va être obligé d'emprunter une route étroite pour rallier Lima. Nous pensons pouvoir les stopper là. Il nous faut simplement savoir quand ils vont passer.

— Très bien. Nous vous préviendrons.

— Et ensuite ? ai-je insisté.

— Quand vous aurez sauvé tes amis, nous vous ferons un topo complet sur la flotte Elgen et l'*Ampère*. Avez-vous besoin d'autre chose pour l'instant ?

— Je veux parler à ma mère.

— Je vais tâcher de vous arranger un entretien. Je t'en dirai plus lors de notre prochaine communication.

— Une seconde, j'ai une question, est intervenue Tessa. Avez-vous des nouvelles des Amacarra ? Ils vont bien ?

Une longue pause.

— La tribu des Amacarra n'existe plus.

Tessa a pâli.

— Qu-qu'est-ce que ça veut dire ?

— L'armée les a massacrés pour les punir d'avoir hébergé des terroristes.

— Non ! a hurlé notre amie, les yeux emplis de larmes.

— Je suis navré. Les soldats ont été sans pitié.

J'ai passé la main dans le dos de Tessa. Elle a saisi le collier de perles que lui avait offert la vieille Indienne, et ses pleurs ont inondé sa figure.

— Maman…

Nouvelle pause. Après quoi, la voix a déclaré :

— Je m'excuse, mais nous devons clore la communication. J'ai une dernière chose à vous dire. Nous sommes découverts.

Cette fois, c'est Jaime qui est devenu livide.

— Comment ça ? s'est-il étouffé.

— L'armée a appris notre existence en interrogeant nos amis en prison. L'information a été transmise aux Elgen. Ils ignorent qui nous sommes, et où nous nous trouvons, mais ils ont connaissance de notre existence. Nous avons rappelé plusieurs de nos agents de terrain.

— C'est un cauchemar…, a pesté Jaime en se cachant les yeux.

— Je le crains, en effet. Nous vous contacterons lorsque l'armée se mettra en route. Terminé.

J'ai rendu le casque à Jaime. Notre terreur était palpable. Comme si une bombe venait d'exploser juste à côté de nous.

Notre guide péruvien a été le premier à reprendre la parole.

— Ils savent...

Je me suis tourné vers Tessa. Elle sanglotait.

— Je suis désolé, lui ai-je soufflé.

— Ils étaient tous si innocents, a-t-elle lâché.

Ne sachant quoi dire, je me suis contenté de lui caresser le dos. Quelques minutes plus tard, ses sanglots ont cessé, elle gémissait doucement. Puis elle s'est calmée. Les mains sur les tempes, les doigts enfouis dans ses cheveux, elle a braqué sur moi ses yeux rougis et gonflés.

— Ils vont payer pour ça. On va les faire payer.

– 17 –

Chutes de pierres

Avec toutes les mauvaises nouvelles qu'on avait reçues, une grande tristesse a régné sur le camp les jours suivants. On était presque à court de vivres, et les fruits comestibles n'étaient pas si nombreux alentour. Comme nous étions proches de la route, Jaime n'osait plus s'éloigner pour faire la cueillette. « Trop risqué », estimait-il. Il pensait que l'armée pouvait envoyer une patrouille avant de faire démarrer le convoi.

Le deuxième jour, il a plu très fort et on est restés presque tout le temps sous la tente, à essayer de dormir pour fuir nos sombres pensées. Jaime s'efforçait de paraître calme, mais je sentais qu'il bouillait à l'intérieur. Tessa, elle, était moins stoïque. Elle a fondu en larmes une bonne dizaine de fois. La tribu des Amacarra était ce qu'elle avait de plus proche d'une famille.

Au matin du troisième jour, la pluie a cessé, et Jaime nous a emmenés inspecter la route afin de mettre au point un plan.

La route était bordée d'une épaisse forêt : bon point pour notre camouflage. Le plus gros souci serait de parvenir à arrêter une armée. En fait, il suffirait de bloquer les camions de tête pour créer un embouteillage. Sauf qu'une manœuvre trop évidente passerait pour une attaque, et que l'élément de surprise était vital pour nous. Si quatre mille soldats nous prenaient pour cibles, nous étions fichus.

On est restés près d'une heure couchés à plat ventre dans la jungle, à observer la route.

— D'après vous, ai-je interrogé Jaime, il y aura combien de camions dans le convoi ?

— Beaucoup.

— Vingt ? Trente ?

— Plutôt deux cents. Voire plus.

— Deux cents ! Mais comment on va faire pour savoir dans lequel mes amis sont retenus ?

Jaime a secoué la tête.

— Ça ne va pas être simple.

— Je peux les localiser, a affirmé Tessa.

— Comment ? l'ai-je pressée.

— En percevant leur électricité. C'est comme ça que j'ai su que tu étais électrique, quand on s'est rencontrés. Une fois, Hatch nous a fait rechercher les enfants électriques les yeux bandés, à Nichelle et à moi. On n'est pas très différentes.

— Crois-moi, vous êtes le jour et la nuit.

— Niveau personnalité, d'accord. Nichelle est une gothique. Mais les chercheurs de l'Académie disaient qu'on était physiologiquement semblables. Nichelle était plus forte que moi pour localiser l'électricité, mais je me débrouille aussi. C'est juste que j'y arrive de moins loin qu'elle.

— Tu as besoin de quelle distance ?

— Trois mètres environ.

J'ai inspecté la végétation luxuriante qui débordait sur la route.

— Ça peut le faire, ai-je estimé. On stoppe le convoi, puis on le longe sous le couvert des arbres jusqu'à ce que tu perçoives quelque chose.

— Et après ?

— Je grille les gardes, et on libère mes amis.

— Mais pour stopper les camions, on fait comment ?

— Le souci sera de le faire sans éveiller les soupçons.

— Regardez ce panneau, est intervenu Jaime.

Il montrait un panneau jaune en forme de losange : ATTENTION, CHUTES DE PIERRES.

— On pourrait déclencher un éboulement, a proposé notre guide. Les soldats penseront que c'est un phénomène naturel. Je vois des rochers, au-dessus de la route.

Jaime nous a conduits à l'endroit en question : un amoncellement de rochers datant d'un précédent éboulement, sur une sorte de promontoire. Utilisant une branche d'arbre comme levier, on l'a aidé à rapprocher une dizaine des plus gros du bord du précipice.

— Quand le convoi arrivera, nous déclencherons l'avalanche devant les camions.

— Ou carrément dessus, a suggéré Tessa.

— Du moment qu'on les arrête…, ai-je tranché.

De là où on était, on voyait la route sur plusieurs kilomètres dans les deux directions.

— C'est un bon poste d'observation, ici, ai-je dit.

— *Sí*, m'a confirmé Jaime en s'asseyant sur un rocher.

J'ai montré l'endroit d'où on scrutait la route précédemment.

— Tessa et moi, on ira attendre là-bas. Quand vous aurez arrêté le convoi, on se faufilera entre les arbres pour localiser mes amis.

— Et après, on fait comment pour repartir ? a demandé Tessa.

— Il faudra dévaler la montagne. La jungle est plus dense de ce côté. On aura plus de chances de se cacher et de tendre une embuscade.

— Si nous sommes séparés, a conclu Jaime, rendez-vous à Cuzco, dans un petit hôtel proche de la Plaza de Armas, la place principale du centre-ville. L'établissement appartient à un ami, on y sera en sécurité.

— L'hôtel s'appelle comment ? ai-je voulu savoir.

— Auberge El Triumfo.

— El Triumfo, ai-je répété pour mémoriser le nom.

— Oui, a dit Jaime avec un sourire. « Le triomphe ». Si nous réussissons, il portera bien son nom.

Je n'aimais pas trop ce « si ».

À midi, on avait regagné le campement. On a mangé ce que Jaime avait glané en chemin : des baies, surtout, et un fruit à cosse tout bizarre qui avait un goût de polystyrène bouilli. Des escargots, aussi, que Jaime arrachait de leur coquille et dégustait crus. J'ai failli vomir. Tessa a recraché le sien. On s'est cantonnés aux fruits.

En fin de journée, Tessa s'est repliée sur elle-même, caressant en silence le collier de perles rouges que sa mère lui avait offert au moment de lui dire au revoir. Je comprenais sa colère. J'avais ressenti la même chose quand Hatch avait kidnappé ma mère. Je me demandais si le sort de sa mère Amacarra avait ravivé en Tessa des sentiments profondément enfouis. Des sentiments en rapport avec la perte de sa vraie famille. Ça ne m'aurait pas étonné.

Il était environ 20 heures – Tessa et moi glandouillions sous la tente –, quand on a entendu Jaime parler.

— Il fait quoi ? ai-je demandé.

— On dirait qu'il y a quelqu'un avec lui.

On s'est glissés hors de la tente. Jaime était debout près de la radio. Devant lui, deux Péruviens, trois gros paquets et un sac de marin. Les trois hommes se sont tournés vers nous en nous voyant approcher.

— Qui sont ces gens ? ai-je interrogé Jaime.

— Mes *amigos*.

Un des hommes a fait mine de me tendre la main, puis s'est figé.

— *Me electrocutará ?* a-t-il prononcé.

— *Espero que no*, lui a répondu Jaime avant de me traduire : Il a peur que tu l'électrocutes.

— Je ne fais pas ça aux amis, ai-je affirmé en jaugeant l'homme. Je suppose que vous êtes un ami.

Le type a alors franchement tendu la main et déclaré avec un accent à couper au couteau :

— Je suis Xavier.

— Et lui, c'est Pablo, a enchaîné Jaime en désignant l'autre Péruvien.

— Je suis Michael. Elle, c'est Tessa.

— *Hermosa*, a commenté Xavier en observant notre amie. Jolie fille.

L'intéressée n'a pas souri. Elle s'est contentée de demander à Jaime :

— Qu'est-ce qui se passe ? Que font-ils ici ?

— Nous avons besoin de renforts. Asseyez-vous. (On a tous obéi, puis Jaime s'est adressé à Pablo :) *Necesito su mapa*.

L'homme a sorti une carte de son sac et l'a dépliée par terre devant nous. Jaime a pointé une petite lampe torche dessus. La carte était légendée en espagnol.

— Notre camp est ici, a indiqué Jaime. Là, c'est l'endroit où on a entassé les rochers. Et là, c'est le point où on va stopper le convoi. Vous, vous serez là. (Il désignait un espace en retrait de la route.) Vos amis se trouveront dans un des camions. Pendant que vous les chercherez, je vous surveillerai avec mes jumelles. Quand vous les aurez tous trouvés, vous vous enfoncerez dans la jungle, côté sud. Pour éviter que les soldats vous suivent, nous créerons une diversion ici.

Il indiquait un point situé à quatre cents mètres environ de celui où Tessa et moi devions commencer les recherches.

— Quel genre de diversion ? ai-je demandé.

— Mes amis m'ont apporté trois sentinelles comme j'avais dans mon campement. Nous allons les braquer sur le convoi. Les soldats croiront être attaqués depuis… ce point. Nous en profiterons pour filer par la montagne et descendre la rivière. Vous, vous progresserez dans la jungle le plus vite possible. Dans quelques jours, on vous retrouvera et on vous conduira à Cuzco.

— Comment ferez-vous pour nous localiser dans la jungle ? me suis-je inquiété.

— On utilisera cet appareil.

Il a sorti un petit iPod noir du sac de marin apporté par les visiteurs.

— Un iPod ? s'est étonnée Tessa.

— Celui-ci est doté d'un signal GPS, comme celui que nous avions confié à Michael, à Puerto Maldonado. Il nous indiquera où vous êtes. Je vous fournirai aussi une petite radio. Mais dans un premier temps, je n'essaierai pas de vous contacter. L'armée fouillera les montagnes et épiera les transmissions.

— Et si on se fait prendre, l'a relancé Tessa, on fait quoi ?

— J'ai des amis à Puerto Maldonado, ils vous aideront. Ils sauront capter le signal de l'iPod.

Je me suis tourné vers les amis de Jaime. Ils nous observaient avec attention, mais ne devaient pas comprendre un traître mot de ce que Jaime disait dans notre langue.

— Vous êtes sûr qu'on peut leur faire confiance ? ai-je demandé à notre guide.

— Je leur confierais nos vies, m'a-t-il assuré. Ils ont fait leurs preuves. Encore une chose… (Il est allé chercher un sac à dos, qu'il a déposé entre nous.) Ils nous ont apporté à manger.

— Oh merci, merci, merci, s'est extasiée Tessa.

— *Muchas gracias*, ai-je dit aux deux hommes.

— *Para servirle*, m'a répondu Xavier.

— Mangez bien, nous a conseillé Jaime. Vous aurez besoin de toutes vos forces.

Dans le sac, j'ai trouvé deux Inca Kola, un fromage rond, des œufs durs, des petits pains, des brochettes enveloppées dans de l'alu, et des sauces dans des boîtes en plastique. Ça faisait des jours qu'on n'avait plus ingéré de protéines, alors, après avoir bu quelques gorgées d'Inca Kola, on a attaqué la viande. Froide, certes, mais délicieuse.

— C'est très bon, ai-je commenté. Qu'est-ce que c'est ?

— *Anticuchos de corazón*, m'a répondu Jaime.

— Anti-quoi ?

— Du cœur de bœuf.

— Vous nous faites bouffer du cœur ? a grimacé Tessa.

— C'est de la viande, lui ai-je rappelé. Et dans les boîtes en plastique, c'est quoi ?

— *Causa*. Une spécialité péruvienne. Pommes de terre, avocat et thon.

— Ça fait envie, ai-je déclaré. Vous mangez avec nous ?

— On a nos plats. Du *cuy*.

— Qu'est-ce que c'est ?

— Du cochon d'Inde rôti.

— Régalez-vous, a ironisé Tessa.

On s'est régalés. Je me suis enfilé deux œufs, la moitié du *causa* – que j'ai mangé avec du pain –, deux brochettes et une banane. Et j'ai fait descendre le tout avec un Inca Kola délicieux quoique chaud.

Une fois rassasiés, on a remballé tout ce qu'on n'avait pas mangé, et on a encore remercié nos bienfaiteurs. Assis à l'écart, ceux-ci discutaient à voix basse en espagnol avec Jaime.

— On va se coucher, ai-je annoncé. *Buenas noches.*

— Bonne nuit, m'a répondu Jaime.

Tessa et moi avons regagné la tente.

— C'était bon, a-t-elle commenté. Je me demande combien de temps ces vivres vont durer avant qu'on doive se rabattre sur les escargots.

— Les escargots, à mon avis, c'est pour bientôt, ai-je regretté. Espérons au moins qu'on pourra les partager avec mes amis.

– 18 –

En route

— **M**onsieur Michael, monsieur Michael…
Quand j'ai ouvert les yeux, Jaime était
penché sur moi. Il faisait encore nuit.

— Quoi ? lui ai-je demandé, groggy.

— La voix nous a envoyé le signal.

Je me suis assis.

— La voix ?

Il a acquiescé.

— Viens.

Tessa dormait. Je suis sorti rejoindre Jaime à la
radio. Notre campement n'était éclairé que par la lune,
et Jaime avait même camouflé les loupiotes du poste.
Dans un premier temps, je n'ai pas repéré ses deux
amis péruviens, mais ils étaient là : en tenue, leur sac à
portée de main, prêts à partir.

— Quel signal ont-ils utilisé ? ai-je voulu savoir.

Jaime m'a montré une espèce de bip tout simple.
Puis il a allumé la radio et une voix féminine a immédiatement retenti dans les écouteurs.

— Croix du Sud, est-ce que vous me recevez ? Croix du Sud, est-ce… ?

Jaime a chuchoté dans le micro :

— Ici Croix du Sud.

— Veuillez confirmer.

— *Diez, uno, uno, uno, nueve, seis, dos.*

— Confirmé. Voici le message : l'armée emprunte la route PE-30C en direction de l'est. Je répète : l'armée emprunte la route PE-30C en direction de l'est. Bien reçu ?

— Bien reçu, a affirmé Jaime.

— Fin de la transmission. Bonne chance.

Jaime m'a alors regardé dans les yeux.

— C'est l'heure, a-t-il annoncé.

— Je vais réveiller Tessa, ai-je embrayé en me dirigeant vers la tente.

Elle n'a pas réagi quand j'ai prononcé son prénom, alors je l'ai légèrement secouée.

Elle s'est réveillée en sursaut :

— Qu'est-ce qu'il y a ?

— C'est l'heure. Ils arrivent.

— Qui arrive ?

— Les soldats.

Elle a écarté une mèche de devant ses yeux, s'est assise.

— OK, on y va.

Elle a enfilé ses chaussures et m'a suivi dehors. Jaime et ses collègues nous attendaient près de la tente.

— *Vámonos*, a-t-il déclaré.

Nous avons descendu la pente derrière lui, progressant rapidement dans la jungle obscure. Les deux autres

Péruviens étaient fascinés par nos halos. Jaime nous a rappelé de tirer nos manches le plus possible.

Il nous a fallu près de quarante minutes pour atteindre le promontoire où on avait entassé des rochers – deux fois plus qu'en plein jour. Mis à part une poignée de stratus noirs, le ciel était dégagé, et les étoiles faisaient comme des trous dans un rideau foncé. La tension autour de nous était aussi épaisse que les ténèbres. Quelque chose me disait que cette nuit serait peut-être la dernière de ma vie. Et j'en ai frissonné.

Du haut de notre promontoire, nous les avons vues. Les lumières du convoi militaire s'étiraient sur des kilomètres en un interminable serpent qui glissait vers nous, deux rangées de camions roulant de front. Je me suis rappelé que mes amis se trouvaient quelque part dans le ventre de ce serpent et que nous étions leur unique chance d'en sortir.

— Regardez-moi tous ces camions, a soufflé Tessa. Il y en a au moins une centaine.

— Au moins, ai-je confirmé. (Pour me calmer, j'ai inspiré une grande goulée d'air nocturne.) Dans combien de temps seront-ils au point d'impact ?

— Une vingtaine de minutes, a estimé Jaime.

— OK, on y va.

Notre ami a posé son sac à dos et s'est mis à farfouiller dedans.

— Tu as le GPS ?

J'ai sorti l'iPod de ma poche et le lui ai montré.

— Bien. Voici votre radio. La fréquence est 1717. Tu t'en souviendras ?

— Dix-sept, dix-sept, ai-je répété. Le nombre des enfants électriques, deux fois.

— *Sí*. (Puis, sur un ton plus grave :) Si vous vous faites capturer, utilise ton pouvoir pour détruire la radio. Elle ne doit pas tomber aux mains de l'ennemi.

— Oui, ai-je acquiescé.

— Une fois que tu auras récupéré tous tes amis, lève la main, ce sera le signal. Nous activerons alors les sentinelles.

— OK.

— Ensuite, à Cuzco, rappelle-moi où on se retrouve ?

— À l'auberge El Triumfo, près de la place principale.

— *Sí*. (Là, rivant son regard au mien, il a conclu :) Bonne chance, monsieur Michael. Sauve tes amis.

On s'est donné l'accolade. J'ai jeté un dernier regard à nos ennemis, puis adressé un signe de tête à Tessa, et on s'est engagés dans la pente, direction la route. On avait beau s'efforcer de ne pas faire de bruit, notre avancée était signalée par les cris des oiseaux et des singes.

Une fois près de la route, on n'apercevait plus le promontoire rocheux, ni le convoi. Je me suis penché pour coller l'oreille à l'asphalte, comme j'avais vu faire les Indiens dans de vieux westerns. Eux, ils guettaient l'approche des bisons. Moi, j'ai perçu le grondement grave des camions.

On a traversé la route une vingtaine de mètres après le site prévu pour l'éboulement et on s'est enfoncés dans la jungle. Cachés derrière les racines aériennes d'un lupuna, on attendait notre heure sans dire un mot.

Le silence n'était rompu que par les criaillements des singes et le bourdonnement des millions d'insectes.

— Tu penses qu'ils seront dans le camion de tête ? m'a demandé Tessa.

— Non, les premiers font sans doute office de protection.

— Et ils seront tous dans le même ?

— On ne va pas tarder à le savoir.

Les minutes s'éternisaient, mon angoisse augmentait, mon cœur cognait comme un tam-tam. J'avais l'impression d'être un condamné à mort, la corde au cou, attendant que la trappe s'ouvre sous ses pieds. Quand le convoi est arrivé, non seulement on a entendu le vrombissement des moteurs et les cris d'animaux sur son passage, mais on a carrément senti la jungle vibrer sous les milliers de tonnes en mouvement.

Tessa et moi avons retenu notre souffle quand les phares du camion de tête sont passés sur nous. Après une première vague de camions, ç'a été une petite jeep avec une mitrailleuse embarquée, puis un tank. Derrière, cinq véhicules de transport de troupes couleur camouflage. Ils ont filé sans incident.

— Bon, et l'éboulement, alors ? a murmuré Tessa.

— Allez, Jaime, ai-je renchéri. Envoie les cailloux.

Et c'est là que j'ai repéré le problème. Jaime avait mal évalué la densité de la jungle : les rochers s'écrasaient contre les arbres sans atteindre la route. Seule une poignée des plus petits gabarits ont touché l'asphalte mais ils n'ont même pas ralenti le convoi.

— Ça ne marche pas, a soufflé Tessa, angoissée.

Ma poitrine se serrait sous l'effet de la panique.

— Il faut que ça marche, ai-je martelé. C'est notre unique chance. Tu as perçu mes amis ?

— Je n'en suis pas sûre. Les camions roulent assez vite.

— Nous devons les stopper coûte que coûte.

— Essaie donc de les court-circuiter.

Je me suis concentré sur le véhicule le plus proche et j'ai balancé des volts. Aucun effet.

— Mon impulsion n'est pas assez forte, me suis-je désolé.

— Elle était pourtant puissante. Je l'ai sentie. Tu pourrais faire dévier les camions par ton magnétisme ?

— Ils sont trop lourds. Je ne réussirais qu'à me propulser vers eux. (Son idée m'en a donné une autre :) Mais peut-être que si je n'essayais pas de les attirer vers moi... Tessa, augmente mon pouvoir.

Aussitôt, elle m'a pris par la main.

J'ai exercé tout le magnétisme dont j'étais capable, me concentrant non pas sur les véhicules mais sur les intervalles entre eux. Soudain, deux camions qui roulaient de front se sont percutés. La collision a fait un boucan monstre, puis l'un des deux engins, légèrement en avance sur l'autre, s'est couché sur le flanc, bloquant le passage au reste du convoi. Cet accident a entraîné un gigantesque carambolage entre les véhicules qui suivaient. L'obscurité n'arrangeait rien. Le convoi soudain immobilisé, on a entendu des portières claquer et des soldats furieux s'engueuler en espagnol.

— Ça devrait les retenir un moment, a estimé Tessa.

— Allons localiser mes amis. Tu sens quelque chose ?

— Pas encore.

On avançait rapidement, sans quitter le couvert des arbres, à sept grands pas de l'asphalte. Tout à coup, Tessa s'est arrêtée et a montré du doigt un véhicule de notre côté de la route.

— Il y a quelqu'un dans ce camion, a-t-elle affirmé.

— Tu en es sûre ?

— Oui. C'est Zeus.

— Comment tu le reconnais ?

— À l'odeur.

— Attends, il ne pue pas autant que ça !

— L'odeur de son pouvoir, je veux dire. Chaque pouvoir dégage une odeur propre.

Je me suis demandé ce que sentait le mien.

— Allons le chercher, ai-je décidé.

Les camions étaient tous imbriqués les uns dans les autres, on avait du mal à se frayer un passage. On s'est approchés de la lisière de la jungle. L'obscurité nous dissimulait, certes, mais les soldats pouvaient très bien porter des lunettes à vision nocturne. Donc on se faisait tout petits et on avançait prudemment. On était presque au camion de Zeus quand la portière du chauffeur s'est ouverte : l'homme est descendu fumer une cigarette près de l'arrière de son véhicule. Il était à même pas dix mètres de nous.

— Je peux le frapper d'ici, ai-je affirmé.

Le type nous tournait plus ou moins le dos ; j'ai formé une boule d'électricité et l'ai jetée sur lui. Raté : le projectile s'est écrasé contre le capot du camion suivant. Le soldat a craché sa cigarette et pivoté sur ses talons pour voir ce qui avait causé la déflagration.

— Loupé, a commenté Tessa.

— J'avais remarqué, ai-je pesté.

Dans la foulée, j'ai créé une seconde boule qui, cette fois, a touché le chauffeur en plein dans le dos. Et l'a séché.

On s'est approchés de lui, tout en restant à l'abri derrière son camion.

— Il y a quelqu'un dans la cabine, a déclaré Tessa.

— Je m'en charge.

Nouvelle boule de foudre. À destination de la cabine. Éclair bleu. Bruit d'une tête heurtant un tableau de bord.

— Touché, ai-je triomphé.

On s'est faufilés à quatre pattes sous le camion, pour ressortir à l'arrière. La calandre cabossée du véhicule suivant se trouvait à moins de deux mètres : il avait dû rebondir contre le pare-chocs de celui qui le précédait.

— Il y a des hommes dans la cabine, ai-je observé. Ils vont forcément nous voir. Je vais m'occuper d'eux.

— La portière ressemble à quoi ?

J'ai regardé en me glissant le long du véhicule. Deux battants aux poignées reliées par une grosse chaîne et un cadenas. J'ai décidé de retourner voir si le chauffeur n'en aurait pas la clé sur lui.

Je n'avais pas fait vingt centimètres qu'une énorme décharge d'électricité a fendu les battants puis fini sa course dans la cabine du camion de derrière. Avec Tessa, on est restés paralysés un moment, pas bien sûrs de comprendre.

— Zeus a utilisé son pouvoir, a déduit mon amie.

— Bravo, la discrétion, ai-je ironisé.

On s'est calés sous le milieu du camion tandis que des soldats accouraient. Zeus est descendu à terre. Ses pieds étaient presque à portée de nos mains. L'électricité crépitait entre ses doigts et ses jambes. Il a arraché le RESAT qui fumait sur sa poitrine et s'est mis à envoyer des décharges dans tous les sens.

— Zeus ! l'ai-je interpellé discrètement.

— Qui a parlé ?

— Regarde en bas. C'est moi, Michael.

— Michael ? (Il s'est accroupi.) Mais tu sors d'où ?

— Passe sous le camion, vite.

Il m'a obéi, mais s'est figé en découvrant Tessa.

— Je comprends mieux pourquoi j'étais soudain si puissant, a-t-il commenté.

— J'ai toujours su te rendre meilleur que tu n'étais, a-t-elle renchéri. On ne dit plus bonjour, mon cœur ?

— J'étais occupé.

— Ravie de te revoir aussi, lui a-t-elle renvoyé froidement.

— OK, donc vous vous connaissez, suis-je intervenu.

— C'est ce que je croyais, a déclaré Tessa, les yeux plissés.

— Tout n'était pas ma faute…, a voulu s'expliquer Zeus.

— Cool, l'ai-je coupé, vous avez aussi des casseroles communes. Vous réglerez ça quand on ne sera plus en danger de mort.

Braquant l'index sur Zeus, Tessa a affirmé :

— On en reparlera plus tard.

— J'ai déjà hâte, a marmonné le garçon entre ses dents.

— Tessa, tu perçois une autre présence ?

— Dans le camion, là-bas, oui. Mais je ne reconnais pas son odeur.

— Zeus, tu sais qui c'est ?

— Non. On nous avait bandé les yeux.

Le camion en question était situé dans la file côté montagne. Il faisait nuit noire, vu que Zeus avait dégommé les phares de tous les véhicules environnants. On s'est faufilés vers celui qui nous intéressait. Les soldats criaient, mais les seuls qu'on a croisés étaient soit inconscients soit électrocutés.

— Ouvrez bien les yeux, ai-je recommandé à mes amis.

J'ai aperçu une paire de bottes par-dessous le camion. J'ai projeté une boule de foudre contre. Le soldat a été séché net. Zeus et moi sommes allés ouvrir les battants arrière tandis que Tessa restait cachée près d'une roue.

— Tu fais sauter le verrou ? ai-je proposé à Zeus.

— Oui. Tessa, viens m'aider.

Il lui tendait la main, mais elle a préféré agir de loin.

Zeus s'est assuré qu'il n'y avait pas de soldats dans les parages, puis il a foudroyé la porte. Amplifiée par Tessa, la décharge a carrément fait fondre le cadenas.

Je me suis précipité pour ouvrir un des battants. Debout à l'intérieur, McKenna avait la peau rougie et dégageait de la fumée. Elle avait déjà fait fondre ses menottes, et son RESAT fumait lui aussi par terre.

— McKenna !

— Michael ?

— Descends, dépêche.

Elle s'est exécutée.

— C'est trop bon de te revoir. Mais qu'est-ce qui s'est passé ? J'ai soudain été super puissante. Mon RESAT a explosé.

— C'est grâce à moi, est intervenue Tessa.

— Tesla ? s'est exclamée McKenna.

— C'est une longue histoire, mais maintenant, il faut m'appeler Tessa.

— Venez, ai-je embrayé, nous devons libérer les autres. À qui le tour ?

À cet instant précis, des coups de feu ont retenti. Les balles m'ont frôlé.

— C'est pas passé loin, a commenté Zeus.

— Ils doivent avoir des lunettes à vision nocturne, ai-je deviné.

— J'ai une idée, a déclaré McKenna. À trois, fermez tous les yeux. Un, deux, trois.

Elle a produit une lumière si intense que, même les yeux fermés et une main devant, je l'ai vue. McKenna avait littéralement changé la nuit en jour.

Quand j'ai rouvert les paupières, elle était accroupie à côté de moi.

— C'était de la folie, me suis-je emporté. Ils ont tous dû te voir.

— Ils nous voyaient de toute façon, grâce à leurs lunettes spéciales. Maintenant, c'est réglé.

— Ils doivent tous être aveugles, a confirmé Zeus.

— OK, on continue, ai-je décidé. À qui le tour ?

— Je ne perçois plus personne, s'est désolée Tessa.

Je savais bien que mon plan avait un défaut. Tessa ne pouvait détecter ni Ostin, ni Jack, ni Wade. Nous devions trouver Ian.

— Ils doivent être plus loin. Allons-y.

On s'est faufilés entre les camions, en file indienne, jusqu'au moment où Tessa a indiqué un véhicule.

Zeus et moi avons rampé jusqu'à sa cabine. La vitre du chauffeur était baissée, j'entendais de la musique traditionnelle péruvienne s'en échapper. J'ai formé une boule de foudre grosse comme un melon et l'ai projetée dans la cabine. Le bruit a été colossal. On a ensuite foncé à l'arrière ; Zeus a fait sauter la serrure ; McKenna et moi avons grimpé à l'intérieur pendant que les deux autres montaient la garde. Ian nous attendait.

— Grâce à Tesla, je vois à des kilomètres, a-t-il affirmé.

— C'est Tessa, maintenant, a déclaré l'intéressée en chœur avec McKenna.

Cette dernière a fait fondre les liens qui retenaient Ian.

— Je suis content de t'avoir retrouvé, lui ai-je assuré. On va avoir besoin de toi pour localiser les autres.

— Problème, m'a-t-il coupé : les soldats se regroupent des deux côtés. Il y en a des milliers derrière nous, à une centaine de mètres. Ils se préparent à avancer.

— On est encerclés ?

— Uniquement sur la route.

Le ciel s'éclaircissait légèrement à l'approche de l'aube.

— Ils attendent sûrement le jour, ai-je dit. Où se trouve le reste de l'équipe ?

— Vous avez dépassé Ostin, a indiqué Ian. Les autres, la dernière fois que je les ai vus, ils étaient derrière nous.

— Au bout du convoi ?

— Non. Dix, quinze camions en arrière.

On est revenus sur nos pas pour libérer Ostin, qui a sauté de joie en nous découvrant tous.

— Quel est le plan ? a-t-il aussitôt voulu savoir.

— C'est simple, lui a répondu Tessa. On récupère tout le monde et on se casse.

— Qui es-tu, toi ? lui a rétorqué notre génie des sciences.

— Tessa.

— Marrant, ça ressemble à Tesla.

— En effet.

— Et ton pouvoir, c'est quoi ?

— J'augmente les capacités électriques des gens.

— Cool.

— Wade et Abigail sont là-bas, a repris Ian. Septième et neuvième camions en partant d'ici. Derrière la jeep avec la mitrailleuse. Mais ça grouille de soldats. Et certains patrouillent.

— Éloignons-nous de la route, ai-je décidé.

On s'est enfoncés dans la jungle pour se porter au niveau du camion de Wade. Ian nous a alors fait signe de nous arrêter.

— Il y a des soldats dans les cabines de leurs camions.

— Je vais dégager le passage, a affirmé Zeus. Tessa, augmente mon pouvoir.

Il a grillé les camions alentour avec une telle force qu'ils en ont tremblé.

— Ça devrait être bon, a estimé Ian. Mais pas pour longtemps.

On a foncé ouvrir les battants arrière du camion de Wade. Il était ligoté contre une paroi, incapable de bouger. Il n'était pas seul…

— Stop ! s'est écrié un soldat en pointant son arme sur moi.

J'ai produit une impulsion, ça l'a projeté en arrière.

Aussitôt, je suis allé faire fondre les liens de Wade. Il me scrutait, incrédule.

— Michael ! Mais d'où tu viens ?

— De l'Idaho. Dépêche, on se barre.

— Désolé, mec, m'a interpellé Ian. Je ne sais pas comment j'ai fait pour ne pas voir ce soldat…

— T'inquiète, moi je l'ai pas loupé.

— Vous avez trouvé Jack ? a demandé Wade.

— Pas encore. Il ne nous reste plus qu'Abigail, Taylor et lui à récupérer, ensuite on file.

On a foncé délivrer Abigail. Comme les autres, elle s'était déjà débarrassée de son RESAT.

— Je ne vois pas Taylor et Jack, a avoué Ian.

— Comment ça ? Ils sont trop loin ?

— Non, avec Tessa dans les parages, je vois même au-delà du dernier camion. Ils ne sont dans aucun d'eux. Ils ont disparu.

— N'importe quoi ! s'est emporté Wade. Il faut absolument retrouver Jack.

— Je te répète qu'il n'est pas là. Ni Taylor.

— Mais tu disais les avoir vus, tout à l'heure, lui ai-je rappelé.

— Ils étaient avec nous quand on est partis.

Je me suis tourné vers Ostin en priant pour qu'il ait une idée.

— Ils ont pu s'évader, a-t-il supposé.

— Ian, ai-je repris, tous les camions de transport de troupes qu'on a vus étaient fermés par une chaîne. Essaie d'en repérer une.

— D'accord. (Il a scruté le convoi en silence, puis déclaré :) J'en vois une. C'est le camion dans lequel se trouvait Taylor. Mais les battants arrière sont ouverts. Et elle n'est plus à l'intérieur.

— Qu'est-ce qui te fait dire que c'était celui de Taylor ? ai-je insisté.

— La présence de résidus électriques. Je vois un autre camion ouvert. Des entraves à l'intérieur. Jack s'est échappé.

— Ou quelqu'un les a fait sortir, a suggéré Ostin. Tu arriverais à suivre la trace de Taylor, comme à l'Académie ?

— Suivre ses résidus, peut-être. Rapprochons-nous de son camion.

— C'est loin ? ai-je voulu savoir.

— Une quinzaine de véhicules. Mais il y a des soldats sur la route.

— On retourne dans la jungle, ai-je décidé.

Heureusement pour nous, plus on avançait vers l'arrière de la file, moins les soldats semblaient avoir conscience que les prisonniers s'étaient évadés. Ils discutaient ou dormaient en attendant que le convoi reparte. Une fois arrivés au niveau du camion de Taylor, on a découvert un RESAT par terre, à côté de liens coupés.

— Elle était bien là, a confirmé Ian.

— On lui a retiré son RESAT.

— Il aura fallu l'éteindre avant, ai-je observé. Sinon ça l'aurait tuée.

— Qui a pu faire ça ? a demandé Zeus.

— Sans doute le même gars qui a éliminé ces deux-là, a avancé Ostin en montrant deux soldats étendus par terre sur le ventre.

— Où est-elle partie ? ai-je interrogé Ian.

Celui-ci a inspecté les environs, puis indiqué la direction du sud.

— Je vois les empreintes de deux personnes. Elles s'enfoncent dans la jungle.

— Jack et Taylor ?

— Aucune idée. Je n'aperçois Jack nulle part.

— Allons-y, ai-je lancé.

Quand tout le monde a eu disparu dans la jungle, je me suis arrêté en bordure de la route et j'ai levé la main.

— Tu fais quoi ? m'a interpellé Ostin. Ils vont te voir !

Aussitôt, des rafales de mitraillette ont retenti à flanc de montagne.

— Ils nous canardent ! a hurlé Zeus.

— Non, l'ai-je calmé. C'est nos amis. Ils font diversion.

Autour de nous, les soldats sautaient déjà des camions en dégainant leurs armes. Comme l'avait prévu Jaime, ils filaient dans la direction opposée à la nôtre, tandis que nous nous enfoncions incognito dans la jungle noire.

– 19 –

Le chasseur de primes

Taylor s'est réveillée groggy et désorientée. Elle se déplaçait – de cela elle était sûre – mais pas par ses propres moyens. Quelqu'un la portait sur l'épaule. Elle avait mal au ventre, à cause de la position. L'homme qui la transportait ainsi était musclé, mince ; il haletait très fort. « Qui est-ce ? » Elle s'est concentrée sur les pensées de cet inconnu.

J'ai besoin de repos. Si seulement j'arrivais à lui prendre son arme. Dommage qu'il soit casqué. Taylor n'aurait qu'à le réinitialiser…

Elle a reconnu les pensées de Jack.

Je ne sais pas combien de temps je vais pouvoir tenir sans eau.

Quelques instants plus tard, le garçon prononçait à voix haute :

— Hé, mec, j'ai besoin de repos. Ça fait des heures qu'on crapahute.

— Et on n'est pas rendus, lui a répondu une voix teintée d'accent australien. Marche.

Pose ton flingue, qu'on voie si t'es un dur. À la première occasion, je te fais ta fête.

Taylor culpabilisait de se faire porter par Jack, mais elle se savait trop faible pour marcher seule. Elle avait les articulations en compote. « Que m'ont-ils fait ? »

Dix minutes plus tard, alors qu'ils franchissaient un cours d'eau, Jack a glissé sur un caillou et s'est rattrapé juste à temps. Hélas, il s'était foulé la cheville. Taylor a perçu la douleur dans ses pensées. Une fois sur l'autre rive, le garçon a chancelé – sans lâcher son amie –, est tombé à genoux, puis sur le côté. Taylor s'est écrasée sur lui.

— Debout ! a crié l'homme.

— Sinon quoi ? Tu m'abats ?

— Possible.

— Fais-toi plaisir. Après, tu porteras Taylor.

— Debout, j'ai dit !

— J'ai besoin de repos. Et d'eau.

Une courte pause, puis l'homme a déclaré :

— OK, minable. Cinq minutes. Et pour l'eau, il y a le ruisseau.

Jack s'est relevé à grand-peine.

— Ne tente rien de débile, ou je vous descends tous les deux.

— Je comptais pas courir, lui a répliqué Jack en titubant vers le cours d'eau.

Il s'est agenouillé sur la berge, s'est aspergé le visage, puis a bu dans ses mains.

— Je suis sûr que ça grouille de saloperies, a glissé l'homme en s'abreuvant à sa gourde.

Jack a pris encore une goulée avant de retourner s'écrouler près de Taylor. Celle-ci battait des paupières ; il l'a remarqué. Enfin elle a ouvert les yeux et l'a regardé bien en face.

— Jack ?

— Chut.

— On est où ?

Le garçon lui a fait signe de se taire et, d'un mouvement de la tête, lui a désigné l'homme. Taylor a alors découvert le fameux Australien à qui son ami pensait. Un grand gaillard en uniforme noir et rouge – celui des chefs de district Elgen. Il tenait un pistolet à la main. De plus, il portait le casque que les Elgen n'ôtaient jamais en sa présence et qui l'empêchait de les réinitialiser. Soudain, l'homme s'est tourné vers elle.

— Tiens, t'es réveillée, toi ? a-t-il observé.

— Qui êtes-vous ? lui a rétorqué Taylor.

— Un opportuniste. T'es une fameuse prise, ma belle. Ta tête est mise à prix. Pas loin d'un million de dollars. Et mon petit mulet, ici présent… (Du canon de son pistolet, il désignait Jack.)… Il en vaut cinquante mille.

L'homme s'est approché tout en gardant ses distances.

— Puisque tu es réveillée, je vais te faire le topo. Si t'essaies de t'enfuir, je bute ton pote. S'il essaie de s'enfuir, je te bute toi. Et fais pas semblant de t'en foutre. J'étais à Pasadena quand vous avez détruit l'Académie. Je suis au courant, pour l'Électroclan. Vous vous serrez les coudes.

— Où sont les autres ?

— Sans doute encore avec l'armée. À moins que vos complices n'aient réussi leur coup. Cela expliquerait le bouchon monstre.

— Et nous, qu'est-ce qu'on fabrique avec vous ?

— L'armée péruvienne se fiche de toucher la prime… pas moi. Et sachant comment fonctionne votre petit groupe, j'ai étudié l'itinéraire jusqu'à Lima et déterminé à quel endroit tes potes risquaient de tenter un truc. Je me suis pas gouré. Puis j'ai profité de la panique générale pour vous embarquer, le mulet et toi, en toute discrétion.

— Vous nous emmenez où ?

— Je te l'ai dit : on va toucher la prime.

— Où ça ?

— Qu'est-ce que ça peut te faire ? (Pointant son arme en direction de Jack, il a enchaîné :) Les cinq minutes sont écoulées, mec. Debout.

Le garçon semblait à bout de forces, mais il a quand même réussi à se lever. Puis il s'est penché pour soulever Taylor.

— C'est bon, lui a assuré celle-ci, je peux marcher.

— Il va te porter, poupée, est intervenu l'Australien.

— J'ai dit que je pouvais marcher. S'il m'aide.

Et à ces mots, elle a pris la main de Jack.

Celui-ci a immédiatement compris.

Tu lis dans mes pensées ?

Taylor a imperceptiblement acquiescé.

As-tu une autre raison de vouloir marcher ?

Elle hocha à nouveau la tête.

Pour nous ralentir ?

Même réaction.

Tu penses que quelqu'un cherche à nous sauver ?

— Oui, a dit à voix haute Taylor.

— Oui quoi ? a aboyé l'homme.

Elle a broyé la main de Jack, puis répondu :

— Oui, je peux marcher.

– 20 –

Résidus électriques

— C'est quoi, ces coups de feu ? m'a demandé Ostin.

— Des mitraillettes, lui ai-je répondu. Installées par Jaime et ses amis.

— Tu as retrouvé Jaime ?

— C'est lui qui m'a retrouvé.

— Et cette Tessa, qui est-ce ?

— Je t'expliquerai plus tard.

On était à plus d'un kilomètre de la route quand la fusillade s'est calmée. Je me demandais si les soldats avaient découvert que ce n'étaient pas des hommes qui leur tiraient dessus, mais des robots montés sur tourelle.

Tout à coup, Ian s'est immobilisé.

— Ça, c'est bizarre, a-t-il dit en regardant alentour.

— Qu'est-ce qui est bizarre ?

— La piste est difficile à suivre parce que les résidus électriques laissés par Taylor n'apparaissent que çà et là, sur des arbres ou des buissons. Alors que je devrais en trouver par terre.

— Peut-être que quelqu'un la porte, a avancé Ostin.

— Possible, a confirmé Ian.

— Essayons de mesurer la profondeur des empreintes.

Les deux garçons se sont accroupis près d'une trace.

— J'ai besoin de lumière, a déclaré notre génie des sciences.

McKenna a « éclairé » ses mains et les a approchées du sol. Ostin l'a remerciée, puis a tâté l'empreinte.

— Hmm, a-t-il fait. Intéressant.

— Ce sont les pas de Taylor ? ai-je voulu savoir.

— Uniquement si elle porte des bottes pointure 45.

— Les deux groupes n'ont pas la même profondeur, a ajouté Ian. Je pense qu'Ostin a raison. Quelqu'un la porte. Ça explique que je ne voie des résidus qu'aux endroits où elle a frotté contre un obstacle.

— Tu saurais dire si c'est Jack qui la porte ? est intervenu Wade.

— Pourquoi ferait-il ça ? s'est étonnée Abigail.

— Venez, on continue, ai-je décidé.

On pressait le pas, malgré la végétation dense. Ian ouvrait la marche ; McKenna nous faisait de la lumière.

Au bout d'une heure, Ian a déclaré :

— On les rattrape.

— À quoi tu le vois ? lui ai-je demandé.

— Les résidus sont plus frais.

On a franchi un cours d'eau. Le soleil pointait au-dessus des arbres, il faisait à présent suffisamment jour pour qu'on puisse se passer des services de McKenna.

— Regardez, nous a lancé Ian en désignant un méli-mélo d'empreintes. On dirait qu'ils se sont arrêtés ici. La personne qui transportait Taylor a dû la poser.

Il y a des résidus partout. Et à partir de là, on voit trois groupes d'empreintes. Elle marchait sûrement seule.

— La personne qui la portait a dû se fatiguer, ai-je estimé. Allez, on y retourne.

On a encore accéléré. Trois quarts d'heure plus tard environ, Ian a affirmé :

— Je les vois.

— C'est Jack ? l'a immédiatement interrogé Wade.

— Oui. Jack, Taylor et un garde Elgen. Il est armé.

— À quelle distance sont-ils ?

— Un kilomètre, un kilomètre et demi. Attendez. Il y a aussi des camions. On dirait que le garde va retrouver des gens. Un chemin de terre... six gardes Elgen.

— On peut les rattraper avant qu'ils se rejoignent ? ai-je voulu savoir.

— Non, c'est imminent.

— Ils ont combien de camions ?

— Deux.

— Dépêchons, ils ne doivent pas s'enfuir. On se bouge !

Malgré notre épuisement, on a encore pressé le pas. À présent, on courait presque. Dix minutes plus tard, Ian annonçait :

— Ils sont aux camions.

— Plus vite ! ai-je lancé, même si je savais qu'on était déjà à fond.

Encore une poignée de minutes, et Ian reprenait :

— Ils ont ligoté Taylor et Jack et les chargent dans les camions. Par contre, ils n'ont pas l'air pressés. J'en vois même qui sont assis.

— Dieu merci, a haleté Ostin.

Quelques instants plus tard, j'ai interrogé Ian :

— Qu'est-ce qui se passe, maintenant ?

— On dirait qu'ils se disputent.

— Qui ça ?

— Les gardes.

— Pourvu que ça dure.

On s'est arrêtés à une cinquantaine de mètres de nos cibles. Je ne voyais pas les gardes, mais, à travers les arbres, je distinguais la carrosserie rouge vif d'un des camions.

— Ils se chamaillent encore, a déclaré Ian. Ça tourne au vinaigre, je crois.

— Ils sont armés ?

— Jusqu'aux dents. Un pistolet chacun, plus un couteau, une matraque et des grenades : l'arsenal standard des Elgen.

— Il nous faut un plan, ai-je affirmé.

— Je m'en occupe, a embrayé Ostin. (Il s'est pris la tête à deux mains quelques instants, puis a dit :) Le plus important, c'est d'éloigner les gardes de Taylor et de Jack.

— Sans se faire tuer, a glissé Wade.

— Exact.

Sur ce, Ostin a tracé un cercle dans la terre à l'aide d'un bâton, puis a passé celui-ci à Ian en lui demandant d'indiquer la disposition des véhicules et des personnes.

— Ça, a commencé notre guide aveugle, c'est le chemin par lequel les camions sont arrivés. Les rectangles à gauche représentent les camions. Là, c'est les gardes. Ici, c'est nous.

Il a rendu le bâton à Ostin, qui a étudié le schéma avant de dire :

— OK, voici ce qu'on va faire. Un, on se rapproche, jusqu'à environ ici… Deux, on se sépare. Zeus, Tessa, Ian et Wade, vous contournez le périmètre par la droite. Zeus et Tessa se positionnent ici, à 3 heures ; Wade et Ian filent jusqu'à l'arrière du camion le plus éloigné.

— Pour libérer Jack, a compris Wade.

— Voilà. Dans le même temps, Michael, McKenna et moi, on fait pareil de l'autre côté. Michael se positionne à 8 heures ici, pendant que McKenna et moi nous positionnons pour libérer Taylor. À mon signal, Zeus projette la foudre depuis ce point, et Michael une impulsion électrique depuis celui-là. Si des gardes tentent de fuir derrière le dernier camion, Ian et Wade s'en chargent. Compris ?

— Le signal, ce sera quoi ? ai-je demandé à mon ami.

— Je sifflerai. Ça attirera l'attention des gardes, et ils ne pigeront rien quand Zeus et toi frapperez.

— OK, ai-je conclu. Tout le monde est prêt ?

Ils ont acquiescé.

— On y va.

On s'est avancés encore une vingtaine de mètres, discrètement, jusqu'à ce qu'Ostin nous fasse signe de nous arrêter. À présent, non seulement on voyait les gardes, mais on les entendait se disputer sur leurs parts du butin. Deux hommes nous faisaient face. L'un d'eux avait la figure toute rouge et gueulait contre un grand gaillard qui nous tournait le dos.

— Les camions, c'est nous qui les avons volés. On s'est fait tirer dessus !

L'autre lui a répondu avec un accent australien :

— Bande de mauviettes, vous avez chouré deux malheureux bahuts ? Moi j'ai kidnappé les gosses au nez et à la barbe de toute une armée, et je me les suis trimbalés trois heures à travers la jungle. Vous toucherez ce qui était prévu, ou que dalle. C'est ma dernière offre.

— Moi aussi, je vais te donner une dernière offre, a grondé le rougeaud en voulant dégainer son arme.

Mais l'Australien l'a devancé et lui a tiré dessus à deux reprises. Puis il a abattu le collègue de sa victime. Les trois autres hommes ont levé les mains en l'air.

Quand le boucan des coups de feu s'est tassé, l'Australien a repris la parole :

— Quelqu'un d'autre veut se plaindre ?

Un des gardes lui a répliqué :

— Tu as fait ce qu'il fallait. Ça nous fera plus à nous partager.

— Ça fera plus pour moi, oui ! J'ai fait le sale boulot, vous ne toucherez que ce qui était prévu. (Brandissant son pistolet :) Des questions ?

— Non, c'est bon, a cédé son interlocuteur.

L'Australien a rengainé son arme en rigolant.

J'ai compté les gardes. Deux morts, quatre vivants.

— Je croyais qu'il y en avait sept, Ian, ai-je observé.

— J'ai dû me tromper.

— OK, on bouge, ai-je décidé.

Ostin a pris McKenna par la main et on a filé vers la gauche, pendant que les autres partaient par la droite. Je me suis arrêté à mon poste, tandis qu'Ostin et McKenna continuaient jusqu'au camion de Taylor. Là, Ostin a sifflé. Les gardes se sont tournés dans sa direction.

— C'était quoi ? a demandé l'Australien.

— Là-bas, près du…, s'est écrié un de ses complices.

Un éclair lui a coupé la chique. Un second a renversé l'Australien. Les deux derniers hommes accouraient vers nous. J'ai balancé une impulsion qui les a séchés net. Zeus et Tessa sont ressortis du couvert des arbres.

— Ils sont HS, a affirmé le garçon. Ça m'étonne qu'ils soient encore en vie. Avec l'aide de Tessa, je ne sens plus ma force.

— On les menotte, ai-je enchaîné.

— On pourrait juste les griller, et bon débarras, a proposé Tessa.

— Ça n'est pas notre façon de faire, lui ai-je rétorqué. Sauf si on n'a pas le choix.

— Eux, ils ne se gênent pas.

— Mais on n'est pas comme eux, ai-je tranché.

Je me suis agenouillé près des hommes que j'avais assommés. L'un d'eux était sur le dos ; je l'ai fait rouler sur le ventre pour le menotter par-derrière, puis j'ai fait de même avec son collègue. Zeus et Tessa s'occupaient des deux autres. J'étais en train de retirer les ceintures de matériel aux deux gardes quand une voix féminine a lancé :

— Ce serait trop demander, un peu d'attention ?

J'ai levé les yeux. Taylor approchait de moi.

— Taylor ! me suis-je écrié en m'élançant vers elle.

On est tombés dans les bras l'un de l'autre, puis elle a pressé ses lèvres contre les miennes. Quand on s'est dégagés, elle a rivé son regard au mien.

— Tu n'imagines pas comme c'est bon de te revoir, m'a-t-elle confié. J'en étais à craindre que ce jour n'arrive jamais.

— Tu croyais que j'allais t'abandonner ?

— Je savais que tu tenterais quelque chose. Mais tu étais à un contre cinq mille.

— Oui, c'était un peu déséquilibré, ai-je concédé.

— En ta faveur ! s'est-elle esclaffée.

Quel bonheur, de l'entendre rire…

Touchant la coupure qu'elle avait au front, je lui ai demandé :

— Où tu t'es fait ça ?

— Accident de la route, m'a-t-elle répondu.

On s'est encore embrassés.

— Rrhoo, trouvez-vous une chambre, tous les deux, a râlé Zeus.

— Je suis contente de te revoir en un seul morceau, lui a dit ma copine avec un sourire.

— Pareil pour moi, lui a assuré le garçon.

Tessa, elle, bloquait littéralement sur Taylor :

— Qu'est-ce qu'elle fiche ici, Tara ?

— C'est pas Tara, l'a corrigée Zeus.

— C'est Taylor, ai-je précisé. L'enfant électrique numéro dix-sept.

— Mais tu ressembles grave à Tara, insistait notre amie.

— Elles sont jumelles, cervelle d'oursin, s'est moqué Zeus.

— Jumelles ? Alors vous devez être identiques…

— Uniquement à l'extérieur, l'a rassurée Ian en s'approchant de nous.

L'apercevant, Taylor est allée l'enlacer.

— Merci d'être venu nous chercher.

— On ne lâche personne, a-t-il affirmé.

— Et Jack, il est où ? ai-je demandé.

— Encore dans le camion bleu, m'a répondu Ian. Wade le détache.

— Il doit avoir besoin d'aide, a estimé McKenna.

Elle se dirigeait déjà vers le véhicule quand soudain on a entendu Jack hurler, puis un coup de feu retentir.

— C'était quoi ? ai-je paniqué.

— Attention ! s'est écriée Tessa.

À cet instant précis, un garde Elgen contournait le camion et braquait son pistolet sur nous. Zeus lui a balancé une méga-décharge qui lui a arraché son arme et l'a projeté près de vingt mètres en arrière.

— Il sortait d'où ? ai-je lancé.

On a tous foncé vers le camion.

— Je l'ai pas vu, se lamentait Ian. C'est ma faute, je l'ai pas vu.

Arrivé derrière le véhicule, mon cœur s'est figé.

— Oh non, a fait Abigail.

À genoux par terre, Jack tenait Wade dans ses bras. Il y avait du sang partout.

– 21 –

La perte

J ack appuyait sur le ventre de Wade. Le sang s'écou-
lait entre ses doigts. Wade tremblait, le teint pâle
et cireux.

— Tu vas t'en tirer, vieux, lui assurait Jack d'une
voix chevrotante. Aidez-moi à arrêter l'hémorragie.

— J'ai mal…, a bredouillé Wade.

— T'es un guerrier. Oublie pas, t'es un guerrier.

— J'ai mal.

Abigail s'est agenouillée à côté de Wade et lui a
touché la jambe. Il tremblait toujours, mais son visage
s'est détendu.

— Merci, a-t-il soufflé.

— Je vais le cautériser, a affirmé McKenna. Ian,
dis-moi où se trouve la blessure.

Notre ami est resté muet.

Le prenant à part, je lui ai murmuré :

— C'est grave ?

— Son corps est rempli de sang.

Wade a été pris d'un spasme, après quoi il a marmonné :

— Je crois que c'est…

— Reste avec moi, vieux, suppliait Jack. T'es un guerrier.

— Je crois que…

Son menton a tressailli.

— T'es un guerrier ou une mauviette ? a insisté Jack, les joues baignées de larmes. Un guerrier ou une mauviette ?

— Jack… t'es le seul ami que j'aie jamais eu. Merci d'être…

— Me quitte pas, mec. Pitié. Wade…

— Je… (Un tremblement, puis le garçon a dégluti et marmonné :) Je… suis désolé.

Et il s'est tu. Sa tête est partie en arrière.

— Non ! a hurlé Jack.

Il s'est aussitôt mis à appuyer sur la poitrine de son copain, mais n'a réussi qu'à faire jaillir plus de sang.

— Michael, redémarre son cœur ! m'a-t-il ordonné. Envoie-lui la sauce. S'il te plaît !

Je n'ai pas esquissé le moindre geste. Je savais que ça serait inutile.

— Pitié.

Je me suis agenouillé près de Jack.

— Tu dois le laisser partir.

— Non.

J'ai balancé des volts. Jack a crié de douleur ; le corps de Wade tout entier a été secoué, mais ç'a été tout.

— Rien, a confirmé Ian.

— Encore, Michael !

— Jack…

— Je t'en supplie.

— OK.

Nouvelle décharge. Nouveau cri de Jack.

J'ai interrogé Ian du regard, il m'a fait non de la tête.

— Encore ! a réclamé Jack. S'il te plaît, essaie encore !

— Jack, c'est fini.

— Non. C'est pas possible.

J'ai passé la main dans son dos.

— Je suis désolé. Il est parti.

Jack a serré la tête de son copain entre ses bras en sanglotant « Non, non, non, non ».

On l'observait, luttant contre nos propres émotions.

— C'est ma faute, a-t-il fini par déclarer.

— Mais non, tu n'y es pour rien, ai-je répliqué.

— C'est moi qui l'ai forcé à venir. Moi. J'ai tué mon meilleur ami.

– 22 –

L'étape suivante

L e temps semblait figé. Jack avait les mains et le torse maculés de sang, il hurlait de douleur. Nous autres, on pleurait, y compris Tessa qui ne connaissait ni Jack ni Wade. À un moment donné, un des gardes est revenu à lui et s'est mis à nous appeler pour qu'on le laisse partir. Pris par l'émotion, j'ai réagi avec violence :

— Ta gueule ! lui ai-je d'abord rétorqué.

— Relâchez-moi !

Je me suis dirigé vers lui. Quand il a lu la rage sur mon visage, il a pris peur. J'ai dû me retenir pour ne pas le griller à mort. Il a de nouveau perdu connaissance. Zeus et moi l'avons traîné à couvert, lui avons enfoncé des feuilles dans la bouche et noué sa chemise par-dessus. C'était surtout dans son intérêt à lui. Vu l'état dans lequel était Jack, il aurait été ravi de le faire taire définitivement. Ensuite, avec Zeus et Ian, on a déplacé les autres gardes auprès du premier, y compris les deux cadavres. On n'a pas eu à ligoter celui qui avait tiré sur Wade : il n'avait pas survécu à la décharge que lui avait assenée Zeus.

Abigail a déniché une couverture de laine dans un camion. McKenna et elle l'ont placée sur le corps de Wade. Près d'une heure s'est écoulée avant que Jack accepte enfin de s'éloigner de son ami. Il est allé s'asseoir, seul, à la lisière de la clairière. Il pleurait en silence.

La peine est une force puissante qui s'abat sur votre cœur comme un brouillard lourd et noir. J'étais en territoire connu. J'avais huit ans quand j'ai perdu mon père.

On s'est tous dispersés. Ian, hébété, marmonnait en boucle qu'il aurait dû voir le garde. Il s'est éloigné, seul. Abigail, Tessa et Zeus se sont assis ensemble près de l'endroit où on avait pénétré dans la clairière. McKenna et Ostin sont allés marcher pendant que Taylor et moi on s'isolait dans la cabine du camion rouge. Je la serrais contre moi sans rien dire. Il s'était produit tant de choses depuis qu'on avait été séparés, que ni elle ni moi n'avions envie d'en parler. Le bonheur de nos retrouvailles était gâché par le choc et la douleur.

Une heure plus tard, Ostin est venu nous trouver. Il avait les yeux gonflés, comme nous.

— J'y crois pas, a-t-il déclaré. J'arrive pas à croire que Wade est mort. (Se tournant vers moi, la mine inquiète.) Et ta mère, elle est en sécurité ?

— Elle s'en est sortie, oui. Elle est auprès de la voix.

— Si seulement on y était aussi, a soupiré Taylor. Qu'est-ce qu'on va faire, maintenant ?

J'ai observé Jack un instant, puis ai posé mon regard sur ma copine :

— On va filer avant de se faire reprendre.

— Pour aller où ? m'a demandé Ostin.

— Jaime m'a donné le nom d'une auberge à Cuzco. On va s'y rendre en camion.

— Jaime ? s'est étonnée Taylor. Le gars qui nous a conduits près de la centrale des Elgen ?

J'ai acquiescé, puis développé :

— Vous vous rappelez l'Indien qu'on a vu sur une berge, en arrivant ?

— Un Amacarra, a opiné notre génie des sciences.

— Ils m'ont recueilli. C'est là que j'ai rencontré Tessa.

— C'est qui, Tessa ? m'a interrogé Taylor.

— Une ancienne « protégée » de Hatch, qui a réussi à s'enfuir de la centrale Starxource voilà six mois. Les Amacarra la cachaient. Quand l'armée péruvienne a commencé à se déployer, la tribu nous a conduits auprès de Jaime. De là, on a traversé la jungle jusqu'à repérer un endroit d'où arrêter votre convoi.

— Comment saviez-vous où on se trouvait ? s'est enquis Ostin.

— Grâce à la voix.

— Tu lui as parlé ?

— Jaime avait une radio. (J'ai passé la main dans mes cheveux.) La situation est grave. Hatch a pris le contrôle des Elgen. La voix voulait que je vienne vous libérer, puis qu'on se rende tous à Callao, près de Lima, pour couler un navire des Elgen.

— Ils ont un navire ? s'est étouffée Taylor.

— Toute une flotte, même, depuis laquelle ils dirigent leur empire. Hatch les réunit pour les emmener vers une île sur laquelle il prévoit de construire une base terrestre, où ils fabriqueront des armes de destruction massive.

— De mieux en mieux, a ironisé ma copine.

— Au moins, on est encore en vie, a philosophé Ostin.

Taylor s'est tournée vers lui, blessée par les paroles qu'il venait de prononcer.

— Pas tous, non, a-t-elle nuancé.

Ostin a grimacé.

— Tout ce que je veux, c'est partir d'ici, a embrayé Taylor. Les Péruviens nous prennent pour des terroristes et veulent nous pendre en place publique. (Un long soupir, puis :) Je veux retrouver ma vie d'avant. Mais elle n'existe plus, pas vrai ?

— Pas telle que tu l'as connue, ai-je confirmé. Et tant qu'on ne stoppera pas Hatch, il continuera.

— Je préférais l'époque où on ne savait rien…

McKenna nous a rejoints. Ostin a ouvert sa portière et lui a fait un peu de place. Il l'a prise par la main. Ça m'a surpris. En dehors de sa mère, je ne l'avais jamais vu toucher une fille. Visiblement, il s'était passé pas mal de choses depuis qu'on avait été séparés.

Taylor a repris la parole :

— Et donc, si on coule ce navire, on fait quoi ensuite ?

— On rentre en Amérique, ai-je affirmé.

— De quel navire vous parlez ? a demandé McKenna.

— De celui des Elgen, lui a répondu Ostin.

— L'*Ampère* ?

— Tu le connais ? me suis-je étonné.

— Je suis même montée à bord. Il y a pas mal de temps. Hatch nous y avait enfermés.

— Il est en train de rassembler la flotte des Elgen au Pérou. La voix nous demande de couler l'*Ampère*.

— Comment on va faire ? Ce navire est juste… énorme.

— J'ai déjà une dizaine d'idées en tête, lui a assuré Ostin. Minimum.

— Mais il faut d'abord se rendre sur place, a observé Taylor. Et je vous rappelle que l'armée surveille les routes environnantes. Ils ont sûrement établi des barrages.

— Pas forcément sur ce chemin de terre, ai-je objecté. Il ne figurait même pas sur la carte.

— Sans doute une vieille route pour l'exploitation du bois, a estimé Ostin. Peut-être oubliée.

— Les gardes Elgen qu'on a neutralisés la connaissaient, eux, a rappelé Taylor. Tu crois qu'elle va jusqu'à Cuzco ?

— Aucune idée, ai-je avoué. Moi je dis : suivons-la le plus loin possible et finissons le reste à pied. Au moins, comme ça, on évitera les barrages.

D'une voix soudain plus basse, ma copine a ajouté :

— Et pour Wade ? On ne peut quand même pas l'abandonner ici.

— On va l'emmener à Cuzco, où on lui offrira un enterrement décent.

— Quitte à devoir le porter ?

— Ça m'étonnerait que Jack accepte de le laisser dans la jungle. Mais c'est lui qui décidera.

Tout le monde s'est tu. Au bout d'un moment, je me suis adressé à McKenna :

— Et Ian, il se remet ?

— Pas vraiment. Il se reproche encore de ne pas avoir vu ce garde.

— Il ne peut pas tout voir non plus, a tempéré Taylor.

— Normalement, si, a observé Ostin. Là, il a foiré.

— Ne t'avise pas de sortir ça devant lui. Il culpabilise déjà assez comme ça.

— Je ne suis pas débile non plus.

— Bref, s'est interposée McKenna, on fait quoi quand on arrive à Cuzco ?

— On retrouve Jaime et on prépare un plan, ai-je déclaré.

— Encore un plan, a pesté ma copine. J'en ai ma claque. Un de ces quatre, j'aimerais bien que quelqu'un dise plutôt : « On sort faire du shopping. »

— Si seulement…, ai-je acquiescé.

Taylor a appuyé sa tête sur mon épaule. Je l'ai serrée contre moi. Plus personne n'a dit un mot.

Quelques minutes plus tard, Abigail et Zeus nous rejoignaient. Le garçon a ouvert la portière du camion et demandé :

— Qu'est-ce qui se passe ?

— On discutait de l'étape suivante, lui a répondu Ostin.

— À savoir, se casser de ce pays pourri, a enchaîné Abigail.

— On va devoir se rendre près de Lima pour couler le vaisseau amiral des Elgen, ai-je annoncé.

— Quoi ? s'est-elle étranglée.

— Vous comptez couler l'*Ampère* ? a renchéri Zeus.

— C'est le plan, oui.

— Eh ben, c'est pas le mien, m'a rétorqué notre ami. Tu as peut-être oublié, mais moi, tout ce qui flotte, c'est *niet*. Je veux juste me barrer.

— L'ennui, a dit Abigail, c'est que l'armée péruvienne n'est pas la seule à vouloir notre peau : tout le pays nous hait. Nos photos passent sûrement en boucle à la télé.

— Ils n'ont plus de télé, a glissé Ostin, vu qu'ils n'ont plus d'électricité.

— N'empêche, a insisté la fille. Il y a toujours les journaux. Et au cas où ça t'aurait échappé, on n'a pas trop des têtes de Péruviens.

— Elle a raison, a opiné ma copine.

— En plus, pourquoi veux-tu que l'*Ampère* soit à Lima ? a repris Zeus. Il croise en Europe.

— La voix nous a affirmé que Hatch réunissait toute sa flotte au Pérou, ai-je indiqué.

— Ça m'étonnerait. Le président Schema n'accepterait jamais. Il aime trop l'Italie.

— Il n'y a plus de président Schema.

— Comment ça ?

— Hatch a pris le contrôle de la société Elgen.

— Là on est mal…

— Raison de plus pour se casser d'ici avant que la chance nous abandonne, a insisté Abigail.

— OK, mais après ? l'a interpellée Ostin. On attend juste que les Elgen se renforcent encore et viennent nous chercher ?

— On aura plus de chances de leur échapper si on arrête de se jeter dans la gueule du loup.

— T'as pas tort, a approuvé McKenna. Et au pire, on aura au moins vécu une vraie vie pendant quelques années. Je suis désolée, mais… je n'en peux plus.

J'ai expiré lentement, puis ai appuyé ma tête sur ma main.

— Moi non plus, ai-je avoué.

— On est tous vannés, a déclaré Taylor. Et tristes.

Je me suis tourné vers Jack. Le voir m'a brisé le cœur. Taylor m'a caressé le dos.

— On part quand ? a repris Zeus.

— Mieux vaut attendre demain matin, ai-je estimé. Pas trop envie de faire la route de nuit.

— On a des vivres ? s'est inquiété Ostin.

— Il y a à boire et à manger à l'arrière de l'autre camion, a annoncé McKenna. Apparemment, les gardes prévoyaient de camper quelques jours.

— Je vais préparer le dîner, a décidé Taylor. McKenna, tu viens m'aider à tout réchauffer ?

— J'arrive.

Les deux filles sont descendues.

— Je vous file un coup de main, s'est proposé Ostin en suivant McKenna.

— Je m'inquiète vachement pour Jack, a soupiré Abigail.

— On ne devrait pas le laisser tout seul comme ça, ai-je affirmé.

— Il dit que c'est ce qu'il veut, a déclaré Zeus.

— Ça ne signifie pas forcément que c'est bon pour lui, a répliqué Abigail en prenant le garçon par la main. Viens, on va le voir.

— Je vous accompagne, ai-je dit.

On est donc allés s'asseoir près de Jack. Il nous a adressé un bref regard, puis a de nouveau baissé les yeux. Je ne savais pas quoi dire.

Coup de bol, Abigail était naturellement douée pour réconforter les gens. Elle a posé la main sur l'épaule de Jack et lui a glissé à l'oreille :

— Je suis désolée, je ne peux rien pour apaiser cette douleur.

— Tant mieux, j'ai besoin de la sentir. Ça serait mal, sinon.

On est restés un moment à ne rien dire. Puis Abigail a repris :

— Tu sais, tout à l'heure, quand on ne t'a pas vu dans le convoi, Wade est parti en *live*. Il répétait en boucle : « Il faut retrouver Jack, il faut retrouver Jack. » Il nous a aiguillonnés. Tu représentais beaucoup pour lui.

Jack s'est caché les yeux. Aucun de nous ne l'avait jamais vu pleurer. Ça faisait bizarre ; comme Superman avec un bras dans le plâtre. Quelques instants plus tard, il relevait les yeux.

— Wade n'avait personne. Ses parents l'avaient abandonné. Il s'était fait jeter de je ne sais plus combien de familles d'accueil. Sa grand-mère était… naze.

— Il t'avait toi.

— Tu parles d'une chance !

— Oui, il avait de la chance de t'avoir.

— Tu rigoles ? Sans moi, il serait encore en vie.

Abigail n'a pas détourné le regard. Elle a laissé passer un moment puis est revenue à la charge :

— Quand ta maison a brûlé, tu as dit : « J'ai fait des choix. J'y resterai fidèle. » Et Wade n'aurait pas eu le droit d'en faire autant ? Personne ne l'a forcé à venir. Il a choisi tout seul.

Jack n'a rien répondu.

Abigail l'a pris par la main.

— On meurt tous, tu sais. Grâce à toi, la vie de Wade a eu un sens.

Le garçon a de nouveau baissé la tête. Elle l'a serré contre sa poitrine un long moment. Il s'est mis à trembler.

Zeus est alors intervenu :

— Je suis désolé, vieux. Wade était un mec bien. Il t'aimait vraiment.

— Et moi je me suis conduit comme un gros con avec lui, lui a rétorqué Jack. Tout le temps à lui prendre la tête.

— Il savait que tu l'aimais, a insisté Abigail. Et c'est pour ça qu'il t'aimait autant.

Nouveau silence, que Zeus a fini par rompre :

— Nous aussi, on t'aime.

Sur ce, il nous a quittés.

J'ai attendu quelques instants avant d'ajouter :

— Il a raison, tu sais.

Incapable de répondre, Jack a de nouveau fondu en larmes.

– 23 –

Dernier adieu

Ce soir-là, on a pris un repas chaud : burritos au porc et aux haricots, accompagnés d'une espèce de soupe aux pattes de poulet. Tout le monde a mangé, mis à part Jack et Ian, qui prétendaient ne pas avoir faim. Après dîner, Jack et moi avons transporté le cadavre de Wade à l'arrière du camion bleu pour le protéger des charognards. Puis on est tous allés se coucher dans l'autre bahut. Sauf Jack, qui a préféré dormir par terre.

Le lendemain, le bruit de coups sourds m'a réveillé. Jack avait déniché une pelle et il creusait une tombe. Je suis allé le rejoindre. Il avait essuyé le sang qui maculait son visage et ses bras, mais son tee-shirt restait taché. Il était en nage et ne semblait pas avoir dormi de la nuit.

— Besoin d'aide ? lui ai-je proposé.

Il m'a fait non de la tête.

— Tu ne veux pas qu'on l'emmène ?

— Peu importe où il repose. En Amérique, personne ne l'attend.

J'ai baissé les yeux. Puis, au bout d'un petit moment, j'ai repris :

— On prévoyait de partir vers midi. Mais d'abord on organise un service funèbre pour Wade.

À ces mots, Jack a tourné la tête vers moi, puis m'a demandé :

— Tu voudrais bien dire quelque chose ? Moi je ne sais pas faire. Et il avait du respect pour toi.

— J'en serai honoré, lui ai-je assuré.

Peu après que Jack a fini de creuser la tombe, Zeus et lui y ont déposé le corps de Wade. On s'est tous réunis autour de la fosse. McKenna et Ostin avaient fabriqué une petite croix avec des branches d'arbre ; Abigail et Taylor avaient cueilli des dizaines de fleurs colorées – suffisamment pour recouvrir la tombe. Je me tenais à côté de la croix. J'avais l'impression que la jungle entière se taisait pour écouter mon discours.

— Pour être honnête avec vous, Wade, à la base, je ne l'aimais pas beaucoup. Je ne le connaissais que comme caïd. À l'école, on nous parle souvent de ce genre d'élèves. On nous répète qu'ils sont méchants. À écouter les adultes, on dirait qu'il n'y a qu'à l'école qu'on se comporte comme ça. Mais les adultes eux-mêmes sont des tyrans les uns envers les autres. Les entreprises entre elles. Les pays entre eux. Tout se passe comme si, quand on devient adulte, tous les coups étaient désormais permis.

» Malgré ça, à l'école, on nous répète qu'il faut haïr les caïds. Alors qu'en fait il faudrait peut-être faire tout le contraire. Peut-être que, si on les traitait correctement, ils agiraient autrement. Wade n'est pas né caïd ; ce sont les gens qui étaient censés s'occuper de lui qui l'ont transformé.

» Quand il est devenu mon ami, il m'a montré qui il était réellement. Un garçon loyal et courageux. Il a eu la possibilité de rentrer chez lui, et les Elgen ne l'auraient sans doute plus inquiété, mais il a refusé. Refusé d'abandonner ses amis. Et ça, ça fait de lui un héros. Je sais qu'il va nous manquer à tous. À moi, déjà. Mais surtout, il va manquer à Jack.

Je me suis tourné vers celui-ci. Ses joues étaient baignées de larmes.

— Les dernières paroles de Wade ont été pour Jack. Il l'a remercié d'avoir été son ami. Son unique ami. Et puis il a dit qu'il était désolé. Pourtant, il n'avait aucune raison de l'être. Il avait montré sa vraie nature. Il avait toujours voulu être un guerrier, comme Jack. Et au final, il l'a été. (J'ai pris une grande inspiration avant de conclure :) C'est tout ce que j'ai à dire.

Taylor s'est glissée jusqu'à moi et m'a pris la main.

— Merci, a dit Jack.

On attendait tous en silence de voir ce qu'il allait faire. Il est resté un moment la tête basse, puis il a fait le salut militaire. Quelques minutes plus tard, Zeus jetait les premières pelletées de terre dans la tombe. Quand il a eu terminé, Taylor, McKenna et Abigail l'ont recouverte de fleurs.

– 24 –

Une foule en colère

Avec Zeus, Taylor et Ian, on est allés s'assurer que les gardes étaient toujours ligotés. Leur chef, celui qui avait enlevé Jack et Taylor, a tenté de négocier avec nous.

— Allez, quoi. On peut s'arranger, quand même.

— On connaît vos méthodes, lui ai-je répliqué.

— Je vous donnerai de l'argent.

Zeus s'est accroupi près de lui.

— Après nous avoir vendus ? Tu nous prends pour des débiles ?

L'Australien n'a rien répondu.

— Ça y est, je te remets, maintenant, a repris Zeus. Tu étais à l'Académie.

— Au portail, oui. Je vous protégeais. Tous.

— Tu me protégeais ? s'est esclaffé Zeus. Ce qu'il faut pas entendre !

L'homme a tourné la tête.

— Regarde-moi en face ! l'a recadré Zeus en l'empoignant par les cheveux. Ton pote a tué un des nôtres.

— Il a agi de son propre chef.

— Il est surtout venu à cause de toi. (Le garçon faisait crépiter l'électricité entre ses doigts.) La seule raison pour laquelle je ne te grille pas sur place, c'est parce que Michael m'a demandé de ne pas le faire. Mais faudrait pas trop me pousser…

L'autre est resté muet.

— Où est votre argent ? l'ai-je interrogé.

— Dans sa poche arrière, m'a affirmé Ian.

Zeus s'est emparé du portefeuille et l'a lancé à Ian.

— Il contient combien ? ai-je demandé à ce dernier.

— Un millier de nouveaux sols, la monnaie du Pérou.

M'accroupissant à côté de notre prisonnier, j'ai poursuivi :

— Est-ce que cette route va jusqu'à Cuzco ?

Il ne répondait pas.

— J'ai repéré une fourmilière pas très loin, a indiqué Ian. Traînons-le jusque là-bas.

— La route va jusqu'à Paucartambo, a déclaré l'homme.

— C'est quoi ?

— Un petit village.

— L'armée a-t-elle connaissance de cette route ?

— Ça serait des clowns s'ils ne la connaissaient pas.

— Par contre, vous pensiez vous enfuir par là sans rien risquer.

— Ils ne nous attendaient pas. Vous croyez vraiment arriver à vous en tirer, hein ? Le gouvernement a diffusé vos portraits dans la presse et sur des affiches, vous êtes partout. Le pays entier est à vos trousses.

— On tâchera de rester discrets, alors, ai-je conclu. Venez, les amis.

— Attendez. Vous n'allez quand même pas m'abandonner comme ça...

— Non, ai-je concédé. Ian, colle-lui une autre paire de menottes. Et s'il se débat... tu sais où est la fourmilière.

On a fait les poches aux trois autres gardes, puis on leur a mis à leur tour une deuxième paire de menottes. On s'est retrouvés avec plus de deux cent mille sept cents nouveaux sols. Soit plus de mille dollars, d'après Ostin. Une demi-heure plus tard, je suis allé voir Jack. Il était assis par terre, près de la tombe de Wade.

— On est prêts, lui ai-je annoncé.

Il s'est levé. Il ne pleurait plus. Son expression avait changé. La colère lui durcissait les traits.

— On prend le camion bleu, ai-je ajouté en lui remettant les clés. D'après le garde, la route traverse la jungle, on devrait être à Cuzco cette nuit.

Jack a acquiescé puis s'est dirigé vers le camion.

Taylor, Ostin, McKenna et moi, on a grimpé dans le camion bleu de Jack ; Tessa, Abigail et Ian dans le rouge de Zeus.

La route de terre s'est déroulée sur une quinzaine de kilomètres avant de déboucher dans un site d'exploitation du bois abandonné. Puis ç'a été une soixantaine de kilomètres jusqu'à Paucartambo, un village niché entre les pentes verdoyantes de deux montagnes, que nous avons atteint en fin d'après-midi.

L'endroit était plus grand que je ne l'aurais cru. Les bâtiments arboraient des façades en plâtre fatiguées et des toitures en tuiles de terre cuite, tandis que les rues grouillaient de piétons, la plupart vêtus de costumes traditionnels colorés, avec poncho et chapeau melon.

Comme on pénétrait dans le village, un troupeau de lamas a traversé la grand-rue devant nous. On a dû s'arrêter.

— Trop marrants, les lamas, a commenté Taylor.

— Techniquement, a précisé Ostin, ce sont des vigognes.

— Pour moi, ça ressemble à des lamas.

— « Lama » est le nom générique qui désigne la famille des camélidés domestiqués d'Amérique du Sud. Les vigognes sont plus petites que la plupart des autres lamas, et leur laine plus précieuse même que celle de l'alpaga. Il est illégal d'en exporter.

— Je ne comptais pas en ramener une chez moi, a ironisé Taylor.

— Les lamas descendent du chameau, tu le savais ?

— Et comment les chameaux ont fait pour venir jusqu'en Amérique du Sud ? s'est enquise McKenna.

Ostin a souri.

— Je suis content que tu me poses la question.

— Ben moi, non, a grommelé ma copine.

J'ai collé mon front à la vitre et regardé dehors. Ça me faisait plaisir de réentendre Ostin étaler sa science. Au moins, comme ça, il ne pensait plus à Wade. Quelque part, sa petite leçon de biologie m'a donné l'impression que tout était redevenu normal, alors que plus rien ne le serait jamais.

Quand le troupeau a eu passé, on a repris notre route à petite vitesse.

— Regardez, a soudain lancé Taylor. Un marché. On peut s'arrêter ?

— Je ne crois pas que ce soit une bonne idée, ai-je hésité.

— On trouvera peut-être quelque chose à manger, a suggéré Ostin. J'ai la dalle.

— Moi aussi, a renchéri McKenna. Et soif. On pourrait pas acheter de l'eau ?

— Et j'aurais besoin d'aller aux toilettes, a ajouté ma copine.

— Les seules que tu trouveras, par ici, seront rustiques, lui a révélé Ostin.

— Tu veux dire… ?

— Un simple trou dans le sol. Et ne compte pas sur du papier hygiénique.

— Charmant. J'aurais mieux fait d'aller dans la jungle, comme McKenna.

— OK, ai-je repris en montrant du doigt un terrain vague au bout de la route. Garons-nous là-bas.

Jack est allé s'y ranger. Zeus a porté son camion à notre hauteur et a baissé sa vitre.

— On fait quoi ? m'a-t-il demandé.

— On va acheter à manger.

— OK.

Ostin, Taylor, McKenna et moi sommes descendus de notre bahut, Jack est resté au volant. Zeus s'est garé devant nous, et ses passagers et lui nous ont rejoints.

Cet endroit me rendait nerveux.

— Ne nous attardons pas trop, ai-je décidé.

Abigail est allée demander à Jack s'il nous accompagnait.

— Non, lui a-t-il répondu. Je vous attends là.

— On te rapporte quelque chose ?

— Non, merci.

Elle lui a touché le bras et a ajouté :

— Je vais voir si je peux nous trouver des petits pains ou autre.

Le marché était bondé ; pourtant notre présence n'est pas passée inaperçue. On était les seuls étrangers dans les parages, et les autochtones nous dévisageaient sans gêne. Du coup, je stressais à mort. J'ai pris la main de Taylor pour traverser la place.

— Ce serait super s'il y avait des marchés comme ça dans l'Idaho, m'a-t-elle confié. (S'arrêtant devant un étal de ponchos, elle en a placé un coloré contre sa poitrine.) Tu me trouves comment ?

— Cent pour cent péruvienne.

Avisant une minisupérette avec un frigo près de la porte, je lui ai proposé :

— Ils vendent de l'Inca Kola. Tu en veux un ?

— Carrément. Il y aura peut-être des toilettes dans l'arrière-boutique.

Cette supérette était une espèce de couloir d'un mètre sur trois, aux murs garnis de sachets de biscuits à l'emballage en espagnol. J'ai posé nos affaires sur une petite table en bois.

— Je ne vois pas les toilettes, ai-je constaté. Dommage qu'Ostin ne soit pas là pour jouer les interprètes.

— Attends, je me rappelle comment on dit. (Se dirigeant vers l'homme au teint basané qui se tenait au comptoir, elle l'a interpellé :) Excusez-moi, vous avez un *baño* ?

À mon avis, il n'avait dû comprendre que le dernier mot, mais il lui a malgré tout indiqué le fond de son magasin en précisant :

— *El baño, sí.*

Le temps qu'elle revienne, j'ai acheté deux Inca Kola et quelques bouteilles d'eau. J'ai rapporté le tout à notre table : crade, mais équipée de serviettes en papier. J'en ai imbibé une pour nettoyer un peu. Taylor m'a rejoint rapidement.

— C'était dégueu, m'a-t-elle annoncé. Ça grouillait de mouches.

Elle s'est assise ; je lui ai passé un Inca Kola.

— Il est chaud, me suis-je excusé.

— Ils ont un frigo, pourtant, non ?

— Oui. Il leur manque juste du courant.

— Et pourquoi donc ?

J'ai incliné la tête de côté, puis rappelé l'évidence :

— Je crois que c'est notre faute.

— Ah oui…

Là-dessus, j'ai pris une gorgée de soda tiède.

— Bon alors, l'histoire entre Ostin et McKenna, ça a commencé quand ? ai-je ensuite interrogé ma copine.

— À notre retour de Pasadena, je crois. Tu te rappelles quand McKenna lui a fait fondre ses liens, dans le camion ? Ostin était tout chose.

— Il a toujours eu un faible pour les Asiatiques. Tu te souviens, la fête chez Maddie, quand il a bloqué sur Angel et qu'elle a stressé ?

— Oui. Et après il lui a dit qu'elle était la plus jolie fille du monde. Si ça se trouve, il n'est pas aussi empoté qu'on croit. (Une gorgée d'Inca Kola, puis Taylor a enchaîné :) En fait, je crois plutôt que ça a commencé après qu'on t'a perdu, à la centrale électrique. J'ai crisé, et j'ai reproché à Ostin de t'avoir laissé tomber. J'ai été assez vache. McKenna a pris sa défense.

À cet instant, deux soldats en tenue de camouflage sont passés en courant devant la supérette.

— Tu les as vus ? ai-je fait.

— Qui ?

— Des soldats. Nous devons partir.

— Allons chercher les autres.

On a laissé nos boissons et on s'est dirigés vers la porte. J'ai regardé dehors, au cas où il y aurait d'autres soldats, mais n'en ai plus vu. De l'autre côté de la rue, Abigail, Zeus et Tessa essayaient des chapeaux. On a foncé les rejoindre.

— Un souci ? nous a lancé Tessa.

— Des soldats, lui a répondu Taylor.

— Où ça ? s'est inquiété Zeus.

— Il y en a deux qui viennent de passer par là, lui ai-je indiqué.

— Ils allaient donc vers les camions. Vite, on se casse.

— Où sont les autres ? l'ai-je retenu.

— La dernière fois que j'ai vu Ostin et McKenna, ils étaient à cet étal, là-bas, à côté de la charrette de fruits, a affirmé Abigail. Ils achetaient des ponchos.

— Et Ian ?

— Il a préféré rester avec Jack, a affirmé Tessa.

— Retournez tous aux camions, ai-je ordonné. Taylor et moi, on part chercher Ostin et McKenna.

On s'est aussitôt élancés vers la charrette de fruits.

— Ils sont là, a indiqué Taylor. Au spectacle de marionnettes.

On les a rejoints au pas de course. Ils tenaient à la main des sacs remplis de ponchos colorés et de chapeaux.

— On se casse, ai-je lancé en saisissant Ostin par le bras.

— Deux secondes, m'a-t-il réclamé. C'est presque fini.

— Dépêchez ! a insisté Taylor. On vient de voir des soldats.

On regagnait les camions quand on a repéré un attroupement aux abords du marché, près du terrain vague où on s'était garés.

Aussitôt, Ostin a pris McKenna par le bras et l'a entraînée dans une petite boulangerie. Puis il nous a fait signe de les suivre.

— Quoi ? l'ai-je interrogé en pénétrant dans la boutique.

— J'ai entendu quelqu'un crier « À mort, les terroristes américains » dans la foule.

Au même instant, le boulanger nous a pointés du doigt en s'écriant « *Terroristas !* ».

Taylor l'a réinitialisé. L'homme a porté la main à son front. Il avait l'air confus et perdu. Se tournant vers nous, il nous a demandé :

— *A la orden, amigos ?*

— *Pastel de canela, por favor*, lui a répondu Ostin en montrant une pâtisserie. *Eso.*

— *Muy bien. Hablas muy bien el español. Un sol, porfa.*

Ostin lui a remis une pièce.

— Comment peux-tu songer à manger dans un moment pareil ? a pesté Taylor.

— C'est une diversion, lui a rétorqué notre génie des sciences.

— Pour toi ou pour lui ?

— Demande-lui donc si on peut sortir par-derrière, suis-je intervenu.

— *Hay una salida atrás ?*

— *Sí. A través aquí.*

— *Gracias*, l'a remercié Ostin avant de nous dire : Suivez-moi.

La porte de derrière donnait dans une ruelle non pavée. Heureusement pour nous, elle était déserte, en dehors du mendiant qui dormait appuyé contre un mur en stuc.

— Par ici, ai-je décidé.

Lorsque nous sommes arrivés au bout de la ruelle, nos cœurs se sont figés.

— Je le crois pas, s'est étouffé Ostin.

Sur notre terrain vague, il y avait à présent deux jeeps de l'armée équipées de mitrailleuses, un gros camion de transport de troupes, une voiture de police, le tout entouré par une foule de villageois. Mais pas la moindre trace de Jack et de Ian.

— Vous pensez qu'ils se sont fait choper ? a demandé McKenna.

— Moi je parie que Ian les a vus venir, et qu'ils se sont sauvés.

— On fait quoi, maintenant ? est intervenue Taylor. Ils encerclent nos camions.

— De toute façon, on ne peut plus les utiliser, ai-je annoncé. On a été reconnus, et tout le monde nous a vus à bord.

— Mais comment on va faire, pour partir d'ici ?

— Regardez, là-bas, nous a interpellés McKenna.

Au sud du parking, plusieurs centaines de Péruviens s'étaient attroupés… autour de Zeus, Tessa et Abigail.

— Ça pue, ai-je pesté.

— Et ça risque de virer au lynchage, a craint Ostin.

— Sauf qu'avec Tessa près de lui Zeus peut tous les griller sans problème, ai-je observé.

— Il ne nous manquerait plus que ça, a râlé ma copine. Un village massacré par des terroristes américains.

— J'ai une idée, ai-je lancé. Ostin, on va avoir besoin de vos ponchos.

Il m'a passé les sacs. J'ai donné un poncho à Taylor.

— Si on peut s'approcher suffisamment, Taylor tentera de réinitialiser toute la foule.

— Ils sont trop nombreux, t'es fou, m'a rétorqué ma copine.

— Pas si Tessa augmente ton pouvoir. C'est pour ça qu'il faut qu'on se rapproche. (Là-dessus, j'ai enfoncé un chapeau jusqu'à mon nez.) Tu me trouves comment ?

— Cent pour cent péruvien, m'a assuré Taylor en mettant le sien.

— Ostin, tu vas nous préparer une diversion. Une explosion. Mais ne fais pas sauter le gros camion militaire.

— Pourquoi ?

— Parce qu'on va s'en servir pour filer.

— Compris, a conclu McKenna.

Sur ce, Taylor et moi on s'est faufilés à travers la foule, la tête baissée. Ma copine réinitialisait les villageois au fur et à mesure. Un type m'a agrippé par le bras, j'ai immédiatement balancé des volts sans ralentir. Une fois à proximité de nos amis, on a remarqué des fruits et des cailloux éparpillés autour d'eux. Zeus saignait ; trois Péruviens gisaient à plat ventre par terre. Deux d'entre eux avaient des machettes à la main.

Les filles se tenaient derrière Zeus, qui brandissait les mains. L'électricité crépitait entre ses doigts. Les gens n'osaient plus avancer et se contentaient de les bombarder avec ce qu'ils avaient sous la main. Un homme s'apprêtait justement à balancer une brique. Je l'ai grillé. Puis je me suis dirigé vers nos amis en tenant Taylor par la main.

— Stop ! nous a prévenus Zeus en pointant ses mains vers nous.

Je ne me suis pas arrêté.

— J'ai dit stop !

Il m'a envoyé une décharge : c'est précisément ce que je voulais. L'électricité a décuplé ma force, chose qui nous serait bien utile si Taylor ne parvenait pas à réinitialiser tout le monde.

Me voyant résister à son attaque, Zeus s'est mis à paniquer. À trois mètres de lui, j'ai soulevé mon chapeau.

— Un coup de main ?

— Michael…, a-t-il soufflé, soulagé.

— Tessa, ai-je embrayé, augmente le pouvoir de Taylor.

— C'est parti.

Ma copine a aussitôt retiré son chapeau et s'est concentrée. Tout à coup, la foule s'est tue. Plusieurs personnes âgées se sont écroulées.

— La vache, s'est extasiée Taylor. J'ai explosé mon record…

— Venez vite, on se casse, ai-je ordonné.

On marchait en file indienne, moi devant, Zeus à l'arrière et Tessa au milieu pour augmenter nos pouvoirs à tous.

— Vous avez vu Jack et Ian ? ai-je demandé aux autres.

— Non, m'a répondu Abigail. Par contre, j'espère que Ian nous a vus, lui.

Au même instant, une énorme explosion a retenti près du marché, et une fumée noire s'est élevée dans le ciel. Comme je l'espérais, cette catastrophe a détourné l'attention de la foule.

— C'était quoi ? a voulu savoir Zeus.

— C'était… McKenna et Ostin, ai-je dit avec un sourire. Tessa, reste bien près de Taylor. Et, Taylor, continue de réinitialiser à tout-va.

On traversait la foule, comme qui dirait invisibles. Les villageois, hébétés de stupeur, semblaient frappés de migraine. La décharge de Zeus m'avait transformé en aimant ambulant. J'attirais toutes sortes d'objets métalliques que je devais ensuite décoller de moi.

— T'as une machette dans le dos, m'a indiqué Tessa en me l'arrachant. Et trois boucles d'oreilles.

À l'approche du camion militaire, Taylor a réinitialisé la foule qui l'entourait. J'ai posé la main sur la portière côté conducteur et envoyé la sauce : le chauffeur et son passager ont été séchés. Zeus et moi les avons extraits de la cabine.

— Je conduis, a décidé notre ami.

— Regardez, s'est écriée Tessa. Jack et Ian, ils accourent vers nous.

À l'autre bout du terrain vague, les deux garçons sprintaient dans notre direction.

— Des soldats les poursuivent, a remarqué Abigail.

Une dizaine de soldats au moins, en effet. L'un d'eux a soudain posé un genou à terre et empoigné son arme.

— Zeus ! ai-je hurlé.

— Je m'en charge ! m'a-t-il répliqué en déclenchant une décharge.

L'éclair a renversé le groupe entier de soldats.

Je faisais de grands signes à nos deux amis ; c'était débile, puisque Ian nous avait repérés. Ils nous ont rejoints quelques instants plus tard, tout essoufflés.

— Merci pour ton aide, a dit Jack à Zeus.

— Tout le plaisir est pour moi. Maintenant, montez.

J'ai grimpé dans la cabine avec lui et il a mis le contact.

Taylor, Abigail et Tessa avaient déjà pris place à l'arrière ; ma copine a fait signe à Jack et à Ian de se dépêcher.

J'ai baissé la vitre qui séparait la cabine de l'arrière et demandé à Ian où se trouvaient Ostin et McKenna.

Notre vigie a inspecté les environs, puis m'a montré une direction.

— Où ça, précisément ?

— Attends deux secondes.

C'est alors qu'Ostin et McKenna ont déboulé de la boulangerie et dévalé la ruelle.

— Zeus, tu les vois ? Fonce !

— C'est parti, a-t-il lancé en enclenchant la première.

Le camion s'est ébranlé, avant de faire une embardée.

— Quelle chiotte, a râlé Zeus.

Il a fait demi-tour comme il a pu, traversé un fossé – à l'arrière, ils ont fait la cabriole – et enfin regagné la route. Je me penchais par la vitre en agitant mon poncho pour attirer l'attention d'Ostin et de McKenna.

Elle nous a repérés la première.

— Grimpez derrière ! leur ai-je hurlé.

Zeus a freiné ; Jack et Ian les ont aidés à monter. Taylor a cogné contre la paroi métallique pour nous indiquer de rouler.

— On est bons, fonce ! ai-je crié à notre chauffeur.

— On va où ? m'a-t-il demandé.

— Par là, lui ai-je ordonné en indiquant l'unique feu tricolore du village. La route de l'est, direction Cuzco.

Et c'est comme ça qu'on a quitté Paucartambo. À tout instant, je m'attendais à voir quelqu'un nous prendre en chasse, mais personne n'est venu. Quand le village a eu disparu derrière nous, Taylor a passé la tête dans la cabine.

— Vous allez bien ? nous a-t-elle demandé.

— Mieux que jamais, lui ai-je assuré.

— Cool, a-t-elle conclu. Pittoresque, ce village, non ?

Le seul point positif de cette aventure (outre le fait qu'on avait pu s'enfuir), c'est qu'elle nous a fait oublier quelques instants la douleur et le deuil. Mais vu la peur qu'on a eue, je ne suis pas certain qu'on ait gagné au change.

Bref, après Paucartambo, on a rallié l'ancienne ville inca de Pisac, sans toutefois s'y arrêter – pour une raison évidente. De Pisac, on n'a eu qu'une cinquantaine de kilomètres à parcourir pour atteindre Cuzco. Rien de notable sur le trajet, mis à part le pont sur la rivière Urubamba qui avait été emporté et remplacé par une passerelle à une seule voie. Du coup, ça a duré une éternité.

Taylor nous avait rejoints à l'avant. Aucun d'entre nous n'était vraiment à l'aise. On roulait quand même dans un camion de l'armée volé. Et on se disait que quelqu'un finirait tôt ou tard par nous griller. Ian montait la garde. On a croisé plusieurs véhicules militaires qui n'ont même pas semblé nous voir. Et il faisait déjà nuit quand on a pénétré dans les faubourgs de Cuzco.

– 25 –

La porte bleue

L a ville de Cuzco est le genre d'endroit qu'on voit dans les revues de tourisme et les émissions de télé sur les voyages. Ostin nous a bien sûr récité tout ce qu'il savait sur le sujet.

— Cuzco est non seulement l'ancienne capitale de l'Empire inca, mais aujourd'hui encore la première ville touristique du Pérou. Elle attire plus de deux millions de visiteurs chaque année. Le plan de l'antique cité représentait la silhouette d'un puma, animal sacré des Incas.

» Quand l'Espagnol Pizarro est arrivé au Pérou avec ses soldats, le roi inca Atahualpa a tenté de le chasser, mais il s'est fait capturer par les conquistadors. En échange de sa libération, Pizarro a exigé que les Incas remplissent d'or une grande salle. Les Incas ont payé la rançon, Pizarro s'est emparé de l'or, mais il a exécuté malgré tout le roi.

» Atahualpa a été le dernier grand empereur inca ; quarante ans après sa mort, son empire n'existait plus.

Les Espagnols ont détruit son palais et bâti une cathédrale sur les ruines.

Le monologue d'Ostin s'est poursuivi une vingtaine de minutes. Seule McKenna glissait quelques réponses et commentaires. Puis Ostin lui-même a fini par se lasser de s'écouter parler.

À l'approche de la ville, Ian et Taylor ont échangé leurs places. Ian nous a alors servi de GPS pour trouver la Plaza de Armas. Comme l'avait expliqué Ostin, Cuzco était une grande ville touristique, où le flot des touristes et des vendeurs ralentissait la circulation.

Zeus s'est garé derrière la cathédrale Santo Domingo et on est tous descendus. Le décor nous a coupé le souffle. La place pavée, immense était encadrée de bâtiments dans le style de la Renaissance espagnole. Je n'avais jamais rien vu de tel, hormis dans mes livres d'histoire.

J'avais l'impression que tout le monde nous observait, ça me stressait, mais quelque part c'était normal : on ne s'était pas lavés depuis des jours et nos vêtements étaient cradingues. Seul Jack, dont les habits étaient maculés de sang, s'était changé et arborait un tee-shirt Elgen.

On s'est séparés en petits groupes pour éviter de trop attirer l'attention, et on a convenu de se retrouver une heure plus tard à la grande fontaine qui trônait au milieu de la place. Sur ce, Taylor, Ostin, McKenna et moi sommes partis à la recherche de l'auberge El Triumfo.

Chose moins facile que je n'aurais cru. Jaime s'était contenté de nous dire que l'établissement se trouvait près de la grande place. Or celle-ci était proprement gigantesque, avec des dizaines de rues et de ruelles adjacentes.

Ostin a fini par demander le chemin à un commerçant, qui nous a vaguement indiqué la direction. Taylor et moi sommes partis devant ; Ostin et McKenna nous suivaient à quelque distance.

L'auberge n'avait rien d'extraordinaire : on est passés devant deux fois avant que Taylor remarque l'affichette en plastique accrochée à côté de la porte. On est entrés et on a vite refermé derrière nous.

Le vestibule était minuscule, sombre et austère. Éclairé à la bougie. Au fond, derrière un petit comptoir, un vieux Péruvien aux cheveux argentés et aux sourcils gris broussailleux était accompagné d'une jeune fille en habits d'aujourd'hui. Elle devait avoir notre âge, voire un ou deux ans de plus. L'homme, lui, nous observait d'un œil suspicieux.

Je me suis approché du comptoir.

— Vous comprenez ce que je dis ? ai-je demandé à l'homme.

— *Sí, señor. Un poco.*

— Nous voudrions une chambre pour la nuit.

Ses yeux sombres regardaient de tout côté, il était nerveux.

— Je suis désolé. Nous n'en avons plus. C'est la saison touristique.

— Je suis un ami de Jaime, ai-je murmuré.

La jeune Péruvienne a interrogé l'homme du regard.

— Qui ça ? m'a dit celui-ci.

— Jaime, ai-je répété.

Il restait là à me scruter. J'ai soudain eu peur qu'on ne se soit trompés d'adresse.

— C'est bien l'auberge El Triumfo, ici ?

— *Sí.*

— Et vous ne connaissez pas Jaime ?

— J'ai beaucoup d'amis qui s'appellent Jaime, s'est esclaffé le vieil homme. Son nom de famille, c'est quoi ?

Je ne le connaissais pas. Je me suis tourné vers Taylor. Elle a haussé les épaules.

— On ne sait pas.

— Alors ce n'est pas un vrai ami. Je suis désolé, il y a d'autres hôtels pas loin. Ils ont peut-être une chambre.

Ça m'a laissé sans voix, je ne savais quoi faire. L'homme a levé ses épais sourcils comme pour nous inviter à partir.

— Il vous faut autre chose ?

— Non. Merci. On va chercher encore.

Taylor et moi sommes ressortis dans la ruelle. Je me suis assis sur le trottoir, ma copine à mon côté.

— Qu'est-ce qu'on décide ? m'a-t-elle demandé.

— J'ai toujours la radio. Je vais appeler Jaime. (Là, je me suis figé.) Oh non.

— Quoi ?

— La radio, je l'ai laissée dans le camion.

— Pas grave, on n'est pas garés loin.

— Dans celui qu'on a abandonné à Paucartambo.

— C'est pas vrai…

— J'ai pas assuré.

— On ne pensait pas qu'on allait se faire attaquer, a observé Taylor.

— N'empêche, c'était pas prudent, lui ai-je rétorqué. On devrait toujours partir du principe que ça peut arriver. J'étais censé détruire la radio si on se faisait prendre, et maintenant c'est les Elgen qui l'ont. On ne peut plus contacter Jaime.

— Comment on va faire pour rentrer chez nous, sans lui ? s'est inquiétée Taylor.

— Aucune idée.

— Mais il sait où on est, non ?

— Il nous a donné rendez-vous à l'auberge El Triumfo. Mais apparemment, il s'est trompé.

À cet instant précis, quelqu'un a lancé « *Amigo* ! ».

J'ai levé les yeux. Le vieux monsieur de l'auberge s'est avancé vers nous.

— Tu es Michael ?

— Oui.

— Excuse-moi pour tout à l'heure mais ma petite-fille est une grande bavarde. Je ne pouvais pas risquer qu'elle vous reconnaisse. Le Pérou tout entier est à votre recherche. Même ici à Cuzco, où on rencontre beaucoup d'Américains, vous n'êtes pas en sécurité. Les photos de tes amis ont paru dans les journaux, on les voit sur des affiches à tous les coins de rue. Ta copine et toi, vous ne devez pas rester ici comme ça. Tiens, voici la clé d'une chambre située à l'arrière de l'auberge. Passez par la porte bleue que vous voyez là, personne ne vous remarquera. Et cachez-vous jusqu'à l'arrivée de Jaime.

— Vous lui avez parlé ?

— Hier. Je devais vous guetter. Il sera content d'apprendre que vous êtes arrivés.

Quel soulagement d'entendre que Jaime était sain et sauf…

— En attendant, vous ne devez pas sortir. Je vous apporterai d'autres couvertures et oreillers, et aussi à boire et à manger.

— Je dois d'abord retrouver mes amis, ai-je annoncé en fourrant la clé dans ma poche. Merci.

— Merci à vous pour ce que vous faites, m'a répliqué le vieux Péruvien. Vous êtes très courageux.

Taylor et moi avons rejoint Ostin et McKenna qui attendaient au coin de la rue.

— Alors ? s'est inquiété notre génie des sciences.

— On a trouvé, lui ai-je affirmé. Vous deux et Taylor, allez prendre la chambre. Moi je pars chercher les autres.

— On peut t'aider, a proposé Ostin.

— Non : les Péruviens ont diffusé vos portraits mais pas le mien.

— On s'assure que la chambre est OK, ensuite je descends attendre tout le monde à la porte bleue, a accepté Taylor.

— Je ferai vite, ai-je conclu en lui remettant la clé.

Sur ce, j'ai regagné la Plaza de Armas qui, malgré l'heure avancée, grouillait encore de monde. Apparemment, certains quartiers de Cuzco avaient encore du courant : pas mal de boutiques et de restaurants étaient éclairés, et la grand-place elle-même baignait dans une lumière dorée. Un orchestre folklorique jouait près de la fontaine, donnant à la soirée une ambiance de carnaval. Partout des touristes qui rigolaient, achetaient des babioles et buvaient. Il y en avait même qui dansaient. Je les enviais. Moi aussi j'avais envie de m'amuser. En d'autres circonstances, je me serais éclaté.

J'ai aperçu Zeus, Ian, Tessa et Abigail qui mangeaient des glaces assis sur le rebord de la fontaine. Celle-ci était moitié moins grande que la piscine de Mitchell et était alimentée en eau par trois statues de tritons.

— Un cornet ? m'a proposé Tessa en me voyant arriver.

— Non, merci. On a trouvé notre contact. Allons-y.

— Oh, attendons encore un peu, a protesté Abigail. C'est trop super, là.

— Et la nuit est magique, a renchéri Tessa.

— Le gérant de l'hôtel affirme qu'on n'est pas en sécurité. Le gouvernement a diffusé vos portraits dans la presse.

— Cool, on est célèbres, s'est réjoui Zeus.

— Dis plutôt « recherchés », a nuancé Tessa.

— OK, on se casse, a fait Zeus en se levant. Michael, elle est où, cette auberge ?

— Vous voyez la ruelle, à cent mètres, là ? Côté droit, vous trouverez une porte en métal bleue. Taylor vous y attendra.

— Je la vois, a confirmé Ian. C'est bon.

— On s'est évadés et j'ai toujours l'impression d'être prisonnière, a pesté Abigail.

— Vous ne sauriez pas où est Jack ? leur ai-je demandé.

— Il est entré dans la cathédrale, a affirmé Ian. Je vais le chercher.

— Pas la peine, je m'en charge. Mon portrait n'a pas été diffusé.

— Je t'accompagne, a décidé Tessa.

Petite hésitation, puis :

— Tu ne devrais pas, je crois…

— Mon portrait n'a pas été diffusé non plus, si ? Je ne suis qu'une touriste comme les autres. Et tu auras moins l'air suspect avec moi.

— D'accord, ai-je cédé. Rendez-vous à l'auberge, vous autres.

Zeus, Ian et Abigail se sont éloignés.

Tandis qu'on se dirigeait vers la cathédrale, Tessa m'a pris par la main.

— Ça fait moins terroristes, a-t-elle estimé.

— T'as raison.

J'étais quand même un peu gêné. Elle a dû le remarquer, car elle m'a lâché.

Elle a gardé le silence un moment, avant de reprendre la parole :

— Depuis qu'on a sauvé tes amis, tu m'as à peine dit trois mots. On est fâchés, ou quoi ?

— C'est pas ça. Juste, j'ai pas mal de soucis.

— Tu as surtout retrouvé Taylor, je crois.

— C'est ma copine.

— Et donc, nous, on ne peut plus être amis ?

Je me suis immobilisé.

— Excuse-moi, je ne cherchais pas à te rejeter. Je suis un peu dépassé, en ce moment.

— Je sais. Et je ne dis pas ça pour te prendre la tête. (Rivant son regard au mien :) C'est juste que, dans la jungle, on était vachement proches. J'ai pas envie qu'on perde ça.

Ne sachant pas trop quoi dire, je me suis contenté d'un « Je suis désolé ».

Tessa m'a alors adressé un sourire triste puis, désignant la cathédrale d'un mouvement de la tête, a enchaîné :

— Viens, allons retrouver Jack.

J'ai attendu quelques secondes avant de lui demander :

— Qu'est-ce qu'il y a eu, au juste, entre Zeus et toi ?

— Tu as vraiment envie qu'on se lance là-dedans ? m'a-t-elle répondu, la mine triste.

— Uniquement si tu as envie d'en parler.

— Il a été mon copain pendant trois ans. Ça se passait super bien. Ensuite, quand je suis partie au Pérou, je n'ai plus eu de nouvelles de lui. Pas une seule fois. Ça m'a fait beaucoup de mal.

— Tu en as discuté avec lui ?

— J'ai essayé. Il a tout un tas d'excuses. En plus, maintenant, il craque pour Abigail.

— C'est lui qui te l'a dit ?

— Pas la peine… Bref, je vais devoir me trouver quelqu'un de moins électrique.

La cathédrale Santo Domingo se dressait à moins de cent mètres de la fontaine et dominait la grand-place comme une imposante forteresse de pierre. Malgré l'heure tardive, le portail était ouvert, et Péruviens et touristes y pénétraient pour la visiter ou s'y recueillir. C'était la première fois que j'entrais dans une cathédrale, j'ai été subjugué par la complexité de l'architecture et la beauté des œuvres d'art.

— C'est incroyable, ai-je soufflé.

— Attends de voir la basilique Saint-Pierre, au Vatican, m'a rétorqué Tessa. À côté, ça, c'est de la gnognote.

— T'es trop blasée, toi.

— Comme tous les disciples de Hatch.

Sur un mur, j'ai avisé une superbe représentation de la Cène. Je me suis arrêté afin de l'admirer. Au bout de cinq secondes, Tessa levait les yeux au ciel en déclarant :

— Ramène-toi, le touriste. On est venus chercher Jack, je te rappelle.

On a parcouru pratiquement toute la cathédrale avant de le trouver, agenouillé devant un autel couvert de bougies allumées. On a attendu quelques instants, puis Tessa s'est impatientée :

— Jack…

Il a tourné la tête vers nous.

— Désolé de te déranger, me suis-je excusé.

— T'inquiète, m'a-t-il assuré en se relevant.

— Tu faisais quoi ?

— J'ai allumé un cierge pour Wade.

— Je ne te savais pas croyant.

— Je ne le suis pas. Bon, et vous, vous avez trouvé l'auberge ?

— Oui. D'après le patron, mieux vaut ne pas traîner dehors. Le gouvernement a diffusé vos portraits dans la presse, on peut se faire griller à tout moment.

— C'est bien ce que je craignais…

En sortant de la cathédrale, j'ai remarqué cinq voitures de police en stationnement à l'autre bout de la place.

— Elles n'étaient pas là tout à l'heure, ai-je observé.

— Qu'est-ce qui se passe, d'après vous ? a demandé Tessa.

Jack a légèrement baissé la tête avant de suggérer :

— Ils ont dû trouver notre camion.

— Dans ce cas, ai-je déduit, ils savent qu'on est en ville.

Balayant la place du regard, j'ai constaté que des policiers en surveillaient les moindres issues. Ils étaient partout.

— Qu'est-ce qu'on peut faire ? s'est inquiétée Tessa.

— Tâchons de passer pour des touristes, ai-je décidé. Jack, tu restes un peu en retrait.

À l'approche de la ruelle de l'auberge, on a remarqué que les policiers avaient des papiers à la main. L'un d'eux nous a scrutés, Tessa et moi, puis a jeté un coup d'œil à ses documents, avant de relever la tête.

— Ils ont des photos, a compris notre amie.

— Je suis dans la merde, a conclu Jack.

— Surtout ne cours pas, lui ai-je ordonné. Pas tout de suite.

Le même policier s'est intéressé à Jack, puis a de nouveau consulté ses papiers. Quand il a redressé la tête, son expression avait changé. Il a dit trois mots à son collègue. Tous deux se sont dirigés vers Jack. La mine grave, la main sur la crosse de leur arme.

— Puis-je voir votre passeport, *señor* ? a réclamé l'un d'eux.

Deux autres agents se sont postés derrière Jack.

— Je… je l'ai laissé à l'hôtel.

Les policiers ont échangé quelques paroles en espagnol, puis le premier a repris :

— Votre carte d'identité, s'il vous plaît.

— Je n'ai pas mon portefeuille sur moi.

— Vous n'avez aucun document d'identité ? s'est agacé le Péruvien.

— Il s'est fait dévaliser par des pickpockets, suis-je intervenu. Cet après-midi.

L'homme m'a adressé un bref coup d'œil, puis s'est retourné vers Jack. Un cinquième agent s'est approché de nous. Il tenait une mitraillette Uzi. J'avais beau me retenir, j'étais agité de tics comme un malade… et ça ne jouait sûrement pas en notre faveur.

— Vous êtes ensemble ? a demandé le nouveau venu à Tessa.

— Oui, monsieur, lui a-t-elle avoué.

J'ai passé le bras autour de sa taille.

— Vous êtes américains, a-t-il déclaré sans que je comprenne s'il s'agissait d'une affirmation ou d'une question.

— Oui, monsieur, lui ai-je confirmé.

Jack et moi avons échangé un regard. Deux agents s'apprêtaient à dégainer leurs armes. Moi-même, j'étais sur le point d'émettre une pulsation quand soudain le policier qui se trouvait devant nous s'est figé. On aurait dit qu'il avait fait une attaque. Il a dit quelque chose en espagnol à son partenaire ; à ce que j'ai cru saisir, ça n'avait aucun rapport avec nous. Celui avec la mitraillette a lorgné une femme qui traversait la rue. Comme si, tout à coup, ils avaient oublié jusqu'à notre présence. Ça, c'était du Taylor tout craché.

J'ai adressé un mouvement de tête à Jack en ajoutant « On y va ». Et on s'est éloignés. À moins de dix mètres de là, Taylor et Ian ont surgi d'une boutique de cuirs et nous ont emboîté le pas.

— C'était moins une, a soufflé ma copine.

Elle bloquait sur mon bras, passé autour de Tessa.

Je l'ai aussitôt retiré.

— Ils ont reconnu Jack, ai-je expliqué.

— Et je pense qu'ils ont trouvé le camion, a renchéri celui-ci.

— Je confirme, est intervenu Ian. Je les ai vus depuis l'auberge.

Il est passé devant nous et a ouvert la porte bleue de l'établissement. Celle-ci donnait dans une petite cour sombre, avec table de pique-nique et parasol. L'endroit était entouré de quatre murs de brique et de stuc, avec sol en terre cuite, et plusieurs pots de fleurs rouges suspendus à une pergola. Trois chats se prélassaient sur une table en fer forgé.

— Par ici, nous a indiqué Ian. Il y a un escalier là-derrière.

Un escalier en bois branlant qui nous a conduits à une chambre. Sur les marches, j'ai voulu prendre la main de Taylor, mais elle m'a repoussé. Jack a ouvert la porte, on s'est tous dépêchés d'entrer, et Ian a refermé à clé derrière nous.

La pièce était éclairée par une ampoule nue. Il n'y avait pas la clim' et, malgré l'heure avancée, il régnait une chaleur étouffante.

On allait clairement être à l'étroit : deux lits super-posés, une pile de couvertures et d'oreillers. Zeus et Abigail ont pris place sur un lit.

— Bonjour, le palace, a sifflé Tessa.

— Tu préférerais peut-être une cellule, l'a mouchée Taylor.

L'autre s'est tournée vers elle en fronçant les sourcils.

— Monte pas sur tes grands chevaux, ma belle.

Elles se sont toisées ; une tension gênante a envahi la chambre. Puis Taylor s'est détournée.

J'ai posé la main sur son épaule ; elle s'est dégagée. Je l'ai entraînée à l'écart.

— Qu'est-ce que tu as ?

— J'ai qu'on est pourchassés, a-t-elle pesté.

— Ça, je sais. Mais c'est quoi, le souci entre nous ?

— À toi de me le dire. Tu as trouvé de la nouveauté, dans la jungle ?

À ces mots, elle s'est éloignée.

— Taylor…

Je restais là à me demander quoi faire quand on a frappé à la porte. On s'est tous figés, mis à part Ian.

— C'est le patron, a-t-il affirmé. Il apporte des trucs.

Jack a ouvert.

— *Buenas noches*, nous a salués l'homme en entrant.

Il portait deux grands sacs en tissu qu'il a posés par terre avant de refermer la porte derrière lui.

— Je vous ai apporté à manger et à boire. Mais je dois vous prévenir : la police fouille tous les bâtiments un par un. Vous ne devez surtout pas sortir tant que je ne vous y aurai pas autorisés. Je vais faire mon possible pour vous protéger. J'ai fermé à clé la porte bleue.

— Merci, ai-je glissé. On ne bouge pas.

— Bien. Je dois retourner à l'accueil avant qu'ils arrivent. Une dernière chose : j'ai parlé à Jaime. Il passera vous prendre demain, de bonne heure. (Il a ouvert la porte, puis conclu :) Je vais prier la Vierge Marie pour votre sécurité.

Sur ce, il est ressorti et Jack a refermé à clé.

Pas un bruit dans la chambre.

— On fait quoi, si les flics se pointent ? a fini par demander Zeus.

— Ian les aura repérés depuis longtemps, ai-je dit. Taylor pourra les réinitialiser. Au cas où on devrait fuir, Ian, dis-nous ce qu'il y a après la clôture de derrière.

— Ça ressemble à l'arrière d'un restaurant. Plus loin, il y a des fourgonnettes qui pourraient tous nous transporter.

— Tu en vois qui ont la clé sur le contact ?

— Pas la peine, est intervenu Jack. Je peux faire démarrer n'importe quel véhicule, ici.

— OK, ai-je repris. En dernier recours, on escalade cette clôture, puis Ian nous conduit au parking. Jack démarre une fourgonnette et on file à Lima.

— Mais si on est séparés ? a demandé Abigail.

— Ça n'arrivera pas. On reste soudés.

J'ai observé mes camarades, la fatigue se faisait sentir.

— Vu, tout le monde ? (Aucune réponse.) OK. Tâchons de nous reposer.

Malgré ma recommandation, personne n'a dormi. À commencer par moi. Savoir Taylor en pétard était une torture. Au bout d'une heure, Ian a annoncé :

— Deux policiers viennent d'essayer d'ouvrir la porte bleue. Ils se dirigent vers l'entrée de l'auberge.

Stress général.

Quelques secondes plus tard, McKenna a brisé le silence :

— Dis-nous ce qui se passe.

— Ils discutent avec le vieux. C'est lui qui parle. Il joue le mec qui a peur. (Un court silence, puis :) Maintenant il punaise au mur une affiche avec nos portraits. Les flics s'en vont.

J'ai poussé un soupir de soulagement.

Ian s'est tourné vers nous :

— Ce mec mérite un oscar.

Il était environ 1 heure du matin quand Ian est venu s'asseoir près de moi.

— Je crois qu'ils laissent tomber, a-t-il déclaré. La police quitte la place.

— Tous ?

— Non, il y en a quelques-uns qui restent. Et ils ont posté un type avec des jumelles au sommet de la cathédrale.

— À ton avis, c'est risqué de sortir dans la cour ?

Ian s'est tourné vers Taylor, puis à nouveau vers moi. Je crois qu'il a compris pourquoi je lui posais cette question.

— C'est bon, a-t-il affirmé.

— Merci. (Aussitôt, je me suis glissé vers ma copine :) Hé.

Elle ne m'a même pas adressé un regard.

— Ian a dit qu'on pouvait sortir.

— Cool. Tessa aura peut-être envie d'une balade au clair de lune ?

— Tu veux bien m'accompagner dehors ?

Elle est restée immobile un moment, a poussé un long soupir.

— D'accord.

Je l'ai aidée à se relever.

— Vous allez où ? s'est inquiété Ostin. On est censés rester dans la chambre.

— On sort juste deux minutes dans la cour, lui ai-je assuré. D'après Ian, il n'y a pas de danger.

— On a besoin de prendre l'air, a renchéri Taylor.

— Moi aussi, tiens, a embrayé Ostin en faisant mine de se lever.

— Non, toi, ça va aller, l'ai-je retenu.

J'ai ouvert la porte et Taylor est sortie. Je lui ai pris la main dans l'escalier. On s'est assis sur un banc. On parlait à voix basse. Personne ne pouvait nous voir, mais Dieu sait qui risquait de nous entendre. Le simple fait qu'on s'exprime dans une langue étrangère pouvait nous être fatal.

— Pourquoi tu m'ignores comme ça ? ai-je commencé.

— Tu le sais très bien.

— J'avais passé le bras autour de sa taille parce qu'on jouait les touristes.

— Vous étiez super convaincants.

— Ne me dis pas que tu doutes de mes sentiments ? Tu n'as qu'à lire dans mes pensées.

— Ça ne vient pas de toi… J'angoisse.

— À propos de moi ?

— Non, d'elle. Tessa ne m'aime pas.

— Qu'est-ce qui te fait dire ça ?

— J'ai lu dans ses pensées.

— Pourquoi elle ne t'aime pas ? me suis-je étonné.

— Parce qu'elle veut me prendre ce que j'ai, m'a répliqué Taylor.

— Te prendre quoi ?

— Tu le sais parfaitement.

Je l'ai observée trois secondes, avant de répéter :

— Mais qu'est-ce qui te fait dire ça ?

— Je te l'ai dit : j'ai lu dans ses pensées.

Ça m'a laissé sans voix.

— Ne me regarde pas comme ça, j'ai l'impression d'être une voyeuse.

— Ben, quand même…

— C'est involontaire. Sans cesse, on est dans des espaces étroits : à l'arrière d'un camion, dans une chambre riquiqui… Et Tessa augmente mon pouvoir à tel point que j'entends les pensées de tout le monde sans avoir à les toucher. Tu n'imagines même pas le bazar qui règne au sein de l'Électroclan.

— Dis-moi, l'ai-je pressée.

— Déjà, Jack se reproche à fond la mort de Wade. Il prévoit de se suicider à Callao, en faisant couler l'*Ampère*. Tessa nous déteste, Abigail et moi. Quant à Abigail, elle est prête à rendre les armes.

— C'était déjà le cas à Pasadena, lui ai-je rappelé.

— Eh bien, cette fois, elle est plus que prête.

— Et moi ? Tu as lu dans mes pensées ?

— Tu culpabilises à cause du traitement que je te réserve, et tu m'aimes.

— Donc tout n'est pas si noir.

— Excuse-moi. J'ai fait une crise de jalousie.

— Toi ? Jalouse de moi ? Mais t'es carrément trop bien pour moi, enfin…

— Je ne vois pas pourquoi tu répètes tout le temps ça. (Elle s'est penchée vers moi et m'a demandé :) Tu ne voudrais pas m'embrasser, plutôt ?

J'ai passé le bras autour de ses épaules et on s'est embrassés.

Aussitôt après, elle m'a chuchoté :

— Et pour ta gouverne, c'est pile le contraire.

— Hein ?

— C'est toi qui es trop bien pour moi. Mais tu es trop gentil pour t'en rendre compte.

Je l'ai attirée contre moi. Quelques instants plus tard, elle me demandait :

— Qu'est-ce qu'on va faire, pour les autres ? C'est la débandade.

— Aucune idée, me suis-je désolé. Franchement, aucune.

J'étais tout à mes pensées quand quelqu'un s'est mis à crier en espagnol. Puis ç'a été des bris de verre.

— On ferait mieux de remonter.

J'ai pris Taylor par la main et on a grimpé l'escalier. Dans la chambre, tout le monde dormait. Sauf Tessa, qui a levé les yeux en nous voyant entrer. J'ai prié pour que Jaime arrive bientôt.

– 26 –

Miraflores

Les premiers rayons du soleil illuminaient les stores quand quelqu'un a soudain tapoté à notre porte. Le bruit nous a tous réveillés, mis à part Ostin – lui, il aurait été capable de dormir sur une piste d'atterrissage.

Je me suis tourné vers Ian, qui avait passé la nuit sur une couverture étendue à même le sol. Il se frottait les yeux.

— On peut ouvrir ? lui ai-je demandé.

— C'est Jaime, a-t-il affirmé. Et le vieux Péruvien.

Je suis donc allé ouvrir. Découvrant Jaime, j'ai failli bondir : il avait la tête bandée, et un pansement à un œil. Pourtant il souriait.

— Monsieur Michael, m'a-t-il salué.

On s'est pris dans les bras, puis je me suis dégagé pour laisser entrer nos deux visiteurs.

— Qu'est-ce qui vous est arrivé ? ai-je interrogé Jaime.

— Notre fuite s'est moins bien déroulée que prévu. Les soldats nous ont repérés et ont ouvert le feu. J'ai failli y rester.

— Et vos amis ?

— Ils ont eu moins de chance…

— Je suis désolé.

— Moi aussi. C'est une grande douleur. (Balayant la chambre du regard :) Tout le monde est là ?

— Presque.

— Qui manque-t-il ?

— On a perdu Wade. Un garde Elgen l'a abattu.

— Je compatis. Nous subissons tous des pertes.

Sur ce, il s'est campé au milieu de la chambre et a déclaré :

— Mes amis, la police a cessé les recherches, mais l'armée est en route. Elle vous sait à Cuzco. Nous devons vous évacuer avant son arrivée. J'ai un camion dehors. On part immédiatement à Lima, où on attendra que la flotte Elgen se réunisse.

Tout à coup, Abigail s'est levée.

— Moi je ne pars pas.

Tous les regards se sont tournés vers elle.

— Je n'en peux plus. Et je n'ai jamais voulu venir jusqu'ici. On a trop souffert. Jack s'est pris une balle. On a perdu Wade. (Un long soupir, puis :) Je rentre chez moi.

— Chez toi ? a répété Ian.

— Tu n'y seras pas plus en sécurité, ai-je déclaré. Seule, tu n'as aucune chance.

— Elle ne sera pas seule, nous a interrompu Zeus. Je l'accompagne.

— Tu nous quittes aussi ?

— Je suis désolé, mais Abi a raison. C'est trop pour nous. Regarde… On n'est qu'une bande d'ados. On ne pourra rien contre les Elgen. (Il a promené son regard sur nous, puis a ajouté à voix basse :) Autant profiter du temps qu'il nous reste.

J'ai observé mes amis. Le désespoir s'était abattu sur la chambre.

— Qui d'autre prévoit de partir ? ai-je demandé. Taylor ?

— Dis pas de bêtises, a-t-elle répondu en venant se poster à mon côté.

— Ostin ?

— Je reste, évidemment.

— Tessa ?

Un petit coup d'œil à Taylor, puis elle s'est tournée vers moi :

— Désolée, mais je suis d'accord avec Zeus.

— Jack ?

— Jusqu'au bout, mec.

— Ian ?

C'est lui qui était le plus embêté de tous, comme déchiré entre les deux options. Abigail a rivé son regard au sien et lui a dit :

— Viens avec nous.

Le garçon a baissé les yeux un moment, puis les a relevés vers moi.

— Ne m'en veux pas, Michael.

J'ai poussé un long soupir. Tout le monde scrutait McKenna. Elle seule n'avait pas encore décidé.

— McKenna, a repris Abigail, avec Ian nous formons un trio. On s'est toujours serré les coudes.

L'intéressée a adressé un petit regard à Ostin, avant de se tourner vers Abigail.

— Tu as sans doute raison. Mais je ne peux pas abandonner les autres. Ils m'ont sauvée, à l'Académie.

Nouveau silence.

— Zeus, tu es sûr de toi ? ai-je demandé ensuite.

— Oui, a-t-il affirmé.

— Viens avec nous, Michael, m'a alors imploré Ian. Tout ça est trop risqué. Tu ne veux quand même pas avoir encore plus de sang sur les mains ?

— C'est pas lui qui a tué Wade ! a explosé Jack.

J'ai posé la main sur son épaule pour le calmer.

— T'inquiète, mec. C'est pas ce qu'il a voulu dire.

— En effet, a confirmé Ian. C'est les Elgen qui ont tué Wade. Et ils n'abandonneront pas avant de nous avoir tous éliminés. Le seul moyen de remporter ce match, c'est de ne pas le disputer. On ira quelque part où ils ne nous trouveront jamais. Et on vivra ensemble. (Un coup d'œil à Jaime, puis il s'est tourné vers moi.) Comme a dit Zeus, puisque le monde court à sa ruine, autant en profiter tant qu'on le peut.

Les traits de Jack se sont durcis.

— Il faut parfois voir au-delà de son nombril…, a-t-il lâché.

— Jack, a protesté Abigail, ce n'est pas de l'égoïsme, Ian est rationnel, c'est tout. Et je ne crois pas que tu tiennes à la vie.

— Parce qu'il y a des causes qui méritent qu'on la leur sacrifie !

— Nous ne discuterons pas avec toi, Jack, a repris Zeus. Tu as souffert autant que nous. Mais c'est justement de ça qu'il est question. N'as-tu pas assez enduré de souffrances ? Pourquoi t'en imposer encore ?

— Parce qu'on a une possibilité de stopper les Elgen.

— Et si vous échouez ? l'a relancé Abigail. S'ils sont trop gros pour vous ?

Jack a baissé les yeux quelques instants. Tout le monde attendait sa réponse. Il a affiché son regard le plus déterminé pour assener :

— Dans ce cas, on aura une mort glorieuse.

Le silence s'est de nouveau abattu sur nous. C'est Jaime qui l'a rompu :

— Partez ou restez, c'est vous qui décidez. Mais dans l'immédiat, vous devez tous quitter Cuzco. (S'adressant plus particulièrement aux « dissidents » :) Une fois à Lima, je vous trouverai un vol pour les États-Unis.

Son offre m'a fait mal. Pas seulement parce que j'allais perdre mes amis. Surtout parce que, au fond de moi, je mourais d'envie de les suivre.

– 27 –

Le calme avant la tempête

J'aime avait garé un camion frigorifique devant l'auberge. Il l'a reculé le plus près possible de la porte bleue, de sorte qu'on puisse grimper à l'arrière sans être vus. Quand il nous a fait signe, on est montés à tour de rôle. Je fermais la marche. Jaime a ensuite bouclé les battants, nous laissant dans le noir. McKenna a produit un peu de lumière, juste assez pour qu'on se voie.

— C'est quoi, ce camion ? a demandé Tessa. Ça pue.

— Et là, par terre, c'est du sang ? a enchaîné Abigail.

— Sans doute un camion de boucher, a avancé Ostin. Ça vous en bouche un coin ?

C'était débile, mais avec le stress, je me suis marré.

Le trajet jusqu'à Lima était long : près de mille deux cents kilomètres et plus de quinze heures. Jaime s'est arrêté une seule fois, pour faire le plein et nous permettre d'aller aux toilettes. On a dormi presque tout du long, pour récupérer de la fatigue accumulée et échapper à l'angoisse. À moins d'une heure de l'arrivée, un convoi de plus de cinquante camions militaires nous a dépassés.

Personne ne parlait de la scission au sein de l'Électroclan, mais celle-ci sautait aux yeux. Consciemment ou non, on s'était répartis en deux groupes : ceux qui partaient et ceux qui restaient.

Dans un environnement métallique, et avec la présence de Tessa, Taylor ne pouvait faire autrement que d'entendre les pensées de tout le monde, malgré ses efforts. Je n'avais pas besoin de ça pour savoir qu'elle était en colère contre Abigail. Alors que moi, pas du tout. Déjà à l'Académie, celle-ci voulait rentrer chez elle. Quelque part, j'avais l'impression de l'avoir trahie : elle avait accepté de rester uniquement parce que je l'avais persuadée qu'elle serait plus en sécurité avec nous. Mais depuis, elle allait de danger en danger. Et notre nouveau projet, à savoir couler l'*Ampère*, n'avait rien d'une promenade de santé. Je ne pouvais pas lui en vouloir de partir. Ni à elle, ni à personne. Puisque moi-même j'avais envie de tout plaquer. Sauf que ça m'était impossible. Quelque chose me retenait, une phrase que ma mère répétait toujours : « Pour que le mal triomphe, il suffit que les gens bien ne fassent rien. »

On a atteint Lima à 2 heures du matin. La secousse du freinage nous a tirés du sommeil, puis l'air iodé de l'océan s'est engouffré dans le camion quand Jaime en a ouvert les battants. Je ne sais pas trop à quoi je m'attendais, mais sûrement pas à ça. Jaime nous avait conduits à une magnifique villa au toit de tuiles qui dominait le Pacifique. La maison était située dans une propriété clôturée de cinq hectares, au bout d'une longue route de gravier privée, flanquée de palmiers et d'orangers chaulés, qui aboutissait à une vaste fontaine.

J'ignorais où nous étions, mais on se serait crus à des kilomètres de tout. Pour la première fois depuis des jours, je me sentais en sécurité. Jaime nous a fait entrer dans la villa. On a enfin – enfin ! – pu dormir dans de vrais lits, avec des draps en coton propres et parfumés.

Le lendemain matin, à mon réveil, le soleil était déjà levé. J'ai encore profité un peu du lit, puis me suis rendu à la cuisine. L'odeur du café embaumait la pièce. Taylor y feuilletait un livre.

— Bonjour, l'ai-je saluée.

Elle a levé les yeux vers moi et m'a souri.

— Bonjour. Je ne te demande pas si tu as bien dormi, je le sais déjà. Un *vrai* lit, avec de *vrais* draps et un *vrai* oreiller. Je me sens presque redevenue *vraiment* humaine.

— En tout cas, tu en as l'air. Tu lis quoi, là ?

— Un bouquin sur le Pérou, avec des photos. Tu savais que le pays produisait près de quatre mille variétés de pommes de terre ?

— Non, mais je parie qu'Ostin est au courant.

— Forcément. C'est Ostin, quoi. (Posant son livre, elle m'a dit :) Viens t'asseoir près de moi.

Je me suis installé à côté d'elle.

— Tu as regardé dehors ?

— Non.

— C'est superbe. Il y a des fleurs et des palmiers. Une vraie villa espagnole. (Une pause.) C'est le calme avant la tempête.

— Je crois, oui.

On est restés assis comme ça en silence un moment, puis ma copine a repris la parole.

— Jaime est parti.

— Il est allé où ?

— Régler des affaires, apparemment.

— Il rentre quand ?

— Dans quelques jours.

— Il n'a rien dit d'autre ?

— Qu'il y a à manger dans le frigo et que nous ne devons pas sortir de la propriété.

J'ai souri.

— Encore une assignation à domicile ?

— Dans une villa, c'est mieux. Avec de vrais lits.

— Et de vrais oreillers.

Ostin nous a rejoints.

— Bonjour, a-t-il lancé. Qu'est-ce qu'il y a, au petit déj' ?

— Des patates, a répondu Taylor.

— Pas étonnant. Il en existe près de quatre mille variétés différentes au Pérou.

– 28 –

Deux routes

algré le cadre luxuriant dans lequel on se trouvait, les trois jours suivants ont été très maussades. On n'avait pas grand-chose à faire. Lima disposait d'un peu d'électricité, donc on pouvait mater la télé, mais toutes les chaînes étaient en espagnol. Idem pour les livres dans la maison. Il y avait des cartes, alors on a joué jusqu'à n'en plus pouvoir.

On en a été réduits à discuter, chose qu'on s'efforçait tous plus ou moins d'éviter. Après tout ce qu'on avait vécu ensemble, c'était comme si on était redevenus des étrangers. Le pire, pour moi, c'était la tension qui régnait entre d'un côté Abigail et Ian, et de l'autre McKenna. Ils avaient tous des raisons de se sentir trahis.

Le moins sociable d'entre nous, c'était Jack. Il ne participait ni aux parties de cartes, ni aux discussions, ni à rien. Soit il restait dans sa chambre, soit il faisait de la muscu dans le garage. Il avait par ailleurs récupéré un sac à linge sale rempli de draps, qu'il avait suspendu à la pergola et dont il se servait comme d'un punching-ball. À côté de ça, il courait en rond, soulevait de gros cailloux et se tapait des millions de pompes. Il nous inquiétait. Je repensais tout le temps à ce que Taylor m'avait dit : qu'il comptait se suicider pendant l'attaque de l'*Ampère*.

Le soir du deuxième jour, Taylor, Abigail, Zeus et moi on préparait le dîner quand Jack nous a rejoints dans la cuisine, le bras en sang.

— Qu'est-ce qui t'est arrivé ? s'est inquiétée Taylor. Ta blessure par balle s'est rouverte ?

— Non, lui a-t-il répondu en nous montrant une nouvelle plaie.

Il s'était tracé un zigzag sur l'avant-bras, sous son tatouage.

— Vous en dites quoi ?

On est restés muets.

Zeus a été le premier à réagir :

— C'est un éclair ?

— Non : deux « W ».

— Et ça représente quoi ? l'ai-je relancé.

Visiblement déçu par ma question, il a répondu :

— Wade West.

Jaime est rentré le troisième jour, peu après le coucher du soleil. Il avait troqué le camion frigorifique contre un monospace blanc. Les portières étaient ornées d'une divinité inca et des mots : VISITEZ LA VALLÉE SACRÉE DES INCAS.

On est tous sortis l'aider à transporter des caisses de vivres : légumes frais, viande, saucisses pour l'essentiel. Il y avait aussi un carton de vêtements.

Quand on a eu fini de décharger le véhicule, Jaime nous a réunis dans le salon.

— J'ai des nouvelles, nous a-t-il annoncé. Pour ceux d'entre vous qui nous quittent, je vous ai trouvé un avion qui décolle demain matin.

L'imminence de ce départ nous a scotchés.

— On va où ? a voulu savoir Abigail.

— Je n'ai pas le droit de vous le dire, mais c'est un lieu sécurisé.

— C'est la troisième fois qu'on me parle de « lieu sécurisé », et les deux précédentes on a failli se faire tuer.

— Je vous garantis que vous ne risquerez rien, a insisté Jaime. Vous serez auprès des nôtres. Ils souhaitent vous interroger afin de glaner toute information permettant de faire avancer notre cause. Ensuite, ils s'occuperont de votre avenir.

— Qu'entendez-vous par là ? est intervenue Tessa.

— Vous serez libres de vous installer où vous voudrez, et de vivre comme vous le désirerez, mais nous savons que les Elgen vous rechercheront toujours. Il vous faudra donc changer d'identité. Et aussi décider des risques que vous serez prêts à prendre.

— Comme dans le programme de protection des témoins, a commenté Ostin.

— *Sí*, a confirmé Jaime. Nous ferons tout ce qui est en notre pouvoir pour vous protéger et vous aider. Mais cela nécessitera un peu de temps. Avez-vous des questions ?

Aucun des quatre partants n'a pris la parole. J'ai levé la main.

— J'aimerais dire quelque chose.

— *Sí*, monsieur Michael.

Luttant contre mes tics, j'ai déclaré :

— Je sais que certains parmi vous culpabilisent parce qu'ils s'en vont. Je tiens simplement à leur dire qu'ils n'ont pas à culpabiliser. Vous avez déjà pris plus de risques que la plupart des gens n'en prennent dans toute leur vie. Vous êtes des héros.

À ma grande surprise, ça n'a pas eu l'air de les réconforter. Au contraire…

— Michael a raison, a renchéri Jaime. Vous avez déjà pris plus de risques et fait davantage pour combattre les Elgen qu'aucun d'entre nous. Vous pouvez être fiers de vous. Il n'est pas nécessaire de participer à toutes les batailles, ni de mourir au combat, pour être un héros.

Zeus, Abigail, Ian et Tessa gardaient toujours la tête basse.

Au bout d'un moment, Tessa a demandé :

— À quelle heure on part ?

— Vers 10 heures, lui a annoncé Jaime. Ou un peu avant. Il y a une petite piste d'atterrissage privée pas très loin de la villa. Vous embarquerez pour le Nicaragua, où un autre appareil vous transportera à notre base américaine. Je vous ai apporté des vêtements de rechange, de sorte que vous soyez moins repérables et plus à l'aise.

» Pour ceux qui restent, nous avons appris que la flotte Elgen avait franchi le canal de Panamá. Les premiers navires devraient rallier Callao dans à peine cinq jours. En attendant, je vous suggère de vous reposer un maximum.

Les deux exposés qu'il venait de faire mettaient en évidence les routes distinctes qu'on s'apprêtait à prendre.

— On pourrait aller en ville, s'il vous plaît ? a réclamé Taylor. Il y a un Hard Rock Cafe à quelques kilomètres.

— Non, a refusé Jaime. C'est beaucoup trop dangereux. Avec la crise qui frappe le pays, les étrangers sont étroitement surveillés. Hier, la police de Lima a arrêté deux personnes qu'elle a prises pour Zeus et Abigail.

Ces derniers ont échangé un regard.

— Ils les ont prises pour nous ? a répété Zeus.

— Oui. Mais ce n'étaient que des étudiants. Le garçon était anglais. D'autres questions ?

Silence général.

— OK. Il est tard. Allez vous reposer.

On s'observait les uns les autres, la mine triste. J'avais envie de faire mes adieux aux « dissidents », voire carrément d'organiser une espèce de pot de départ, mais ça ne semblait pas bien approprié, à cause de la mort de Wade. Du coup, on est juste allés se coucher.

Cette nuit-là, j'ai fait un rêve. Hatch s'approchait de moi, sourire aux lèvres. J'ai levé les mains pour le griller, mais je n'avais plus que des moignons au bout des bras.

– 29 –

Nouveaux adieux

D es bruits de voix m'ont réveillé. J'ai consulté
le réveil digital posé sur ma table de chevet :
déjà 9 h 30. J'ai enfilé un pantalon et suis
descendu à la cuisine.

Abigail, Zeus, Tessa et Ian mangeaient des omelettes. Ils se sont tus en me voyant entrer.

— Salut, Michael, m'a lancé Zeus.

— Bonjour, ont ajouté en chœur Abigail et Ian.

Tessa m'observait d'un œil triste et s'est contentée
de hocher la tête en disant « Michael ».

Ils portaient les nouveaux habits que Jaime avait
apportés ; j'ai été surpris de les trouver aussi cool. Ça
faisait bizarre de les voir dans des vêtements propres.

— Vous avez l'air trop… normaux, ai-je commenté.

— Je sais, a confirmé Abigail. J'ai failli ne pas me
reconnaître dans la glace.

Je me suis assis avec eux et ai jeté un œil dans l'as-
siette de Ian : omelette au jambon, oignons, fromage à
tartiner et poivrons.

— Ça fait envie, ai-je dit.

— C'est Tessa qui les a préparées, m'a confié Ian.

— J'aime bien cuisiner, a-t-elle expliqué. C'est un peu mon truc. Surtout les omelettes. Je me débrouille aussi avec les crêpes.

— Les crêpes ! me suis-je exclamé.

— Elles sont à tomber, a glissé Ian.

— Tu m'avais caché ça, ai-je dit avec un sourire.

— Je ne pouvais pas non plus t'en préparer dans la jungle…

Quelques minutes plus tard, Taylor et McKenna se joignaient à nous. Taylor enlaçait notre amie, qui visiblement avait pleuré toute la nuit. Ian est allé la serrer dans ses bras.

Ostin a alors fait son entrée.

— Mmm, qu'est-ce qui sent si bon ? a-t-il lancé.

— Nos omelettes, lui a répondu Zeus. Spécialité de Tessa.

— Vous ne nous en avez pas gardé ? s'est désolé notre génie des sciences en fouillant la cuisine du regard.

— Désolée, s'est excusée Tessa. Je ne savais pas à quelle heure vous alliez vous lever.

— Tu pensais qu'on vous laisserait partir sans un au revoir ?

— Peut-être…

— Quelle heure il est ? a demandé Taylor.

— Presque l'heure de partir, a embrayé Tessa. On n'attend plus que Jaime.

C'est alors que Jack est apparu à la porte. Abigail l'a observé tandis qu'il pénétrait dans la cuisine. Leurs regards se sont croisés, mais ni l'un ni l'autre n'a parlé.

— Voilà Jaime avec le monospace, a annoncé Ian.

Cinq minutes plus tard, Jaime nous saluait d'un :

— *Vámonos, hermanos*. Je vous laisse un petit moment pour dire au revoir, et ensuite on file.

McKenna s'est glissée près d'Ostin, et Taylor m'a pris par la main. L'espace d'un instant, on s'est regardés les uns les autres.

Puis Abigail s'est avancée vers nous.

— Bon, je crois que ça y est, a-t-elle déclaré. Je vous en supplie, ne me haïssez pas.

— Abi, lui ai-je répondu, quand j'étais dans la cellule 25, j'ai su que j'allais très vite craquer sous la douleur. Mais j'ai résisté, parce que tu m'as aidé. J'ignore qui de vous ou de nous prend la bonne décision. Tout ce dont je suis sûr, c'est que jamais je ne pourrai te rendre ce que tu as fait pour moi.

Les larmes lui sont montées aux yeux. Je l'ai serrée dans mes bras et elle s'est mise à pleurer.

— Je m'en veux tellement, Michael. J'aimerais être aussi forte que toi. Je suis désolée de vous laisser tomber.

— Promets-moi une chose, lui ai-je demandé en l'embrassant sur le front.

— Quoi ?

— De ne jamais regretter ta décision. À ta place, j'aurais fait la même chose. Et quoi qu'il nous arrive, ça ne sera pas ta faute. Tu n'aurais pas pu l'empêcher. (Rivant mon regard au sien, j'ai conclu :) Certaines personnes sont nées pour se battre. D'autres pour ramasser les morceaux.

On est restés enlacés un moment, puis elle m'a confié :

— Tu vas me manquer.

— Toi aussi. Mais on se reverra.

Quand on s'est séparés, Abigail avait le visage baigné de larmes. Elle a posé sa main sur ma joue cinq secondes ; j'ai senti la douleur et la peur s'envoler.

— Quand on se reverra, a-t-elle dit ensuite, on fera une grosse fête.

— Compte sur moi pour te le rappeler !

Taylor s'est ensuite approchée de notre amie, les yeux pleins de larmes.

— Au revoir, Abi. Je m'en veux d'avoir été si méchante, ces derniers temps.

— Je comprends.

— C'était juste la colère. Ou peut-être la peur. Mais Michael a raison. Quand Nichelle m'a brisée, tu étais là pour m'aider. Je ne pourrai jamais te payer de retour pour ça.

Les deux filles se sont étreintes.

McKenna s'est alors présentée devant Abigail. Elles se sont jetées dans les bras l'une de l'autre. Quand elles se sont écartées, elles pleuraient toutes les deux.

— Je t'aime, a déclaré McKenna.

— Je t'aime aussi, lui a assuré Abigail. Prends bien soin de toi. Promets-moi.

Son amie s'est contentée d'un petit sourire triste, après quoi elles se sont de nouveau enlacées.

Abigail s'est ensuite approchée de Jack. Le regardant droit dans les yeux, elle lui a avoué :

— Par-dessus tout, c'est toi que je suis triste de quitter.

— Tu as pris la bonne décision. Tu mérites mieux que toutes ces horreurs. Tu es quelqu'un de trop bien.

(Une grande inspiration, puis :) À ton avis, où est-ce que tu vas atterrir ?

— Là où ils m'enverront. Et toi ?

— Là où la bataille me conduira.

— Tu es un vrai guerrier, toi, pas vrai ? lui a-t-elle demandé avec un sourire sans joie.

— On le saura bientôt.

— Moi je le sais déjà.

Sur ce, elle l'a embrassé sur la joue. Puis elle l'a regardé intensément et l'a embrassé sur la bouche.

— Tu n'imagines pas à quel point j'ai envie que tu partes avec moi, mais je sais que tu as besoin de finir ce travail. Seulement, quand tu auras réglé son compte à Hatch, reviens vers moi. Je t'attendrai.

— Et Zeus ?

— On est amis, c'est tout.

— Comment je ferai, pour te retrouver ?

— La voix te dira où je suis. (À ces mots, elle a pris Jack par la main et lui a soufflé :) Ne m'oublie pas.

— Comment le pourrais-je ?

Abigail allait fondre en larmes ; Jack l'a serrée contre sa poitrine plusieurs minutes. Ensuite, elle a inspiré à fond et s'est dégagée.

— J'ai une dernière chose à te dire, mais c'est pas facile. Je te demande surtout de ne pas le prendre mal.

Jack la scrutait.

— Je t'écoute, l'a-t-il encouragée.

— Je sais que perdre Wade a été la pire chose qui a pu t'arriver. Je sais aussi que, quoi que je dise, tu culpabiliseras toujours. Tout ce que je te demande, c'est de ne pas partir au combat pour te punir. Promets-moi de ne pas te mettre en danger de façon inconsidérée. Si tu dois être un héros, alors sois un héros. Mais pas un martyr. S'il te plaît, promets-le-moi.

Jack a pris une grande inspiration, il a réfléchi quelques instants, puis il a déclaré :

— Je te le promets.

Une larme a coulé sur la joue d'Abigail quand elle lui a dit « Merci ». Après quoi elle l'a encore embrassé, puis s'est éloignée.

Zeus est alors venu saluer Jack :

— Fais gaffe à toi, mec. Et tabasse bien Hatch de ma part.

— Compte sur moi. Toi, prends soin d'Abi. Protège-la. Et fais gaffe à toi aussi.

— Ça marche.

Les deux garçons ont gardé le silence quelques secondes, puis Zeus a repris :

— J'ai une dette envers toi, tu sais. Tu m'as appris ce que c'est que le courage.

— Non, mec, lui a rétorqué Jack, c'est toi qui me l'as appris, quand tu as dégommé les canalisations de la centrale.

Il a tendu la main. Zeus l'a regardé un moment dans les yeux, puis un sourire triste lui a barré la figure.

— Désolé, mais la poignée de main, ça va pas le faire, a-t-il décidé en prenant Jack dans ses bras. Quand tu couleras l'*Ampère*, assure-toi que Hatch soit bien à bord.

— Je ferai de mon mieux.

— Michael, m'a interpellé Tessa en s'avançant vers moi, merci pour tout.

— Merci à toi.

— Je sais que les derniers jours ont été un peu spéciaux, mais j'ai énormément apprécié les moments qu'on a vécus ensemble.

— Moi aussi, lui ai-je assuré. Et merci de m'avoir aidé à sauver mes amis.

— Merci de m'avoir fait prendre la bonne décision. J'en suis contente.

À l'extérieur, le klaxon du monospace a retenti ; Tessa a soupiré.

— Je crois que c'est l'heure, a-t-elle déclaré en m'embrassant sur la joue. (Puis, se tournant vers ma copine :) Bonne chance, Taylor.

— Merci.

— Veillez bien l'un sur l'autre.

Un dernier regard et Tessa s'en allait. On est sortis tous ensemble. Abi, Zeus et Tessa ont grimpé dans le véhicule. Avant d'en faire autant, Ian s'est tourné vers McKenna. L'un comme l'autre avaient les larmes aux yeux. Elle a fini par se précipiter vers notre vigie et ils se sont enlacés.

— Je t'aime, lui a-t-elle confié.

— Moi aussi. Je t'aime plus que je ne saurais dire.

Quand enfin ils se sont séparés, Ian lui a demandé :

— Ne prends aucun risque. Promets-le-moi. Je ne tiens pas à recevoir de mauvaises nouvelles te concernant. Je ne le supporterais pas.

— Je ferai de mon mieux.

— Occupe-toi d'elle, a ensuite lancé Ian à Ostin. Elle est sous ta responsabilité, désormais.

— Je ferai tout mon possible, lui a garanti mon ami.

Le grand aveugle s'est alors tourné vers moi :

— Yo, Michael.

Je me suis approché, on s'est tapé dans les mains.

— Écoute, euh… coule ce fichu rafiot et cassez-vous vite.

— C'est notre plan, lui ai-je répondu. (On s'est serrés dans nos bras.) Tu as été un super ami.

— Je culpabilise de vous lâcher comme ça. Je sais que vous aurez besoin de mon pouvoir.

— On fera sans, lui ai-je affirmé.

Ian a plongé son regard dans le mien, puis acquiescé.

— Si quelqu'un en est capable, c'est bien toi. Tu es le mec le plus courageux que j'aie jamais rencontré. (Un soupir.) Faut que j'y aille, là.

Il a grimpé à l'arrière du monospace puis nous a gratifiés d'un « À plus ».

— Ciao, lui a lancé Taylor.

McKenna lui a soufflé une bise. Le garçon a souri tristement avant de refermer sa portière.

— Je vous retrouve en fin de soirée, nous a annoncé Jaime.

— Faites gaffe sur la route, lui ai-je dit.

— *Vayan con Dios*, a ajouté Ostin.

Sur ce, le monospace a démarré, nous laissant seuls tous les cinq.

– 30 –

Télépathie

Taylor et moi avons regardé nos amis s'en aller la main dans la main. Jamais je ne l'aurais avoué aux autres, mais j'avais un peu l'impression de voir mes espoirs disparaître avec eux. Déjà que nos chances étaient minces, voilà qu'à présent on perdait la moitié de notre équipe. Je ne m'étais pas senti aussi découragé depuis la cellule 25.

— On ferait mieux de rentrer, a déclaré Jack. Avant que quelqu'un nous voie.

On lui a emboîté le pas. McKenna sanglotait encore, Ostin faisait de son mieux pour la réconforter. Moi-même, j'étais dans un sale état et mes tics s'en donnaient à cœur joie. Quand on a été à l'intérieur, Taylor m'a questionné :

— Tout va bien ?

— Oui, c'est juste ma maladie.

— Maladie ou pas, tu te trompes.

— À quel sujet ?

— Ce à quoi tu pensais.

— Arrête de lire dans mes pensées, me suis-je énervé. (Je me demandais ce qu'elle avait pu voir…) C'est comme lire le journal intime de quelqu'un sans sa permission.

— Je ne peux pas toujours m'en empêcher. Notamment quand tu penses à moi.

— Et qu'est-ce que je pensais ?

— Que tu aurais dû me forcer à partir avec les autres.

— Et… ? C'est donc si mal, de ne pas vouloir avoir ton sang sur mes mains ?

— *Mon* sang sur *tes* mains ? Et *le tien* sur *mes* mains, alors ? Je suis une grande fille, je peux prendre mes propres décisions. Cette bataille est autant la mienne que la tienne. À ton avis, qui est-ce qui dirigeait l'Électroclan, en ton absence ?

— Je ne dis pas que tu n'en es pas capable. Mais si jamais il t'arrivait quelque chose…

— Et si c'est à toi qu'il arrivait quelque chose ? Je serais censée vivre avec, et c'est tout ? Tu crois que tu es le seul à redouter de perdre la personne qu'il aime ?

— C'est pas ce que j'ai dit. Ni *pensé*.

— Non. Mais tu allais y venir.

— Génial, donc maintenant tu sais à l'avance ce que je vais penser ?

Elle m'a observé un moment, puis a souri.

— Excuse-moi, a-t-elle fini par dire en se serrant contre moi. Moi non plus je n'ai pas envie de te perdre. Alors tâchons de rester ensemble. Comme ça, tout ce qui arrivera à l'un arrivera à l'autre.

— Dit comme ça, c'est plutôt glauque, ai-je estimé.

— Tout est glauque, en ce moment, alors…

C'est là qu'Ostin est venu nous trouver.

— Je vais préparer le petit déj'. Vous avez faim ?

— Oui, lui a répondu Taylor.

— Moi aussi, ai-je embrayé. Tu nous fais quoi ?

— Des omelettes. Tessa a laissé tout ce qu'il faut dans la cuisine.

— Moi ça me va, ai-je accepté.

— Et McKenna ? s'est enquise ma copine.

— Elle dit qu'elle n'a pas faim.

— Tu devrais proposer à Jack, aussi, ai-je glissé.

C'est l'instant que celui-ci a choisi pour entrer dans la cuisine. Il a sorti un grand verre du placard, y a cassé six œufs pris dans le frigo et a bu le tout cru. Sur ce, il s'est essuyé la bouche avec son bras puis est parti au garage.

— Je crois qu'il vient de finir son petit déjeuner, a commenté Taylor.

Quand on a eu terminé le nôtre, Ostin est allé prendre des nouvelles de McKenna, pendant que Taylor et moi faisions la vaisselle. On essuyait les dernières assiettes quand ma copine m'a conseillé d'aller me reposer un peu :

— On dirait que tu n'as pas dormi depuis des jours.

— Je n'arrive jamais à bien me reposer.

— Viens par là, m'a-t-elle dit en m'entraînant dans une chambre libre. Allonge-toi sur le ventre.

Je me suis couché sur le lit ; Taylor s'est installée à côté de moi. Elle a soulevé mon tee-shirt et a passé ses ongles le long de mon dos, jusqu'à la nuque, comme ma mère faisait quand j'étais petit. La meilleure sensation du monde.

Hélas, je n'ai pas tardé à m'endormir.

– 31 –

Couler l'*Ampère*

J'aime est rentré au moment où le soleil couchant s'enfonçait dans l'océan bleu indigo telle une énorme boule rouge. Le claquement de la portière m'a réveillé. J'ai consulté ma montre. Avais-je réellement dormi plus de six heures ? La maison était silencieuse, et en dehors de la respiration de Taylor à mon côté je n'entendais aucun bruit.

Je me suis levé discrètement et suis sorti. J'ai allumé les lumières du couloir, puis celles du salon. Jaime transportait plusieurs boîtes.

— J'ai rapporté à manger, a-t-il indiqué.

— Il y a encore des choses à rentrer ?

— *Sí*.

Je suis parti récupérer plusieurs packs d'eau minérale. J'ai mis quelques bouteilles au frigo pendant que Jaime déballait la nourriture.

— Où sont les autres ? m'a-t-il interrogé.

— Je ne suis pas sûr, mais je crois qu'ils dorment.

— Ils se sont couchés tôt, a-t-il commenté.

Je lui ai précisé qu'on s'était mis au lit peu après son départ.

— Le décollage s'est bien passé ? ai-je voulu savoir.

— *Sí.* (Un coup d'œil à sa montre.) À l'heure qu'il est, ils doivent être au Nicaragua.

Leur départ avait été difficile à vivre, mais je me réjouissais d'apprendre qu'ils n'étaient plus au Pérou.

— Au moins, ai-je déclaré, ils sont en sécurité.

— Pour l'instant, a nuancé Jaime, la mine grave. Pour l'instant. (Puis, me donnant une petite tape à l'épaule :) Si tu penses que tes amis ont assez dormi, je vais préparer à dîner. *Seco de cordero.*

— Qu'est-ce que c'est ?

— Une spécialité péruvienne. Ragoût d'agneau accompagné de pommes de terre. La viande est cuite dans la bière pour l'attendrir, puis assaisonnée de piments et de coriandre.

— Ça m'a l'air pas mal. Vous avez besoin d'aide ?

— *Sí. Gracias.* Tu peux éplucher les pommes de terre.

Alors qu'on préparait le *seco de cordero*, j'ai demandé à Jaime :

— Au fait, je n'ai toujours pas parlé à ma mère.

— Nous n'avons pas encore eu le temps d'organiser une communication. J'essaierai de contacter la voix cette nuit.

Quand on a été prêts à servir, je suis retourné réveiller Taylor. Elle était aussi désorientée que moi précédemment.

— Quelle heure est-il ? m'a-t-elle interrogé.

— L'heure de dîner.

— De *dîner* ? Combien de temps j'ai dormi ?

— Presque toute la journée.

Taylor s'est redressée sur les coudes.

— Où sont les autres ?

— Je ne sais pas trop. Allons les chercher.

On a fait le tour de la maison. Jack, on l'a trouvé au garage, en pleine séance de muscu. Il était en nage, ses muscles se dessinaient avec précision. Il avait les articulations des doigts rouges à force de cogner dans son punching-ball.

— À table, lui ai-je lancé.

— J'arrive.

Ostin et McKenna, eux, étaient dans la chambre de celle-ci. Ostin la tenait dans ses bras tandis qu'elle dormait. Un doigt sur les lèvres, il m'a indiqué de ne pas faire de bruit.

— On mange, ai-je murmuré.

D'un geste de la main, il m'a fait comprendre qu'il n'avait pas faim.

En regagnant la cuisine, j'ai dit à Taylor :

— T'as vu ce que j'ai vu ?

— Ça c'est de l'amour…

On a éclaté de rire.

Le ragoût était délicieux : le meilleur repas qu'on avait pris au Pérou. Au bout d'un moment, Ostin et McKenna nous ont rejoints. Ça m'a fait plaisir. Après une journée aussi traumatisante, c'était bon de se retrouver ensemble.

Jack mangeait en silence. Taylor a tenté d'engager la conversation avec lui :

— Tu t'es entraîné combien de temps ?

— Toute la journée.

— Tu dois être crevé.

Au regard qu'il lui a lancé, on aurait dit que l'idée ne lui était même pas venue à l'esprit. Ou que c'était sans importance.

— Je me prépare, a-t-il déclaré.

— Excellent, a approuvé Jaime. Nous devons être prêts. Il y a beaucoup à faire avant l'arrivée de la flotte Elgen. Cette nuit, je passe prendre quelqu'un à l'aéroport. Nous serons là demain matin.

— De qui s'agit-il ? ai-je voulu savoir.

— D'une personne qui peut nous aider.

— Nous aider à quoi ? l'a pressé Taylor.

— À couler l'*Ampère*.

– 32 –

Des gaufres et M. Dodds

J e n'en revenais pas : on mangeait de vraies gaufres. La veille, pendant qu'on faisait la vaisselle, Taylor avait déniché un moule et on avait décidé de préparer des gaufres le lendemain, pour le petit déjeuner. Il n'y avait pas de sirop d'érable dans la cuisine, mais Ostin nous a concocté une variante très potable, à base de sucre roux et de vanille. Avec une noix de beurre, c'était presque aussi bon que celles de ma mère. Ou alors, c'est juste que je n'en avais pas mangé depuis longtemps.

Jaime est arrivé pendant la vaisselle.

— Nous voici ! a-t-il lancé.

On est tous allés voir qui il amenait. À côté de lui se tenait un homme que je ne connaissais ni d'Ève ni d'Adam. Grand, quinze bons centimètres de plus que Jaime, et tout aussi mince. Cheveux filasse en bataille, visage maigre, long nez crochu sur lequel reposaient des lunettes à monture fine. On l'observait tous avec curiosité.

— Je vous présente M. Dodds, a annoncé Jaime. M. Dodds est un spécialiste de la marine. Et un membre de la résistance.

— Bonjour, nous a-t-il salués. Vous pouvez m'appeler Bob. (Il s'exprimait avec un accent proche de l'accent britannique.) Ou monsieur Dodds, comme vous préférez.

— Êtes-vous sud-africain ? lui a demandé Ostin.

— Finement observé. Tu dois être Ostin.

— Oui, monsieur.

— Si je peux me permettre, j'avais grande hâte de vous rencontrer tous les cinq. Comme beaucoup, j'ai suivi vos aventures et je suis très impressionné par votre courage et votre intelligence.

— C'est juste l'instinct de survie, ai-je glissé.

— J'espère malgré tout pouvoir vous être utile, a enchaîné Dodds. Et vous aider à *survivre* encore. On m'a demandé de vous faire le topo sur la flotte Elgen et de vous assister pour couler l'*Ampère*.

— Allons discuter de tout ça dans la salle à manger, a proposé Jaime.

— Vous avez mangé ? a demandé Taylor aux deux hommes. Parce qu'on a préparé des gaufres.

Dodds a souri.

— Ah, des gaufres. Malheureusement, oui, nous avons pris le petit déjeuner à l'hôtel. Mais merci quand même. Vous permettez que j'utilise cette table ?

— Attendez, je vais d'abord l'essuyer. Elle est grasse.

J'ai retiré les assiettes sales et Taylor a passé un torchon humide dessus.

Dodds y a ensuite posé sa mallette et l'a ouverte. Il en a sorti une série de plans, dont il a recouvert la table. On s'est tous approchés.

— Pour bien comprendre la composition de la flotte Elgen, a-t-il commencé, vous devez d'abord comprendre pourquoi elle existe. Les Elgen ont commis des crimes suffisamment graves pour faire encourir la prison à vie à tout le conseil d'administration. Ils sont coupables de blanchiment d'argent, association de malfaiteurs, corruption, fraude — notamment en valeurs immobilières —, évasion fiscale, extorsion, espionnage et, bien que cela reste à prouver, meurtres de masse.

» Il y a de cela quatre ans, quand le FBI s'est mis à s'intéresser aux activités criminelles des Elgen, le président Schema a fait l'acquisition d'un yacht afin de déplacer les opérations de la société dans les eaux internationales.

» Leur premier navire était un modèle assez ancien, rebaptisé l'*Edison*. Croisant dans les eaux internationales et n'appartenant à aucune nation, les Elgen sont devenus une nation à part entière. La société était dirigée depuis la mer, et les capitaux placés dans des banques offshore en Suisse, aux Bermudes et à Chypre.

» La croissance de la société aidant, les Elgen ont vendu l'*Edison* pour acheter un yacht conçu sur mesure : l'*Ampère*. Un navire luxueux doté de tout l'équipement dernier cri. Il faut le concevoir comme un cinq-étoiles flottant, bardé d'un arsenal de missiles.

— McKenna l'a visité, a rappelé Taylor.

— Super impressionnant, a confirmé l'intéressée.

— À cinq cents millions de dollars le yacht, j'espère bien, a enchaîné Dodds. Si tu souhaites ajouter quelque chose ou me corriger, surtout n'hésite pas.

— Bien, monsieur.

— L'*Ampère* est donc le premier navire que les Elgen aient acquis après l'*Edison*. Aujourd'hui, leur flotte en compte sept, chacun baptisé en l'honneur d'un scientifique célèbre pour ses travaux sur l'électricité. Si les Elgen étaient un pays, l'*Ampère* serait leur capitale. C'est le trône depuis lequel l'amiral Hatch règne sur son royaume.

— L'amiral Hatch ? a répété Ostin.

— C'est ainsi qu'il se fait appeler désormais. Le titre complet est même Amiral général et commandant suprême… Je vais à présent vous décrire brièvement les différents navires de la flotte. (Il nous a remis un document avec des photos des sept navires.) Voici la liste. Je vous recommande de la mémoriser, puis de la détruire.

J'ai parcouru la feuille : une photo de chaque navire, accompagnée d'un descriptif technique.

— Navire numéro un, l'*Ampère*. Nous en discuterons en détail plus tard. Puis nous avons le *Faraday*, un transport de 22 tonnes datant de la Seconde Guerre mondiale, mais remis à neuf. Il sert à présent au transport des gardes. Il peut accueillir plus de trois mille cinq cents passagers.

» Navire numéro trois, le *Watt*. Le plus puissant des sept, le *Watt* est un croiseur cuirassé entièrement opérationnel. Le garde du corps de la flotte, si vous voulez. Doté d'une technologie réservée aux bâtiments les plus performants, il comporte notamment des missiles de croisière tactiques Tomahawk, des torpilles, des canons longue portée ainsi que des systèmes de visée dernier cri.

» Il y a de cela quelques années, l'*Ampère* quittait le détroit de Taïwan à destination de la Méditerranée quand il s'est retrouvé dans les eaux somaliennes infestées de pirates. Les pirates ont voulu s'en emparer, ce qui, s'ils avaient réussi, aurait été une bénédiction pour le monde entier.

» Le *Watt* a détruit leur navire à une distance de plus d'un kilomètre et demi, avant de pourchasser les survivants et de les achever en mer. Le capitaine du *Watt* est Viktor Chirkev, un ancien vice-amiral russe. Marin chevronné, il a la réputation de tirer d'abord et de poser des questions après.

» Nous avons ensuite le *Volta*, navire scientifique des Elgen, où ils mènent leurs expériences. C'est également là, croit-on savoir, que se trouve le tout premier inducteur d'électrons magnétiques.

» Cinquième navire, le *Joule* est le moins connu de la flotte. Tout ce qu'on sait de lui, c'est qu'il est le plus rapide et qu'il peut, si nécessaire, s'immerger. Nous estimons que c'est le coffre-fort flottant à bord duquel les Elgen conservent des milliards de dollars en lingots, devises étrangères et diamants. Cela expliquerait que le *Joule* vogue en permanence de conserve avec le *Watt*.

» Numéro six, l'*Ohm*. Celui-ci transporte des marchandises et sera le plus actif de tous durant le séjour de la flotte à Callao.

» Vient enfin le *Tesla*, un tout petit bâtiment chargé de débarquer les troupes du *Faraday* dans les eaux de Tuvalu, pas assez profondes pour permettre au *Faraday* d'approcher du rivage. Le *Tesla* peut transporter soixante-dix soldats et membres d'équipage à la fois. Bien que principalement destiné au transport, il est blindé et dangereux. Équipé de deux mitrailleuses de calibre 450, ainsi que d'un canon Oerlikon de vingt millimètres. Sans compter l'arsenal que les soldats auront sur eux. (Promenant son regard sur mes amis et moi, Dodds a conclu :) Voilà pour ce petit tour d'horizon.

— La vache, a frémi Ostin, ça fait peur.

— Heureusement pour nous, a tempéré le Sud-Africain, nous n'aurons pas à couler toute la flotte. Uniquement l'*Ampère*. Tranchez la tête du serpent, et le reptile meurt. Vous avez ici les plans du navire. Dessiné sur mesure, je le rappelle, l'*Ampère* a un tonnage brut de onze mille tonnes avec déplacement. Un système de propulsion hybride, à trois hélices actionnées par quatre moteurs Diesel. Vingt-cinq nœuds en vitesse de pointe, vingt-deux en vitesse de croisière.

Je ne comprenais qu'un mot sur deux, mais Ostin, lui, acquiesçait avec intérêt.

— Comment avez-vous appris tout cela ? ai-je demandé.

— Je m'étonne que tu me poses cette question, Michael : c'est grâce à toi que nous avons ces infos.

— Mais quand est-ce que… ? (Je me suis interrompu.) Grace.

Grace faisait partie des enfants électriques qu'on avait délivrés, à l'Académie. Son pouvoir lui permettant de télécharger en elle les disques durs des ordinateurs, elle avait copié tout ce qu'elle avait pu dans les bécanes des Elgen, avant notre départ.

— Une vraie mine d'or, cette petite, a acquiescé Dodds. Nous n'avons pas fini d'exploiter ce qu'elle nous a donné.

» Mais revenons-en à notre cible. L'*Ampère* mesure cent quarante-cinq mètres de long, sa coque est en acier sur superstructure en aluminium avec blindage au kevlar. Son système de flottabilité avancé lui permet de résister à une brèche dans sa coque.

— Comment va-t-on faire, alors, pour le couler ? ai-je interrogé Dodds.

— Nous allons le faire sauter. La salle des machines est située ici, au niveau inférieur. Les réservoirs de l'*Ampère* ont une capacité de près d'un million de litres de diesel. Nous n'aurons qu'à y mettre le feu pour pulvériser le navire.

On s'est tous interrogés du regard.

— Et pour introduire une bombe à bord ? ai-je demandé.

— C'est le hic, a concédé Dodds. Il y aura des gardes sur le littoral, et la passerelle d'accès sera surveillée jour et nuit.

— On pourrait se déguiser en gardes, a proposé Jack.

— Cela ne marcherait pas, a objecté Dodds. Toute personne montant à bord passe au détecteur de métaux et subit une vérification des empreintes digitales.

— Mais puisqu'ils chargeront du matériel et des vivres, on pourrait se glisser dans une caisse et se laisser transporter à bord, a suggéré Taylor.

— Bien vu, mais là encore les Elgen ont la parade. Leur système de sécurité est le même que dans un aéroport, mais en beaucoup plus sophistiqué. Tout ce qui pénètre dans le navire doit passer dans un scanner à rayons X. N'oubliez pas que les Elgen ont inventé l'IEM. Ils s'y connaissent, en matière de scanner.

— Et pourquoi ne pas approcher du navire par l'arrière, à bord d'une barque ou que sais-je, a repris Jack, puis lancer un grappin et escalader la coque ?

— Le pont se situe à une trentaine de mètres de hauteur, a expliqué Dodds. Il faudrait donc utiliser un pistolet à grappin. Et comme il y aura des sentinelles sur le pont, elles repéreront très vite le grappin. Bref, vous risqueriez fortement d'être découverts et abattus avant même d'avoir atteint le pont.

Il commençait à m'embêter, le Sud-Africain.

— Maintenant qu'on sait pourquoi aucune de nos idées ne fonctionnerait, suis-je intervenu, dites-nous quel est votre plan.

— Malheureusement, nous n'en avons aucun. L'Électroclan a toujours réussi là où nous échouions. Nous espérions que vous auriez une solution…

— Vous disiez que la coque était en métal ? a rappelé McKenna.

— Oui.

— Alors pas besoin de grappin : Michael pourra l'escalader grâce à son magnétisme. Comme Kylee.

— Mais c'est que je n'ai jamais rien fait de tel, ai-je objecté.

— Si, à la centrale électrique, s'est souvenu Jack. Quand les rats fondaient sur nous. Là, tu pourrais grimper avec une corde enroulée autour de tes épaules, la fixer au pont et nous l'envoyer. Ensuite je monterais, et on aiderait les autres à suivre.

— Il faudrait agir de nuit, a embrayé Jaime. Autrement les autres navires risqueraient de vous voir.

— Cela peut marcher, a estimé Dodds en se tournant vers moi. Qu'en penses-tu ? Seras-tu capable d'escalader cette coque ?

— J'aurai besoin de m'entraîner. Et d'apprendre à faire un nœud solide. La dernière fois, c'était chez les louveteaux.

— Je peux t'arranger tout ça, a affirmé Jaime.

— L'autre question, c'est comment approcher du navire sans se faire voir ?

— En plongée ? a suggéré Ostin.

— T'as pensé aux requins ? a frémi Taylor.

— Les requins attaquent rarement les hommes, lui a répondu notre génie des sciences. En plus, on trouvera bien pire à bord de l'*Ampère*.

— À commencer par Hatch, ai-je enchaîné. Bon, conservons l'idée de la plongée.

— Quitte à y aller comme ça, autant fixer les explosifs sous la coque, non ? a proposé Jack.

— La coque de l'*Ampère* est renforcée et profilée pour dévier les effets d'une explosion. Sans compter que le sonar détectera tout objet de plus d'un mètre de long passant sous le navire. Et les Elgen enverront leurs propres plongeurs à vos trousses.

— En cas de mission-suicide, ça peut le faire, a estimé Jack.

Tout le monde s'est tu.

Je me suis tourné vers notre ami dépressif.

— Sauf que non : la mission-suicide, pas question, ai-je martelé.

Jack regardait droit devant lui, l'air sombre.

— N'empêche, ça marcherait.

— Pas nécessairement, a tempéré Dodds. Comme je vous le disais, la coque est profilée pour résister à une explosion. Imaginez plutôt : si vous serrez un pétard dans votre main et qu'il explose, votre main est déchiquetée. Par contre, si vous le posez à plat sur votre paume, les blessures sont moins importantes. Ce sera la même chose si on pose les explosifs sur la face externe de la coque. Les dégâts seront moindres.

— Et en utilisant plus de dynamite ? a insisté Jack.

— Nous n'utiliserons pas de dynamite, mais un explosif plus stable, à base de nitrate d'ammonium. Dans un cas comme dans l'autre, une personne seule ne pourrait en transporter suffisamment pour couler l'*Ampère* de l'extérieur. Vous cinq n'y suffiriez même pas, en fait.

— Et si on bourre un bateau d'explosifs et qu'on éperonne le yacht ? a proposé Jack.

— On a dit : pas de mission-suicide, lui ai-je rappelé.

Plus personne n'a rien ajouté. L'idée de Jack nous avait laissés muets. C'est Dodds qui a fini par enchaîner :

— Passons à la suite. L'abordage ne sera certes pas simple, mais l'opération ne s'arrêtera pas là. L'*Ampère* est tout aussi bien protégé à l'intérieur qu'à l'extérieur.

» Les Elgen sont exigeants quant à leur sécurité. La rumeur dit que l'*Ampère* est équipé de lasers anti-photo qui balaient les environs à la recherche d'appareils photo. Quand ils détectent un DCC, ils projettent un rayon laser dans l'objectif de l'appareil pour empêcher la prise de photo.

— Qu'est-ce que c'est, un DCC ? a demandé Taylor.

— Un dispositif à couplage de charge, a expliqué Ostin. Dans un capteur d'image à DCC, les pixels sont…

— C'est un truc dans les appareils photo, l'ai-je coupé.

— Mais vous, alors, comment avez-vous fait pour photographier les sept navires ? a insisté ma copine.

Dodds a souri.

— On a fait… très attention. Par ailleurs, l'*Ampère* est équipé d'un réseau de caméras de surveillance, d'un système de détection d'intrusion, de portes et de vitres blindées. Nous ne savons pas bien comment fonctionne le système de détection d'intrusion, mais nous estimons possible qu'il soit désactivé, avec toute l'activité que va générer l'opération de chargement. Les caméras de surveillance, elles, demeurent un problème.

— Zeus savait y faire, lui, a rappelé Ostin. Il nous les aurait dézinguées en moins de deux.

— Ça ne nous avance pas à grand-chose, ai-je observé.

— On pourrait créer une diversion, a proposé McKenna. Une explosion, comme à Paucartambo.

— Non, a dit Dodds. Au mieux, vous gagneriez quelques minutes. Mais au moindre incident, les Elgen passeront en alerte maximale.

— Dans ce cas, nous devrons nous fondre dans le paysage, ai-je conclu. Comme à la centrale Starxource.

— Comment veux-tu récupérer des uniformes ? s'est désespérée Taylor.

— On pourrait en voler, a suggéré Jack.

— Hors de question, a de nouveau refusé Dodds. Les Elgen ont une politique très stricte concernant les uniformes manquants. Ils agissent comme ces gérants de fast-foods qui comptent les gobelets en fin de journée pour s'assurer que leurs employés n'offrent pas des consommations gratuites à leurs amis.

— Ma copine Sara le faisait tout le temps, m'a chuchoté Taylor.

— Mais on pourrait n'en prendre qu'un, a envisagé Jaime. Ça n'éveillerait pas les soupçons. Il arrive souvent que des marins Elgen désertent.

— Un seul uniforme… ? a répété ma copine. Je vous rappelle que nous sommes cinq.

— On en chipe un et on le copie, a précisé Jaime. Des copies suffisamment ressemblantes pour blouser tout le monde.

— Et vous aurez le temps ? s'est inquiété Jack.

— On aura les cinq uniformes en une journée, pas de problème. La flotte stationnera dans le port au moins trois jours.

— Et si personne ne vient à terre ? l'a relancé Ostin.

— Ces marins sont en mer depuis de nombreuses semaines. Faites-moi confiance, ils descendront, lui a assuré Jaime. Je me charge de tout.

— Donc, a repris Dodds, on copie les uniformes. Il faudra aussi des combinaisons noires à porter par-dessus pendant l'escalade de la coque.

— Je les ajoute à la liste, rien de plus simple, a affirmé Jaime.

— Parfait. Autre chose : à bord de l'*Ampère*, toutes les portes extérieures et certaines portes intérieures sont équipées de serrures magnétiques.

— De mieux en mieux, a râlé McKenna.

— Comment on fera pour les ouvrir ? a enchaîné Taylor.

— Vous devrez trouver une clé, lui a répondu le Sud-Africain. Cela ne devrait pas être trop compliqué, dans la mesure où tous les membres d'équipage en auront sur eux. À vous d'en subtiliser une, sauf si on en récupère une dans l'uniforme que Jaime va chiper…

— Aucun souci, a confirmé ce dernier. On prendra la clé avec l'uniforme.

Dodds s'est penché sur le plan du yacht et a indiqué un point près de la poupe.

— C'est ici que vous grimperez, a-t-il décidé. Une fois à bord, vous vous regrouperez devant cette porte, elle donne dans un escalier. D'après nos informations, c'est un escalier de secours, rarement emprunté. Il permet d'accéder à tous les niveaux, y compris celui des machines. Mais il est très étroit, vous devrez donc descendre en file indienne. Une fois en bas, vous serez à une trentaine de mètres de la salle des machines.

— Comment saurons-nous que nous avons pris la bonne direction ? a demandé Taylor.

— Vous serez à l'arrière du navire ; partant de là, vous ne pouvez avancer que dans un sens. De plus, vous entendrez les moteurs bien avant d'atteindre la salle. Les techniciens, eux, portent des boules Quiès. Le bruit risque d'être problématique, pour communiquer dans la coursive.

— Même si le yacht est à quai ? ai-je objecté.

— Le capitaine maintiendra sans doute au moins un moteur au ralenti pour éviter que l'*Ampère* ne dérive et pour recharger les batteries. N'oubliez pas qu'il y aura forcément des hommes – six à dix – dans la salle des machines. Y compris la nuit. Ils ne seront probablement pas armés, mais je ne garantis rien. Éliminez ces hommes, installez les explosifs, réglez le minuteur puis quittez le navire avant qu'il explose. C'est aussi simple que cela.

— Simple, vous dites ? me suis-je étouffé.

— Excuse-moi. En théorie, c'est simple. En pratique, ce sera très… exigeant.

— « Exigeant », au sens de « carrément impossible » ? a ironisé Taylor.

— Au sens de « probablement pas impossible ». (Dodds nous a tous observés à tour de rôle avant d'ajouter :) Mais d'après ce que j'ai pu voir, l'impossible, c'est votre rayon. Avez-vous des questions ?

Dans un premier temps, personne n'a réagi, puis Ostin a lancé :

— Oui. Est-il trop tard pour faire machine arrière ?

– 33 –

Entraînement sur silo

L e soir même, Jaime m'emmenait en monospace chercher un endroit où m'entraîner à l'escalade.

— Voilà, a-t-il déclaré soudain alors que nous roulions en rase campagne. Il me semblait bien l'avoir vu dans le coin.

Du doigt, il me montrait une immense structure cylindrique.

— Un silo à grain. En acier.

Quand on a été certains qu'il n'y avait personne alentour, on a escaladé la clôture barbelée de la ferme, puis franchi les cinquante mètres qui nous séparaient de la base du silo.

— Vous savez à qui elle appartient, cette ferme ? ai-je demandé à mon ami péruvien.

— Non.

— Quelqu'un va nous voir ?

— Espérons que non. Maintenant grimpe. Je monte la garde.

Le silo en acier galvanisé strié s'élevait à douze mètres de hauteur et se terminait par un cône.

La meilleure façon de décrire mon magnétisme, c'est de dire que j'émets une pulsation à l'intérieur de moi-même et non à l'extérieur : un peu comme quand on se retient d'éternuer.

Je levais la main le plus haut possible, puis j'émettais une pulsation. Ma main se collait au métal. Puis nouvelle pulsation, cette fois dans mes jambes, en sautant contre le silo. Mes genoux s'aimantaient. Je restais en place quelques secondes. Jack m'avait rappelé que j'avais grimpé comme ça à un mur de la centrale Starxource, mais en fait, j'étais surtout resté suspendu. L'escalade, c'était encore autre chose : il fallait bien gérer l'alternance magnétisation/démagnétisation.

Ce premier soir, j'ai mis dix minutes à parcourir trois mètres. À ce rythme-là, il me faudrait une heure pour atteindre le pont de l'*Ampère*. Et je me ferais repérer à coup sûr.

Après une période de tâtonnements, j'ai trouvé mon rythme, compris comment basculer mon magnétisme d'un côté de mon corps à l'autre. Arrivé à la moitié, j'ai malencontreusement lâché un côté avant d'avoir bien magnétisé l'autre, et j'ai chuté d'un bon mètre cinquante avant de remagnétiser tout mon corps et de me plaquer au silo.

J'ai atteint le sommet et suis redescendu en une demi-heure : pas si mal, vu que, les vingt premières minutes, je découvrais l'exercice. Bref, j'ai fini en nage et essoufflé.

— Essaie encore, m'a encouragé Jaime.

— Hein ?

— Tu n'es pas assez rapide. Cette fois, je te chrono-
mètre. À tes marques, prêt, go.

J'ai bondi sur le silo et me suis remis au travail. Ça
m'a rappelé la fois, en cinquième, où la prof de sport
nous avait fait grimper à la corde jusqu'au plafond du
gymnase. Je n'avais pas battu le record du collège, mais
au moins j'avais atteint le sommet.

C'est ce qui m'a fait penser à un autre problème :
Ostin. Déjà pas le plus sportif de notre groupe, il était
en plus sujet au vertige. La fois du gymnase, il n'avait
pu grimper qu'un tiers de la corde avant de se laisser
retomber. Il s'était bien cramé les cuisses et les bras. Sa
mère avait même appelé le collège le lendemain pour
engueuler la prof. Après tout ce qu'on avait enduré,
Ostin était certes plus affûté qu'à l'époque, mais je me
demandais s'il serait à la hauteur.

Parvenu de nouveau au sommet du silo, je me suis
laissé redescendre dans une glissade contrôlée. Je me
suis lâché à moins de deux mètres du sol et me suis
réceptionné par une roulade.

— Alors, quel temps ? ai-je interpellé Jaime.

— Excellent : l'aller en quatre minutes. Si tu arrives
à maintenir ce rythme, tu escaladeras la coque de l'*Ampère* en moins d'un quart d'heure.

— Sauf que je porterai un uniforme et une combi,
ai-je observé.

— Exact. Ainsi qu'une lourde corde.

— Je n'y avais pas pensé, c'est vrai. Je devrais m'entraîner avec.

— J'en achèterai une demain. Pour ta deuxième séance.

Dans le monospace qui nous ramenait à la villa, j'ai demandé à Jaime :

— Des nouvelles de ma mère ?

— Non. C'est très étrange. La voix ne répond pas à notre signal.

— Qu'est-ce que ça signifie ?

— Aucune idée. Mais je n'abandonne pas. (Une longue pause, puis :) Notre ami Jack m'inquiète.

— Moi aussi. Il a changé depuis qu'on a perdu Wade. Il se reproche sa mort.

— Ça n'est pas bien.

— Taylor m'a expliqué, pour avoir lu dans ses pensées, qu'il ne comptait pas survivre à l'attaque du yacht. Comme si, pour lui, c'était une mission-suicide.

— C'est peut-être ce qu'il souhaite, a lentement acquiescé Jaime.

J'ai froncé les sourcils.

— Moi c'est ce qui me fait peur. Je ne sais pas ce qu'il faut faire quand quelqu'un perd tout espoir.

— Il faut prier pour lui, mon ami. Il faut prier pour lui.

On n'a plus rien dit jusqu'à la villa.

– 34 –

Yachts et barques de pêche

J e ne savais pas bien pourquoi Jaime ne logeait pas avec nous à la villa, mais le fait était. En général, il nous rejoignait quand on avait besoin de lui : pour mes séances d'entraînement, par exemple. Le lendemain, on a découvert un entrepôt métallique abandonné plus proche de la maison que le silo. J'y suis allé deux fois par jour et j'ai fini par atteindre le chrono de douze minutes. Taylor s'est mise à m'accompagner, pour m'observer. Ou peut-être pour se sentir à nouveau dans la peau d'une pom-pom girl. Elle assurait, d'ailleurs. Elle a même inventé un chant :

« Vas-y, Michael,
Grimpe jusqu'au sommet.
Mets-y tout ton cœur
Et tâche de ne pas tomber.
Alleeeeez, Michael ! »

Et elle ponctuait le tout par un coup de pied dans le vide. Jaime l'observait comme si elle était folle. Honnêtement, sa performance était contre-productive : la première fois, j'ai rigolé si fort que j'ai chuté de trois mètres.

Les trois jours qui ont suivi, ç'a été les montagnes russes émotionnelles, pour moi. Un coup je m'imaginais réussir à couler l'*Ampère*, m'enfuir et rentrer chez moi. L'instant d'après, l'opération m'apparaissait comme une mission-suicide.

Le matin du troisième jour, Jaime est arrivé pendant le petit déjeuner. Taylor nous avait préparé du pain perdu avec du bacon péruvien frit.

— Vous êtes en avance, ai-je commenté. Vous ne deviez pas arriver à 11 heures ?

— Venez manger, l'a invité Taylor. Servez-vous, j'en ai fait une tonne.

Jaime avait la mine sérieuse.

— La flotte Elgen est dans le port, a-t-il annoncé.

On s'est tous figés.

— Les sept navires ? a demandé Ostin.

— *Sí.*

— Je veux voir l'*Ampère*, ai-je réclamé.

— Tu le verras bien assez tôt. Quand nous attaquerons.

— J'ai besoin de le voir avant. En plein jour.

— C'est risqué.

— Alors que se glisser à bord de nuit et le faire sauter, c'est de la rigolade, a ironisé Ostin.

— Je dois absolument le voir, ai-je martelé. Savoir ce qui m'attend. Visualiser l'attaque.

Jaime n'avait pas l'air bien convaincu.

— Je vais demander à Dodds s'il peut nous accompagner, a-t-il avancé.

— On n'a pas besoin de lui. Tout ce que je veux, c'est voir cette flotte par moi-même.

— Moi aussi, ont embrayé Jack et Taylor.

Jaime nous a regardés un moment avant de céder :

— Très bien. Je dois finaliser la récupération d'un uniforme de marin Elgen. Je vous retrouve ensuite.

— N'oubliez pas la clé magnétique, lui a rappelé Ostin.

— *Sí*. Après ça, nous irons rendre visite aux Elgen.

Jaime est revenu à la villa aux alentours de 17 heures. On l'attendait tous les cinq au salon et on est sortis en l'entendant arriver.

Une fois dans le monospace, Taylor l'a interrogé :

— Alors, le piège à marin est en place ?

— *Sí, señorita.*

— Vous utilisez quoi, comme appât ?

— Une jolie fille, bien sûr. Ça marche à tous les coups.

— Ça a marché pour moi, a dit Ostin en se tournant vers McKenna.

Celle-ci lui a rendu son sourire.

— La vache…, m'a chuchoté Taylor à l'oreille. Ça me laisse sans voix.

On a longé la côte pacifique une bonne trentaine de kilomètres en direction du nord avant d'atteindre une falaise dominant le port de Callao. On est arrivés alors que le soleil couchant teintait la baie d'une lueur rose doré.

Quand Jaime a été sûr à cent pour cent que personne ne nous observait, il a sorti une paire de jumelles de sous son siège. On est allés se coucher à plat ventre au bord de la falaise. La baie de Callao s'étirait en contrebas, grouillant de barges, de grues, de navires militaires, de yachts, de cargos et de paquebots.

— C'est vachement plus grand que j'aurais cru ! s'est exclamée Taylor.

— Callao possède le plus grand port maritime d'Amérique du Sud, a précisé Jaime.

— Et ça veut dire quoi, « Callao » ? l'a interrogé Ostin.

— Tu veux dire que tu l'ignores ? s'est étonné notre ami péruvien.

— Ben oui.

— Personne ne sait ce que signifie ce nom. (Puis, indiquant un groupe de navires à cinq cents mètres au nord de notre position :) Les voilà ; tous les sept.

Sur ce, il m'a passé les jumelles.

Même sans, j'avais reconnu la flotte. Elle formait un spectacle impressionnant... Impressionnant et *terrifiant*.

L'*Ampère* trônait au milieu des sept, facilement repérable. C'était le navire le plus cool que j'avais jamais vu : le genre de bâtiment qu'Ostin découpait dans sa revue *Popular Science* et punaisait au mur de sa chambre.

Ce qui le rendait encore plus fascinant, c'était de savoir que Hatch se trouvait à son bord. J'aurais voulu pouvoir projeter une méga-boule de foudre sur ce yacht et les détruire tous deux.

— Voilà donc l'*Ampère*, ai-je soufflé.

— *Sí*, a confirmé Jaime.

— Je vous avais bien dit qu'il déchirait, a rappelé McKenna.

— Non, une navette spatiale, ça déchire, a nuancé Ostin. Ce yacht, c'est mille fois mieux.

— Et on va le couler, ai-je repris. C'est un peu triste, non ? Comme faire sauter une cathédrale.

— Dis plutôt une maison des horreurs, m'a corrigé McKenna.

— Les navires restent proches les uns des autres par mesure de protection, a expliqué Jaime. Vous noterez que les gardes ont bouclé tout le littoral.

— Si on attaque en plongée, a grimacé Ostin, il faudra nager au minimum huit cents mètres sous l'eau.

Il était le seul parmi nous à avoir déjà fait l'expérience de la plongée… durant une sortie en famille à Hawaii, et sous la très haute surveillance de sa mère.

— Ça ne sera pas du gâteau, a-t-il commenté.

— Rien dans cette opé ne sera du gâteau, a renchéri Jack.

— Je disais juste que ça rallongera notre planning d'au moins une heure et qu'on sera épuisés en arrivant au yacht. Le temps qu'on le fasse sauter et qu'on regagne le rivage, l'endroit grouillera de soldats. Ils n'auront plus qu'à nous cueillir.

— Il suffira de prévoir un délai plus important avec le minuteur, ai-je affirmé.

— Les Elgen auront donc plus de temps et de chances de découvrir les explosifs, a observé Jaime.

— En plus, où est-ce qu'on rangera nos bouteilles de plongée pendant qu'on escaladera la coque ? est intervenue McKenna.

Aucun d'entre nous n'avait la réponse.

J'ai de nouveau étudié la flotte.

— C'est quoi, les bateaux qu'on voit à côté ? ai-je demandé.

— Des bateaux de pêcheurs, a répondu Jaime.

— Ils sont assez près des navires, non ?

McKenna, qui tenait les jumelles et scrutait les bateaux en question, a annoncé :

— J'en vois un à moins de trente mètres de l'*Ampère*.

— Personne ne les soupçonne, a compris Ostin.

— Je crois qu'on vient de trouver comment approcher notre cible, a dit Jaime avec un sourire.

– 35 –

L'heure

D odds et Jaime nous ont rejoints le lendemain vers midi. Tous deux semblaient anxieux, en particulier Dodds.

— Nous venons d'apprendre que le ravitaillement de la flotte avance plus vite que prévu, nous a-t-il annoncé. Les Elgen ont prévenu les autorités portuaires de leur départ pour jeudi après-midi.

— Après-demain, a calculé Taylor.

— Ça signifie qu'on doit attaquer demain soir, a déduit Jack.

Dodds a acquiescé, puis enchaîné :

— Nous avons les uniformes et les combinaisons, mais hélas pas de clé. Il semblerait que les marins aient obligation de la laisser à bord quand ils vont à terre. Nous vous avons également trouvé des équipements de plongée, mais j'ai cru comprendre que ça n'était plus d'actualité.

— On pense qu'il vaut mieux utiliser un bateau de pêche, ai-je confirmé. On pourra se rapprocher suffisamment de l'*Ampère* pour le rallier en radeau.

— J'ai pu vous en trouver un noir, a glissé Jaime.

— Et pour les explosifs ? a demandé Jack.

— Tout est prêt, lui a assuré Dodds. Dans un sac, avec le détonateur et le minuteur. Je vous expliquerai à tous les cinq le fonctionnement de ces derniers plus tard.

— Pas la peine, lui a rétorqué Jack. C'est moi qui porterai les explosifs.

Dodds a paru mal à l'aise.

— Au cas où il t'arriverait quelque chose, nous préférons avoir une solution de secours.

— Vous avez raison.

— J'ai affrété un bateau de pêche, a indiqué Jaime. Nous partirons à 2 h 30 du matin, de la pointe nord du port.

— On ne risque pas d'éveiller les soupçons ? a objecté Ostin. Un bateau de pêche qui sort en pleine nuit…

— Non, lui a garanti Jaime. Les pêcheurs locaux rentrent souvent très tard.

— Il y a encore un facteur à prendre en compte, a affirmé Dodds. La météo. On annonce de la pluie. Tant que ça n'empêche pas Michael d'escalader la coque, ça n'est pas forcément négatif.

— Je n'ai encore jamais grimpé sur une surface mouillée, ai-je avoué.

— Kylee, elle, elle y arrivait, est intervenue McKenna.

— En quoi ça n'est pas négatif, la pluie ? a demandé ma copine.

— La couverture nuageuse, l'absence de lune, une visibilité restreinte. Moins de risques qu'un marin sorte se balader sur le pont. Des questions ?

— Avez-vous pu m'arranger une communication avec ma mère ?

Jaime et Dodds ont échangé un regard.

— Je crains fort que ça ne soit pas possible, a regretté le Sud-Africain.

— Pourquoi ? ai-je questionné Jaime. Vous m'aviez promis…

— Je suis navré, Michael, mais nous avons perdu le contact avec la voix.

— Quoi ?

— Vous savez que nous avons été compromis, a expliqué Dodds. La situation a encore empiré. Voilà deux jours, les Elgen ont découvert notre agent infiltré à bord. Nous estimons qu'ils savent à présent tout ce que cet homme sait. Concernant la voix, la résistance… tout.

— Ils sont donc au courant de nos plans ! a paniqué Ostin.

— Fort heureusement, nous ne l'en avions pas encore informé. Nous attendions de connaître l'horaire exact pour le prévenir de quitter le navire.

— Comment avez-vous appris tout ça ? ai-je demandé.

— La voix a contacté notre associé en Bolivie, m'a révélé Jaime. Celui-ci a fait la route de nuit pour venir nous avertir.

Me tournant vers mes amis, j'ai déclaré :

— Voilà, cette fois, on est vraiment seuls.

— On l'est depuis le début, a rectifié Taylor.

— Au moins, le jour prévu pour l'attaque est parfait, a observé Jack.

— Pourquoi dis-tu ça ? s'est étonnée ma copine.

— Parce que jeudi, c'est l'anniversaire de Wade.

Dodds a alors repris la parole :

— Nous partirons de la villa à 1 h 45 du matin. Jaime et moi aurons tout préparé. Je vous demande de veiller le plus tard possible ce soir. Étudiez les plans des bateaux, faites la fête, mais tâchez de rester debout jusqu'à l'aube. Comme ça, vous dormirez toute la journée de demain, et vous serez frais et dispos pour la mission.

— Ça ne devrait pas être trop difficile, a estimé Ostin.

— Et pourquoi donc ? l'ai-je pressé.

— Ce sera peut-être la dernière nuit de notre vie.

– 36 –

Changement de programme

Avec Taylor, on est restés dans le canapé du salon à discuter jusqu'à ce qu'elle s'endorme, vers les 9 heures du matin. Une demi-heure plus tard, j'ai entendu la porte du garage qui s'ouvrait. Jack est entré dans le salon. En nage.

— Michael, a-t-il murmuré.

Je me suis levé sans réveiller Taylor.

— Quoi ?

Il m'a fait signe de le suivre au garage. Quand il a eu refermé la porte derrière moi, il a dit :

— Le plan : il ne tient pas debout.

— Et c'est maintenant que tu le dis ?

— Mieux vaut tard que jamais.

— Qu'est-ce qui te tracasse ?

— On n'a pas besoin d'être cinq pour poser des explosifs. Une personne suffit. Du moment que j'arrive à grimper à bord du navire, je peux le faire seul. Mais j'aurai besoin de ton aide pour escalader la coque.

(Rivant son regard au mien, il a ajouté :) On n'a pas besoin des autres.

Ne sachant trop comment réagir, j'ai fini par répondre :

— Mais on est une équipe.

— C'est pas une raison pour risquer leurs vies. Réfléchis un peu. Ostin, à quoi il va nous servir ? Le plan est réglé, on n'a plus besoin de son cerveau. Il ne fera que nous ralentir. Tu crois franchement qu'il arrivera à grimper à la corde ?

Je n'ai rien dit. On savait tous les deux qu'il avait raison.

— Pareil pour McKenna. Taylor, oui, elle peut nous aider, mais est-ce que ça vaut la peine de risquer sa vie ?

J'ai froncé les sourcils.

— Non.

— C'est bien ce que je pensais. Donc, voici ce que j'ai prévu : on éteint les réveils de tout le monde, on sort retrouver Jaime et on lui annonce qu'on n'est que deux à partir. Tu m'aides à grimper à bord du yacht et à trouver une clé, après ça tu te casses.

— Et si tu te fais choper avant d'être à la salle des machines ?

— Je fais tout péter.

Ça m'a laissé sans voix.

— Tu as entendu ce qu'a dit l'autre gars : du moment que la bombe explose à l'intérieur, c'est bon.

— Je ne peux pas te laisser y aller seul.

— Mais non, c'est moi qui décide de la jouer solo. Qu'est-ce que ça change ? Dans un cas comme dans l'autre, j'y vais.

J'ai secoué la tête et martelé :

— Je ne peux pas te laisser faire ça.

— Écoute, tu te rappelles quand tu es resté dans la centrale Starxource et que tu as refermé la trappe de la conduite pour nous empêcher de revenir t'aider ? C'était quoi, ça ? Un risque calculé. Tu as fait ce que tu estimais juste dans ces circonstances. Et c'est comme ça que tu as pu sauver ta mère et nous autres. Tu as même réussi à t'enfuir après.

» Et la fois où Zeus a fait péter une canalisation d'eau, en sachant pertinemment que ça allait peut-être le tuer ? C'est pareil. Tout ce que je te demande, c'est de me laisser faire la même chose.

J'ai de nouveau fait non de la tête.

— Jack, je sais que tu te reproches la mort de Wade…

— Ça n'a rien à voir. Je pense à ta vie et à celle des autres. Moi, je suis quantité négligeable, mec.

— Non. Non, pas pour moi.

— Je sais. Parce que tu es un ami. Et un bon ami. Donc tu dois me laisser le faire, Michael. Laisse-moi faire au moins cette bonne action. Tu as fait un choix dans la centrale. Laisse-moi faire le même choix.

J'ai baissé les yeux un moment, puis déclaré :

— Ça ne me plaît pas.

— Mais tu sais que j'ai raison.

Un long soupir, puis :

— OK, on fera comme tu voudras.

— Merci, Michael. C'est la bonne décision.

— J'espère.

— Je te le garantis. *Semper Fi*.

Je l'ai scruté avec une grande tristesse. Ce qu'il ignorait, c'est que je n'avais nullement l'intention de l'abandonner sur ce navire.

— *Semper Fi*, ai-je répété. *Semper Fi*.

– 37 –

Drôle de conception
de la confiance...

Quelques instants plus tard, je me suis glissé dans la chambre d'Ostin. McKenna et lui dormaient côte à côte. J'ai éteint leur réveil. Puis je suis retourné m'allonger près de Taylor. Mais pas moyen de m'endormir. Je suis resté près d'une heure à la regarder.

J'étais mal. Je ne regrettais pas d'avoir accepté le plan de Jack : jamais je ne regretterais d'avoir sauvé la vie de Taylor. Par contre, je savais que mes chances de la revoir étaient minces. Durant l'année écoulée, mon univers s'était métamorphosé, et ce en grande partie grâce à Taylor. Avoir quelqu'un qui m'aimait et qui croyait en moi, c'était un pouvoir en soi, comme mon électricité. J'ai eu envie de lui laisser un mot, mais je ne voyais pas par où commencer. Alors je suis resté blotti contre elle. Il devait être pas loin de midi quand je me suis endormi.

C'est Jack qui m'a réveillé. Il faisait nuit. J'ai levé les yeux vers lui, il m'a fait signe de me taire. J'ai soulevé le bras que Taylor avait posé sur moi et me suis lentement laissé glisser à terre. J'ai regardé une dernière fois ma copine en me demandant si je reverrais un jour son beau visage. Puis j'ai chassé cette pensée de ma tête. « Au moins je peux faire en sorte qu'elle rentre au pays », me suis-je dit.

Dans la villa, il faisait sombre et le silence régnait. Je suis sorti et ai refermé la porte d'entrée derrière moi. Jack était adossé au mur du porche. Le ciel couvert, comme prévu par Dodds, nous cachait la lune et les étoiles.

— Quelle heure est-il ? ai-je demandé.

— 1 h 30. Ils ne vont plus tarder. Tu es prêt ?

— Plus que jamais. Et toi ?

— Je suis prêt.

Quelques minutes plus tard, les phares du monospace apparaissaient au bout de l'allée.

— Allons à leur rencontre pour éviter qu'ils réveillent les autres, a décidé Jack en se dirigeant vers le véhicule.

On les a rejoints au milieu de l'allée. Jaime était au volant, il a immobilisé le monospace. Jack a fait coulisser la portière arrière et on est montés à bord.

— Où sont les autres ? s'est étonné Dodds.

— Ils ne viennent pas, lui a rétorqué Jack.

— Ce n'est pas ce qui était prévu.

— On a changé de plan, suis-je intervenu. On peut réussir à deux. Les autres ne feraient que nous gêner.

— Et vous êtes tous d'accord ? a douté le Sud-Africain.

— On n'a pas le temps de discuter, a décidé Jack. Roulez.

Bien que visiblement bouleversé, Dodds a cédé :

— Très bien. C'est votre plan. On y va.

Jaime a enclenché la première, puis s'est arrêté.

Dodds s'est tourné vers nous.

— Où sont les autres ?

— On vient de vous le dire, s'est agacé Jack.

L'autre plissait les yeux.

— Mais de quoi parles-tu ?

— Les autres ne viennent pas, ai-je insisté. Allez, on roule.

Là encore, Jaime a enclenché la première, puis s'est arrêté.

Dodds a pivoté vers nous.

— Où sont les autres ?

— Mais qu'est-ce que… ? a râlé Jack.

— C'est Taylor, ai-je compris.

Je me suis penché à la vitre : ma copine déboulait dans l'allée. Arrivée au monospace, elle a violemment ouvert la portière.

— Sérieux ? Après tout ce qu'on s'est dit, tu essaies de filer sans moi ?

— J'ai juste…

— Menti ? Conspiré ?

— Il voulait simplement te protéger, m'a soutenu Jack.

— Toi tu la boucles, l'a mouché Taylor. Je sais déjà que c'était ton idée. (S'adressant de nouveau à moi :) Alors, c'est ça, ta conception de la confiance ?

— Je suis désolé d'avoir tenté de partir sans toi. Mais je ne le regrette pas.

— Qu'est-ce que ça veut dire, ça ?

— Ça veut dire qu'il t'aime, a glissé Jack.

— Toi tu la boucles, à la fin.

— Ça veut dire que je t'aime, ai-je confirmé.

— Mais c'est justement pour ça qu'on reste tous ensemble. On n'est pas simplement un couple, Michael, on est l'Électroclan – du moins ce qu'il en reste – et ça signifie qu'on reste ensemble quoi qu'il arrive. C'est ce qui nous a permis de survivre jusqu'à aujourd'hui. Je sais que tu cherchais à me protéger, mais je n'ai pas demandé à l'être. J'ai demandé à rester avec toi.

— Je pensais que c'était la bonne décision.

— Je sais, et une partie de moi-même t'aime pour ça. Mais la bonne décision, c'est de bosser ensemble. Tous ensemble. (Se tournant vers Jack :) Ça vaut aussi pour toi. Tu n'as pas à prouver que tu es un héros. Tu l'as prouvé tant de fois que j'ai perdu le fil. On t'admire et on t'aime, tout comme Wade t'admirait et t'aimait. Ne nous enlève pas ça. S'il te plaît.

Jack était visiblement sous le choc. Les larmes lui sont montées aux yeux.

— OK, ai-je cédé. Allons réveiller Ostin et McKenna.

– 38 –

Dix-sept, dix-sept

Personne n'a révélé à Ostin et à McKenna qu'on avait essayé de leur fausser compagnie. Du coup Ostin a passé la moitié du trajet à se demander pourquoi son réveil n'avait pas sonné. Au bout de seulement vingt minutes, le monospace quittait la route du littoral pour s'engager sur la pente qui conduisait à la baie. À mesure que nous approchions de l'océan, les navires semblaient grandir à vue d'œil, s'élevant devant nous comme des montagnes flottantes. Des lumières sur les bâtiments des Elgen et le quai de chargement nous indiquaient que personne ne dormait.

Dodds s'est alors tourné vers nous pour présenter un boîtier en plastique doté d'un clavier et d'un écran digital.

— Voici le minuteur, a-t-il annoncé. Il se relie au détonateur qui se trouve dans le sac. Une fois que vous aurez entré le code, les explosifs seront activés et ne pourront plus être éteints.

— Le code, c'est quoi ? ai-je demandé.

— Dix-sept, dix-sept.

— Comme la fréquence radio.

— N'oubliez pas, une fois le code saisi, on ne peut plus faire machine arrière. Ne l'activez donc que lorsque tout est prêt. Pour régler le minuteur, soit vous saisissez le nombre de minutes sur le clavier, soit vous appuyez sur ce bouton noir. À chaque pression, il avance la minuterie de soixante secondes, jusqu'à 2 heures. Comme pour l'activation, une fois réglé, le nombre de minutes ne peut être modifié. Veillez bien à vous laisser une marge pour quitter le navire. Sans perdre de vue que plus vous laissez de temps, plus les Elgen en auront pour trouver la bombe et s'en débarrasser.

Dodds m'a ensuite remis un petit tube noir semblable à celui qui permettait à Jaime d'activer sa sentinelle dans la jungle.

— Quand vous quitterez le navire, presse ce bouton. Il nous alertera. Votre canot est équipé d'un moteur, mais vous ne devrez pas l'utiliser tout de suite, au risque qu'on vous entende. Une fois à bord, dirigez-vous vers le large. Nous vous guetterons aux jumelles à vision nocturne et viendrons vous récupérer en hors-bord. Des questions ?

— Le détonateur est-il sensible aux chocs et à la chaleur ? a demandé Ostin.

— Il faudrait une chaleur intense, a affirmé Dodds. Un grand feu, par exemple. Pourquoi ?

— Au cas où le minuteur débloquerait.

— Ce ne sera pas un problème. (Un coup d'œil par la vitre latérale, puis :) Bien, nous y sommes presque.

Une fois près du bateau de pêche, vous enfilerez vos uniformes Elgen, puis les combinaisons et les bonnets. Vous serez bien camouflés. J'ai même prévu des gants pour dissimuler vos trois halos. J'ignore si ça sera pratique pour ton escalade magnétique, Michael, tu jugeras sur place.

» Quand le bateau aura contourné l'*Ampère*, nous nous immobiliserons pour larguer le canot. Jack grimpera à bord le premier de sorte à aider les autres. Vous ne disposerez que de quelques secondes. Puis le bateau reprendra sa route. Nous tâcherons de vous laisser le plus près possible de la poupe du yacht, mais vous aurez sans doute à ramer une trentaine de mètres.

» Des amarres aimantées vous permettront de fixer le canot à la coque de l'*Ampère*. Ces aimants sont très puissants, donc, pour repartir, plutôt que d'essayer de les retirer, dénouez le cordage ou coupez-le.

— Compris, a approuvé Jack en tâtant son couteau.

— N'oubliez pas : restez discrets et camouflés. Dans l'obscurité ambiante, vous serez presque invisibles. La suite, vous la connaissez. N'oubliez pas de vous dégoter une clé. Je doute que les Elgen laissent les portes ouvertes. Des questions ?

Nous n'en avions aucune.

— Dans ce cas, a conclu le Sud-Africain, bonne chance.

– 39 –

Fishin' Impossible

Cinq minutes plus tard, Jaime garait le monospace devant un cabanon éclairé à la lanterne, à la devanture duquel un écriteau proclamait : JORGE – SORTIES PÊCHE.

Malgré l'heure plus que matinale, un vieil homme en est sorti pour nous saluer. Jaime et lui ont échangé quelques mots en espagnol, après quoi notre ami s'est tourné vers nous.

— Tout est prêt. Suivez-moi.

On lui a tous emboîté le pas, direction un quai en bois où était amarré un vieux bateau beige et turquoise. Il comportait une plate-forme surélevée, fermée par des pans de tissu. Les lignes étaient déjà en place. Un canot noir avait été fixé contre la coque, à bâbord.

— Il est installé du mauvais côté, non ? a fait remarquer Ostin à Jaime. L'*Ampère* sera au sud, par rapport à nous.

— Certes, mais nous allons d'abord au large, avant de rentrer au port comme si nous revenions de pêcher ; et là, le canot sera du bon côté.

— Malin, a approuvé Ostin.

Une fois à bord, on est passés dans la cabine à la poupe. Ça sentait l'eau de mer et le poisson. Par terre, des sacs de toile marqués à nos initiales.

— Vos uniformes, a expliqué Jaime. Changez-vous.

On s'est exécutés. Nos tenues nous allaient à merveille.

— Excellent travail, a commenté Taylor. On ressemble à de vrais marins Elgen. (Une pause, puis :) Même si, en fait, je n'en ai jamais vu…

— Les combinaisons, a enchaîné Jaime.

J'ai sorti la mienne de mon sac et ai glissé mes bras dans les manches. La matière noire hyper légère me rappelait le vinyle, mais en plus doux et opaque. Je me suis tourné vers mes camarades. On avait l'air d'être déguisés en sorcières pour Halloween.

— Mate un peu, Michael, m'a interpellé Ostin en se penchant par-dessus la poupe.

Je suis allé voir. Le nom du bateau était peint sur une petite pancarte : *Fishin'Impossible*.

— Ça n'inspire pas vraiment confiance, ai-je maugréé.

Dodds s'est approché du bateau et nous a remis le sac d'explosifs.

— Ils sont sensibles ? a demandé Jack.

— Non, très stables, lui a assuré le Sud-Africain. Mais ne jouez pas avec le feu…

Jack a soupesé le sac.

— Une vingtaine de kilos, a-t-il estimé. Pas de problème.

Il l'a alors reposé puis a ouvert le rabat supérieur, celui qui contenait le détonateur. L'écran digital de l'appareil luisait d'un vert clair.

— Rappelle-moi le code ? est intervenu Dodds.

— Dix-sept, dix-sept, lui a répondu Jack. L'âge que Wade aurait eu aujourd'hui.

Le moteur du bateau a démarré, « parfumant » l'air de gasoil et de gaz d'échappement.

— C'est l'heure, a déclaré Jaime.

À ces mots, il a entrepris de dénouer le cordage qui nous reliait au quai.

— Vous ne venez pas ? ai-je lancé à Dodds qui était resté sur la terre ferme.

— Non. Nous ne pouvons mettre tous nos œufs dans le même panier, et je crois être sur le point de rétablir le contact radio avec la résistance. (Sur ce, il a poussé notre bateau du bout du pied.) Mais nous nous reverrons sous peu.

L'espace d'un instant, ses paroles ont flotté dans l'air comme une promesse. Le bateau crachotait dans son sillage un voile de gaz à mesure qu'il s'éloignait lentement du quai. Puis il a obliqué vers le large. Le vieux marin a accéléré et nous nous sommes enfoncés dans l'obscurité glaciale.

– 40 –

L'ombre de l'*Ampère*

Nous n'étions pas encore au large qu'il a commencé à pleuvoir. Taylor s'est glissée près de moi et m'a enserré la main entre les siennes.

— Je gèle, a-t-elle dit.

J'ai passé le bras autour de ses épaules.

— Tu sais, a-t-elle poursuivi, pendant l'attaque de la centrale, on était séparés. Cette fois, on est ensemble.

— Notre premier rencard, ai-je ironisé.

Ça l'a fait sourire.

— Tu as peur ? l'ai-je interrogée.

— Je suis terrifiée.

— Moi aussi.

— Tu penses qu'on s'en sortira ?

— Mais bien sûr.

— Sérieux ?

— Je n'ai pas le droit de douter. Ma mère disait toujours que la confiance et la peur ne peuvent coexister dans un esprit, pas plus que le jour et la nuit dans une pièce.

— Elle est pas bête, ta mère.

— Je sais. Si seulement j'avais pu lui parler encore une fois…

Je me suis interrompu.

Taylor m'a pressé la main.

— Tu lui reparleras.

Quelques instants plus tard, elle s'adressait à Jack :

— Tu te sens comment ?

— Humide.

Tout à coup, le gémissement du moteur a cessé, le bateau a ralenti et penché en avant. Jaime est sorti de la cabine, une longue corde noire enroulée à l'épaule.

— Nous faisons demi-tour, a-t-il indiqué. Enfilez vos masques et vos gants.

Le temps qu'on s'exécute, il est allé inspecter les cordes du canot, puis est revenu vers nous.

— N'oubliez pas : vous devez faire vite. Jack passe le premier, puis Taylor, Michael, Ostin et McKenna. Quand vous serez tous à bord, je vous remettrai le sac et la corde. Si nous nous faisons repérer en approchant du yacht, nous nous remplirons.

— Nous nous remplirons ? a répété Taylor.

— Il veut dire « replierons », ai-je supposé.

Là-dessus, Jaime a regagné la cabine. Le bateau a fait demi-tour, direction les lumières du rivage. Je me suis levé et dirigé vers la proue.

— Jaime.

— *Sí*, monsieur Michael.

— Je voudrais vous demander une faveur.

La mine très sérieuse, il m'a répondu :

— Tout ce que tu veux.

— Si on ne s'en sort pas, j'aimerais que vous disiez à ma mère ce qu'on a essayé de faire.

— *Sí*. Bien sûr.

— Pareil pour les familles d'Ostin et de Taylor. Les parents et les frères de Taylor ne savent même pas qu'elle est électrique.

— Vous reviendrez tous, monsieur Michael. Mais s'il arrive quelque chose, je te promets qu'ils sauront la vérité.

— Merci.

— Vous reviendrez tous, a-t-il répété.

Au moment où j'ai regagné mon siège, la flotte Elgen était en vue. L'*Ampère* était calé entre le *Watt* et le *Volta*. Heureusement pour nous, le *Faraday*, le plus gros des sept navires, se trouvait sur le côté nord de la flotte. Il dépassait tellement des autres que, s'il avait mouillé à côté de l'*Ampère*, on n'aurait jamais pu approcher.

Personne ne parlait. Jaime est revenu vers nous ; il observait les navires avec ses jumelles. Notre bateau se dirigeait prudemment vers la flotte.

Le premier navire Elgen qu'on a dépassé a été l'*Ohm* qui, à cette heure encore, avait toutes ses lumières allumées : des hommes et des chariots élévateurs s'affairaient au transport de marchandises sur le pont. Puis ç'a été le *Tesla*, ensuite le *Joule* (entièrement dans le noir, et d'un aspect plus étrange que je n'avais imaginé). Après ça, on a doublé le *Watt*. Le croiseur cuirassé braquait ses canons vers le large.

Notre embarcation a encore ralenti au moment de passer à l'ombre du *Watt* pour s'approcher de l'*Ampère*. Me retournant, j'ai jeté un œil en direction des navires : je me demandais si quelqu'un nous observait. Mais je ne distinguais que quelques lumières aux hublots dans le noir ambiant. Jaime a posé ses jumelles, puis a fait signe à Jack de l'aider à détacher le canot. Ils ont eu vite fait de l'installer à nos pieds.

Une fois dans l'ombre de l'*Ampère*, notre capitaine a mis le moteur au ralenti.

— Maintenant, a ordonné Jaime.

Jack et lui ont basculé l'embarcation par-dessus bord, ne laissant attachée que l'amarre avant. Jack a ensuite suivi le même chemin. Jaime lui a remis deux pagaies, puis s'est tourné vers nous.

— *Rápidamente*, nous a-t-il recommandé.

Taylor est passée la première, avec l'aide de Jack, puis ç'a été mon tour, puis Ostin et enfin McKenna, que je n'avais pas entendue prononcer un mot depuis le départ.

— Monsieur Michael, m'a interpellé Jaime.

Il m'a alors lancé la corde noire, puis a passé les explosifs à Jack. Après quoi il a coupé notre amarre.

— *Buena suerte, amigos.* Que Dieu vous accompagne.

Le bateau de pêche s'est remis en marche et nous a vite abandonnés sous la poupe massive de l'*Ampère*.

— Rame, m'a dit Jack en me passant une pagaie.

On a progressé comme ça jusqu'à ce que la poupe du yacht se dresse au-dessus de nous telle une immense falaise.

— Ostin, prépare les aimants, ai-je ordonné.

Mon ami en a saisi un et a tendu l'autre à McKenna. Ces aimants étaient gros comme le poing, de forme arrondie avec une petite boucle à l'arrière. Boucle dans laquelle passait une sangle reliant l'aimant au canot. Cette sangle mesurait pas loin de deux mètres, mais pouvait être ajustée de sorte à bien caler le canot contre la coque.

Quand on a été à environ cinq mètres de l'*Ampère*, j'ai posé ma pagaie et tendu la main en activant mon magnétisme. La force de celui-ci m'a surpris, et notre embarcation s'est rapprochée si vite de la coque qu'on l'a percutée assez violemment et qu'on a failli se renverser.

— Désolé, ai-je murmuré.

Ostin et McKenna ont fixé leurs aimants à la coque ; ça a fait un gros *clang* qui nous a donné le frisson. Puis ils ont resserré les sangles pour bien coller le canot à la coque.

— À moi de jouer, ai-je annoncé.

Prenant la corde en bandoulière, je me suis dressé sur le canot, puis ai posé les mains contre la coque et me suis aimanté. La coque était froide et humide, mais l'eau paraissait améliorer mon magnétisme.

— Gaffe à la corde, ai-je dit.

Là-dessus, j'ai collé mes genoux à l'*Ampère* et commencé l'ascension.

Avec l'adrénaline qui pulsait dans mes veines, j'ai atteint le sommet en moins de dix minutes. Au moment de toucher la rambarde, je me suis arrêté et j'ai tendu l'oreille. N'entendant que la pluie sur le pont, je me suis hissé juste assez pour regarder par-dessus le bastingage. Pas un chat. J'ai repéré une caméra dont l'objectif était braqué sur moi. Elle semblait fixe, mais sa loupiote rouge m'indiquait qu'elle fonctionnait. J'aurais voulu que Zeus soit là pour la dézinguer. L'idée m'est alors venue de le faire moi-même. Lancer une boule de foudre était trop risqué : l'éclair aurait forcément été repéré par un garde. Par contre, je pouvais escalader le mur auquel elle était accrochée et la court-circuiter. Le tout était de ne pas me faire griller en enjambant la rambarde.

Première étape : me débarrasser de la corde. J'ai aimanté le bas de mon corps, puis relié une extrémité du cordage à la rambarde par un nœud en huit. Ensuite j'ai regardé en contrebas. Le canot était invisible de là où j'étais ; je ne distinguais que l'écume blanche au sommet d'une vague, par moments. J'ai dégagé la corde de mon cou et l'ai laissée tomber dans le vide. Elle s'est presque aussitôt tendue. Jack montait. Je l'ai attendu, collé à la coque de l'*Ampère*.

– 41 –

L'ennemi de mon ennemi

J ack a mis encore moins de temps que moi à grimper jusqu'au pont. Il a pratiquement fait toute la longueur à la seule force des bras. Il s'est arrêté à ma hauteur. M'a observé deux secondes. A commenté :

— Tu ressembles à une araignée.

— C'est l'impression que j'ai aussi.

— Du monde sur le pont ?

— Non. Mais une caméra.

— Tu as essayé de la griller ?

— Je t'attendais. Laisse-moi une minute.

Je suis remonté jeter un coup d'œil sur le pont puis ai enjambé la rambarde. Progressant collé contre la face intérieure de celle-ci, j'ai foncé me placer sous la caméra. Ensuite de quoi j'ai escaladé le mur, ai saisi l'appareil et l'ai grillé. La loupiote rouge s'est éteinte.

J'ai alors pu annoncer à Jack que c'était réglé.

— Cool, m'a-t-il félicité. Taylor est en train de grimper.

J'ai regardé par-dessus bord et lui ai demandé :

— Tu la vois ?

— Non. Mais je sens qu'elle tire sur la corde.

Il est monté me rejoindre sur le pont.

— File-moi un coup de main, a-t-il décidé, on va l'aider à monter.

On a empoigné la corde et on a tiré. Taylor est soudain apparue. On l'a hissée jusqu'à la rambarde et elle nous a remerciés, tout essoufflée.

Jack l'a aidée à enjamber l'obstacle, puis on a rejeté la corde.

Un instant plus tard, on l'a sentie se tendre. À nous trois, on a hissé McKenna, qui a pratiquement volé jusqu'à nous. Quand elle a été à portée de main, Jack l'a agrippée par les poignets et l'a aidée à nous rejoindre. On a alors lancé une quatrième fois la corde dans le vide.

— Ostin sait qu'il doit accrocher le sac, hein ?

— Je le lui ai rappelé, a acquiescé Jack.

Dès qu'on a senti la corde se raidir, on a tiré. Cette fois, c'était super facile.

— Je vois le sac, a murmuré McKenna.

On a récupéré les explosifs, puis Jack a lancé une dernière fois la corde. Il s'est écoulé presque une minute avant qu'elle se tende à nouveau.

En s'y mettant à quatre, on a remonté Ostin en à peine cinq minutes. Le teint livide et la mine terrifiée, il a agrippé la rambarde comme si sa vie en dépendait. Jack et moi l'avons saisi par les bras et l'avons fait basculer.

— C'était l'horreur, a-t-il frissonné.

— Et la fête ne fait que commencer, a ironisé Jack.

On a retiré nos combinaisons et on les a jetées par-dessus bord, après quoi Jack a passé le sac à son épaule.

— Il nous faut une clé, a rappelé Ostin.

— Essayons d'abord la porte, ai-je proposé. Au cas où elle serait ouverte.

La porte se trouvait bien là où l'indiquaient les plans de Dodds. Fermée à clé, forcément. Bref, là aussi il y avait une caméra. J'ai grimpé au mur d'à côté et l'ai court-circuitée.

— Attendez-nous ici, ai-je décidé ensuite : avec Taylor on va chercher une clé.

On a fait le tour de l'arrière du navire, où soudain on a vu une paire de chaussures dépasser de derrière une chaloupe. Puis une bouffée de fumée.

— Quelqu'un est sorti s'en griller une, m'a soufflé Taylor.

On s'est faufilés vers le garde. Le règlement Elgen interdit de fumer, c'est donc un jeune marin italien mort de trouille qui nous a vus surgir devant lui.

— C'est pas ce que vous croyez, je... (Avisant Taylor :) Hé, mais t'es une fille !

— Je sais, lui a confirmé ma copine.

Aussitôt, elle l'a réinitialisé. Le gars est resté assis, un sourire niais aux lèvres ; je l'ai assommé d'une décharge. Puis je lui ai pris sa clé et son badge.

— On devrait peut-être le jeter par-dessus bord, a suggéré Taylor.

— C'est tentant... mais trop bruyant.

— On fait quoi s'il se réveille ?

J'ai émis une pulsation au bout de mon index et tracé sur l'uniforme de l'Italien les mots : *MORT À HATCH*.

— Ça devrait l'inciter à se faire discret, ai-je conclu.

Sur ce, je lui ai balancé un second coup de volts, et on a foncé rejoindre les autres.

Ils avaient disparu.

— Où sont-ils passés ? a chuchoté Taylor.

On approchait de la porte quand, soudain, elle s'est ouverte.

— Bougez-vous, nous a lancé Jack.

— Comment vous avez fait pour ouvrir ?

— Demande à monsieur, m'a répondu Ostin en désignant un marin allongé sur le ventre.

— Tu l'as cogné, Jack ?

Il a acquiescé.

— Ça t'a plu ?

— Comme t'as pas idée, mon frère.

On a ensuite descendu fissa trois volées de marches en file indienne. Comme nous avait prévenus Dodds, le niveau inférieur était sombre et bruyant. La faute au rugissement continu des moteurs.

À l'autre bout de la coursive, un homme nous a pointés du doigt en poussant un cri. Ce n'était pas un marin, mais un garde.

— Il a dit quoi ? ai-je demandé.

— Pas entendu, m'a répondu Taylor.

L'autre braquait à présent une arme sur nous.

— Viens, Ostin, ai-je décidé, on va voir ce qu'il veut. Avant qu'il donne l'alarme. Vous autres, vous ne bougez pas. Taylor, par contre, tiens-toi prête à le réinitialiser.

— Pas de problème.

À mesure qu'on approchait du garde, celui-ci devenait plus livide. Soudain il s'est écrié :

— Personne n'a le droit d'emprunter l'accès poupe du niveau zéro ! Vous êtes fous ou juste débiles ?

— Ni l'un ni l'autre, ai-je répliqué. Je suis électrique.

J'ai émis une pulsation, le garde s'est effondré.

— Tu as fait des progrès, bravo, a remarqué Ostin.

On a menotté et désarmé le type. Puis on a regardé alentour. À une dizaine de mètres de nous se trouvait ce qui ressemblait à des cellules.

— C'est quoi ? ai-je lancé.

— La prison. Elle figurait sur les plans.

— Désolé, j'ai pas eu le temps de les mémoriser.

— Moi, si…

On s'est avancés vers les cellules. Deux d'entre elles étaient occupées. L'une par un garde Elgen, gisant inconscient dans une mare de sang. L'autre bourrée de monde, avec une femme suspendue par les pieds, ses longs cheveux touchant le sol.

L'espace d'un instant, on est restés là à se dévisager : Ostin et moi d'un côté, les prisonniers de l'autre. Puis un Italien d'une cinquantaine d'années, les cheveux grisonnants, s'est adressé à nous d'une voix grave :

— Vous n'êtes pas des Elgen.

— C'est clair, lui a rétorqué Ostin.

— Michael Vey ?

— Bingo.

— Et vous êtes ? ai-je demandé.

— Je suis le président Schema.

— Le président de la société Elgen, a soufflé Ostin.

— Qu'est-ce qu'il fiche dans sa propre prison ?

— C'est à cause de Hatch. Je te rappelle qu'il a pris le pouvoir.

Désignant du doigt la femme pendue par les pieds, j'ai enchaîné :

— Et elle ?

— Elle est morte, m'a annoncé Schema d'une voix bourrue mais profondément meurtrie. Elle a donné sa vie pour me sauver.

— Elle faisait partie du conseil d'administration, a ajouté une dame. Comme nous tous. Hatch nous a mis aux arrêts.

Rivant son regard au mien, Schema m'a imploré de les délivrer.

— Pourquoi devrais-je obéir ? lui ai-je répliqué. Vous êtes à votre place. Vous êtes mes ennemis autant que Hatch.

— Faux, a répliqué le président. Hatch est notre ennemi commun. Nous lui avions donné ordre de te libérer, ainsi que ta mère. Il s'est rebellé contre nous.

— C'est vrai, a insisté un homme, à l'arrière du groupe. D'où notre présence ici.

— Pas question de vous relâcher, ai-je répondu. Nous perdons notre temps. Viens, Ostin.

Je m'apprêtais à filer, quand :

— Il va nous tuer, a révélé une dame. Je t'en supplie, Michael, aie pitié de nous. Nous avons tenté de te sauver.

Quelque chose dans ses paroles m'a figé. J'ai pivoté sur mes talons.

— Que ferez-vous, si je vous libère ?

— Nous reprendrons la société des mains de Hatch, m'a assuré Schema.

— Quand on aura fait sauter ce navire, il n'existera plus, Hatch.

— Dans ce cas, je te souhaite de réussir.

J'ai interrogé Ostin du regard. Il a haussé les épaules.

— Mais s'il survit..., a poursuivi le président. Hatch est devenu trop puissant. Personne ne sait de quoi il est capable.

— Nous, si, ai-je affirmé.

— Je connais cette organisation. Je sais où se trouvent les fonds. Je connais les faiblesses des Elgen. Je peux l'arrêter. Ne me privez pas d'une revanche.

— Une revanche contre Hatch ?

— Oui. Contre Hatch.

— Ostin, tu en dis quoi ? ai-je murmuré.

— L'ennemi de mon ennemi est mon ami, a-t-il philosophé sur le même ton. En plus, ils peuvent nous fournir une diversion bien utile.

Je me suis alors retourné vers les prisonniers et leur ai annoncé :

— OK, on va vous libérer. Mais si vous nous trahissez, nous serons sans pitié. Je vous grillerai tous personnellement. Où est la clé ?

— Le garde la porte autour du cou, c'est une clé électrique, m'a informé Schema.

Ostin l'a récupérée et a ouvert la porte de la cellule. Les prisonniers sont sortis, je leur ai fait fondre leurs liens à tour de rôle. Quand j'en ai eu fini avec Schema, il m'a demandé :

— S'il te plaît, aide-moi à la décrocher.

Il parlait de la femme suspendue par les pieds.

J'ai accepté.

Le président a enlacé le corps de la femme pendant que je faisais fondre les liens qu'elle avait aux chevilles. Puis il l'a déposée délicatement par terre. Il s'est agenouillé et a murmuré :

— Je suis désolé, Judith, désolé. Il va payer pour ce qu'il a fait. (Levant vers moi des yeux humides :) Merci, Michael.

— Vous feriez mieux de ne pas traîner sur ce navire, est intervenu Ostin. Il n'en a plus pour longtemps…

J'ai récupéré le pistolet du garde, sa carte magnétique et sa ceinture-arsenal, et j'ai remis le tout au président.

— Ça peut vous être utile, ai-je précisé.

— Vous sauriez par où on peut sortir en toute sécurité ? m'a interrogé une femme.

— Suivez cette coursive ; au bout, prenez l'escalier et montez jusqu'au pont ; à bâbord, vous trouverez une corde et vous n'aurez plus qu'à descendre.

— Mais laissez-nous notre radeau, a insisté Ostin. Vous n'aurez qu'à nager jusqu'au rivage.

On s'est tous dirigés vers l'escalier de poupe ; Ostin et moi fermions la marche. Comme on approchait de la salle des machines, Jack, Taylor et McKenna ont surgi devant les ex-prisonniers, leur bloquant le passage.

— Vous croyez aller où ? les a interpellés Jack.

— On les a libérés, ai-je crié pour couvrir le boucan des moteurs.

— Désolé, je ne t'avais pas vu, a dit notre ami en s'écartant. Surtout, ne traînez pas.

Et tandis que les membres du conseil d'administration grimpaient les premières marches, j'ai lancé à mes amis :

— Finissons-en.

– 42 –

Inspection surprise

La porte de la salle des machines mesurait trois centimètres d'épaisseur et était dotée d'un grand hublot en verre donnant à ses occupants vue sur la coursive. J'ai saisi la poignée et l'ai tournée lentement. Un garde était posté près de l'entrée. Il s'est immédiatement mis face à nous, la main prête à dégainer son pistolet.

— Que faites-vous là ? nous a-t-il demandé.

Ostin s'est avancé pour lui répondre :

— Marin Liss, première classe. L'amiral nous envoie en inspection surprise.

— Je n'en ai pas été informé.

— D'où la *surprise*…

L'autre a tiqué.

— Je n'ai reçu aucun avis d'inspection.

— Vous avez visiblement du mal à saisir le concept de *surprise*.

— Vous n'êtes pas autorisés à pénétrer ici. J'alerte la sécurité.

L'homme saisissait déjà sa radio quand Taylor l'a réinitialisé. Le regard soudain vide, il scrutait son appareil comme pour tenter de se rappeler ce qu'il faisait dans sa main. Il a cligné plusieurs fois des paupières, puis s'est de nouveau adressé à nous :

— Qui êtes-vous ?

— Vous nous conduisiez auprès de l'ingénieur, ai-je glissé.

— Pardonnez-moi, je… (Toujours aussi perdu, il a fini par acquiescer :) Par ici.

La salle des machines de l'*Ampère* ne ressemblait en rien à ce que j'avais imaginé. Je n'en avais jamais vu en vrai, mis à part en photos noir et blanc celles de vieux vapeurs aux chaudières incandescentes alimentées en charbon par des hommes au visage maculé de suie. Rien à voir avec celle de l'*Ampère*, donc. Celle-ci était bien éclairée, d'autant plus lumineuse que murs et plafond étaient blancs. De gros tuyaux de chrome couraient verticalement et horizontalement sur les cloisons. Les quatre moteurs du navire, installés au milieu de la salle, les recevaient suivant différents angles. Le sol, enfin, était fait d'un placage métallique en forme de losanges pour en améliorer l'adhérence.

L'ingénieur se tenait près des contrôles. Il ne paraissait pas plus ravi de nous voir que le garde.

— Que font ces marins ici ? a-t-il lancé à celui-ci.

— C'est le Dr Hatch qui nous envoie, lui a répliqué Jack.

— L'*amiral* Hatch, l'a corrigé Ostin. Inspection surprise.

— Le protocole Elgen n'autorise pas les inspections surprises.

— Tout à fait. Surprise !

Examinant tour à tour nos uniformes, l'ingénieur a remarqué :

— Vous avez tous le même matricule... Vous n'êtes pas des Elgen.

Il s'apprêtait à dégainer son arme. Je m'apprêtais à balancer des volts. Taylor nous a devancés et l'a réinitialisé. L'homme s'est pris le front à deux mains en criant de douleur.

— Dites à vos gars de se ranger contre le mur, lui ai-je ordonné.

Il a levé les yeux vers moi, le visage encore grimaçant.

— Mais pourquoi donc ?

Petit coup d'œil à Taylor. Elle l'a de nouveau réinitialisé. Cette fois, le type a carrément hurlé, mis un genou à terre, puis s'est écroulé sur le côté. Après quoi, silence.

Ma copine s'en est trouvée aussi étonnée que nous.

— Qu'est-ce qui s'est passé ? s'est-elle interrogée.

— Je crois que tu lui as causé une rupture d'anévrisme, a estimé Ostin.

— Il est mort ? a demandé McKenna.

— On s'en moque, non ? est intervenu Jack.

À cet instant précis, deux mécanos se sont avancés vers nous. Leurs regards se sont posés sur le corps de l'ingénieur, puis sur nous.

— Qu'est-il arrivé ? a demandé l'un d'eux.

— Il s'est évanoui, lui a affirmé Ostin.

— Et vous êtes qui ?

Taylor n'a pas eu le temps de les réinitialiser que j'ai émis une impulsion qui les a scotchés tous les deux.

— Il y en a encore beaucoup ? ai-je demandé.

— J'en vois deux qui s'occupent d'un moteur, là-bas, a indiqué Taylor. Jack et moi allons les neutraliser. (Se tournant vers l'intéressé :) Prêt ?

Celui-ci a posé son sac et confirmé :

— Allons-y.

Ils se sont dirigés vers leurs cibles.

— Six membres d'équipage, a compté Ostin. Ça se tient, pour une équipe de nuit.

— Nous devons nous en débarrasser, ai-je décidé. Il y a quoi, derrière cette porte, là ?

— Les toilettes.

— OK, ça fera l'affaire.

La porte des toilettes s'ouvrait vers l'intérieur. Ostin, McKenna et moi avons transporté les corps des quatre hommes — les deux mécanos, l'ingénieur et le garde — au petit coin et les avons entassés les uns sur les autres. On terminait le boulot quand Taylor et Jack nous ont rejoints. Ce dernier traînait leurs deux victimes par les pieds.

— Mets-les là-dedans, lui ai-je dit.

Il s'est exécuté, puis j'ai refermé la porte.

— Comment va-t-on pouvoir la bloquer de l'extérieur ? a voulu savoir Taylor.

— C'est simple, a déclaré Ostin.

Aussitôt, il est retourné s'emparer du fusil du garde, à l'entrée, puis est revenu le caler sous la poignée de la porte, entre le battant et le montant.

— Ça va les retenir, nous a-t-il assuré.

— OK, ai-je embrayé, on installe les explosifs et on se casse.

— Je les mets où ? a demandé Jack.

— Peu importe, a affirmé notre génie des sciences. L'explosion sera si forte qu'elle désintégrera tout dans un rayon de soixante mètres. Mais le plus près des moteurs sera le mieux.

— Tâche surtout de bien les cacher, est intervenue ma copine. Au cas où quelqu'un passerait après notre départ.

— Derrière ce moteur, ça le fait ? a proposé Jack. Personne ne les verra.

— En plus, s'est réjoui Ostin, je crois que c'est une conduite de gasoil qu'on voit derrière.

— Cool. Et le minuteur, on le règle sur combien ? ai-je enchaîné.

— Ostin ? a fait Jack.

— Je dirais trente minutes.

— Comptons quarante, ai-je décidé. Au cas où.

— Ça marche, a opiné Jack. Je l'active. Tout le monde est prêt ?

— Quand tu veux, lui a lancé Taylor.

Jack a pressé quatre boutons. Le boîtier a émis un long bip.

— C'est parti, a confirmé Jack.

— OK, on part aussi, ai-je embrayé.

Mais tout à coup, une alarme s'est déclenchée à l'extérieur de la salle des machines. Elle résonnait à tue-tête dans la coursive.

— Qu'est-ce qui se passe ? a stressé Taylor.

— L'évasion des membres du conseil a peut-être été découverte, a suggéré Ostin.

— Ne traînons pas ici, ai-je dit.

C'est alors qu'une voix a retenti dans l'interphone fixé sous une caméra de sécurité :

— Il est trop tard, Vey.

Cette voix, je l'aurais reconnue n'importe où. C'était celle de Hatch.

– 43 –

Soixante secondes

— À quoi bon m'acharner à te rechercher partout, Vey, puisque tu ne peux pas te passer de moi ? Est-ce dû à mon charisme ? À mon magnétisme animal ?

— À votre haleine de chacal, a tranché Ostin.

— Ostin, a dit Hatch, je ne t'avais pas remarqué. Mais tu as sans doute l'habitude d'être la cinquième roue du carrosse. Je te remercie de m'offrir une nouvelle possibilité de te tuer.

— Vous savez, c'est moi qui ai trouvé le moyen de détruire votre centrale à Puerto Maldonado. Vous n'oublierez pas de me remercier pour ça aussi.

— Le gouvernement péruvien sera ravi d'entendre ta confession. Bien, je vous réexplique la situation. Vous êtes coincés au niveau inférieur d'un navire, avec pour seule issue une coursive et des minuscules passages dans lesquels Ostin aurait du mal à glisser un bras. Sans compter la bonne centaine de gardes armés qui vous attendent. Échec et mat. Vous ne pouvez pas quitter ce navire.

— Mate la coursive ! ai-je ordonné à Jack.

Il est allé regarder par le grand hublot, puis m'a confirmé :

— Il y a des gardes des deux côtés.

— Tu doutais de moi, Vey ? a repris Hatch.

— Ça vous décoiffe ?

— Tu sais combien j'aime proposer des marchés, Michael. En voici un : le temps nous presse, hélas, donc si vous acceptez de sortir de la salle des machines et de vous rendre, je vous épargnerai des souffrances inutiles en vous faisant abattre par mon peloton d'exécution.

— Super marché, ai-je ironisé. Comment refuser ?

— Tu n'auras rien de mieux. Et c'est plutôt généreux de ma part, étant donné que tu as rompu la trêve.

— J'ai rompu la trêve avec un menteur psychopathe, sadique et maléfique, oui. Ça ne m'empêche pas de dormir, vous savez…

— Je ne suis pas un psychopathe. Cela dit, tu as raison, j'ai menti. Ce que nous allons faire en réalité, c'est te ligoter, te paralyser à l'aide d'une toxine extraite du poisson-globe, puis te disséquer vivant pour découvrir ce qui fait croître ton électricité. Après quoi, nous agirons de même avec ta copine.

— Pour ça, il faudrait nous prendre vivants, ai-je objecté. N'y comptez pas trop.

— N'en sois pas si sûr. Dans un cas comme dans l'autre, vous mourrez. Mais si vous vous rendez, je laisserai votre petit copain Ostin rentrer auprès de sa chère maman.

— Il bluffe, Michael, m'a soufflé Ostin. (Puis, s'adressant à la caméra :) Vous savez quoi, Hatch ? Vous êtes la pire ordure qui ait jamais existé.

— Rappelle-moi de te trancher la langue, lui a rétorqué Hatch. Mais revenons-en à notre marché. Ostin repart libre, amputé de sa langue, et j'ajoute un bonus : nous ne torturons pas ta copine.

Je me suis tourné vers Taylor. Bien que manifestement terrifiée, elle aussi a fait non de la tête.

— Il ment, Michael.

— Tu as soixante secondes pour te décider, a repris Hatch.

Je me suis approché de la caméra de sécurité et ai balancé une boule de foudre dessus. La loupiote s'est éteinte.

— Tu viens de perdre vingt secondes.

Soixante secondes. Il était trop tard pour modifier le minuteur, mais je me suis soudain rappelé ce que Dodds nous avait expliqué concernant son déclenchement. J'ai récupéré le boîtier et suis allé parler à voix basse avec Ostin et McKenna.

— Nous devons anticiper l'explosion, leur ai-je annoncé.

— Tu veux que je produise de la chaleur ? a proposé McKenna.

— Il faudrait une chaleur très intense, a précisé notre génie des sciences.

— C'est dans mes cordes, lui a-t-elle assuré.

— Uniquement si nous n'avons pas le choix, ai-je tranché en lui remettant le boîtier.

Ostin et elle se sont assis par terre.

Je suis retourné m'adresser à l'interphone.

— J'ai un autre marché, Hatch. Si vos gardes approchent à moins de trois mètres de la salle des machines, on fait tout péter.

— Voilà ce qui s'appelle une impasse ! a claironné Ostin.

Une pause, puis Hatch a repris la parole :

— Joli bluff, mais vous n'avez pas d'explosifs.

— Oh que si, raclure. Pourquoi serions-nous venus, sinon pour couler votre rafiot ?

Nouvelle pause.

— Admettons. Je ne pense pas que vous oserez les faire détoner.

— Vous me connaissez pourtant mieux que ça. Je me suis bien payé votre tête quand vous menaciez de me donner à manger à vos rats. Vous croyez vraiment que j'ai peur de mourir ?

— Non. En fait, si j'étais toi, je me serais déjà suicidé. En revanche, je doute que tu aies le courage de tuer tes amis.

— Réfléchissez un peu, cul de babouin ! est intervenu Ostin. C'est la seule option logique que vous nous laissiez. Soit on meurt lentement sous la torture et sous vos moqueries, soit on meurt rapidement, en sauvant le monde et en vous emportant avec nous. Ça n'est pas trop dur à comprendre, même pour vous.

Hatch est resté sans réaction.

Mais il n'avait pas forcément tort. Je n'étais pas sûr d'avoir le courage nécessaire. Je me savais incapable d'entraîner mes amis là-dedans. J'ai interrogé Taylor du regard. Elle tremblait.

— Tu en dis quoi ?

— Ostin a raison. Hatch nous tuera quoi qu'il arrive.

— McKenna ?

Elle a dégluti, puis déclaré :

— J'attends ton signal.

Je me suis tourné vers Jack.

— Faisons en sorte de ne pas mourir pour rien, a-t-il affirmé.

J'ai pris une grande inspiration.

— OK. McKenna, à mon signal…

— Que décides-tu ? m'a relancé Hatch.

— Nous sommes unanimes : venez nous choper !

Taylor m'a empoigné la main. Quelques instants plus tard, je demandais à Jack, qui montait la garde à la porte :

— Qu'est-ce qui se passe ?

— Personne ne bouge.

— La porte est bien fermée à clé ?

— Oui.

— Préviens-nous quand ils seront à moins de trois mètres.

— Ils cherchent sûrement un moyen de nous empoisonner via les conduites d'aération, a estimé Ostin.

Du doigt, j'ai montré l'interphone.

— Je n'y avais pas songé, est intervenu Hatch. Merci pour l'idée.

— Désolé…, a bredouillé Ostin.

— Jack, ai-je repris, tu me dis quand.

Il a acquiescé.

— Bon, on fait quoi ? s'est impatientée Taylor.

— On attend, lui ai-je répondu.

Sur ce, je l'ai prise par la main et on est allés s'asseoir à côté d'Ostin et de McKenna. J'ai passé les doigts dans mes cheveux, puis ai soufflé :

— Je pense qu'Abigail avait raison, finalement.

— Ça, non, m'a rétorqué ma copine. On va faire sauter ce navire, et le monde sera plus sûr.

Tout à coup, une pensée m'est venue.

— Je le crois pas…

— Quoi ?

— Quand j'étais dans la jungle, le chef des Amacarra a vu tout ça. Il m'a dit que, sur l'eau, un choix se présenterait à moi. Qu'il me faudrait choisir entre les vies de quelques êtres chers et celles d'une foule d'inconnus. J'ai l'impression qu'il connaissait déjà notre destin. (J'ai pris une grande inspiration.) Bon, dis-moi, comment veux-tu occuper les dix dernières minutes de nos vies ?

– 44 –

L'au revoir

I ls arrivent ! Ils sont à dix mètres ! nous a prévenus Jack.

— Prête ? ai-je lancé à McKenna.

L'air effrayé, elle a pourtant acquiescé.

Je me suis tourné vers Ostin. Lui aussi, je lisais la peur dans ses yeux. Malgré celle que j'éprouvais, j'avais envie de le réconforter.

— Au moins, ai-je estimé, on ne sentira sans doute rien.

— Je confirme, m'a-t-il répliqué, très stoïque. Les explosifs à base de nitrate d'ammonium peuvent atteindre des températures supérieures à deux mille degrés en 0,002 seconde. On sera réduits en cendres avant que la douleur ait atteint notre cerveau.

— C'est bon à savoir, l'ai-je remercié en posant la main sur son épaule. C'est bien qu'on soit ensemble, aussi. Moi ça me fait plaisir.

— À moi aussi. N'empêche, à choisir, je préférerais quand même une séance de danse tradi.

Malgré la peur, j'ai souri. Ostin m'a rendu mon sourire. J'ai inspiré à fond puis me suis retourné vers Taylor. Les larmes aux yeux, elle m'a demandé :

— Tu sais ce que je déteste le plus, dans toute cette histoire ?

— La mort ?

— À part ça, je veux dire. Je déteste l'idée que mes parents n'apprennent jamais ce qui m'est arrivé.

— Jaime le leur dira. Il me l'a promis.

— C'est bien. Je sais qu'on n'a que seize ans, mais je tenais à ce que tu saches que... je me serais mariée avec toi.

La main sur sa joue, je lui ai assuré :

— Je t'aurais demandée en mariage.

— Six mètres ! a lancé Jack.

Taylor a soupiré tout doucement et appuyé sa joue contre la mienne.

— Tu n'as pas de tics..., a-t-elle observé. Pourquoi ?

— Aucune idée. Peut-être parce qu'on n'a plus à s'inquiéter.

McKenna disait à Ostin :

— Éloigne-toi de moi. Je vais devenir incandescente.

— Pas grave. Je vais mourir, de toute façon.

— Tu vas souffrir.

— Mais ça ne durera pas.

— Quatre mètres ! a crié Jack. On arrive, Wade.

J'ai attiré Taylor contre moi.

— Trois mètres ! Envoie la sauce, McKenna !

Elle a inspiré à fond, puis a dit au revoir à Ostin. Ensuite, elle a fermé les yeux, sa peau a commencé à rougir.

Avec Taylor, on s'est enlacés encore plus fort.

— Je suis morte de trouille, a glissé ma copine.

— Je suis là, l'ai-je rassurée.

— Je t'aime, Michael.

C'est alors qu'on a entendu l'explosion.

– 45 –

Onde de choc

L'onde de choc a secoué l'*Ampère*. J'ai d'abord cru que la détonation massive provenait de nos explosifs, et puis je me suis rendu compte qu'on était toujours vivants et j'ai compris qu'il avait dû arriver quelque chose.

— La vache ! s'est écrié Jack. C'était quoi, ça ?

Des sirènes se sont mises à hurler sur le pont.

Ostin s'est précipité vers un hublot pour voir à l'extérieur.

— C'est le *Watt* ! a-t-il claironné.

J'ai couru voir par moi-même.

À la lueur des incendies, j'ai découvert que le pont du *Watt* avait presque entièrement explosé et que des flammes et de la fumée s'élevaient dans le ciel nocturne. Ce qui restait du navire disparaissait dans la mer.

— Il coule, ai-je commenté.

— Michael, tu brilles, m'a interpellé Taylor.

En effet, ma peau luisait d'un blanc pâle, et l'électricité crépitait entre mes jambes, entre mes bras, entre mes doigts.

— Je fais quoi, pour la bombe ? a demandé McKenna.

— Attends, lui ai-je ordonné. Jack, où sont les gardes ?

— Par terre, pour la plupart !

Soudain, un méga-éclair a fusé dans la coursive, devant la porte de la salle des machines, et illuminé tout l'intérieur. Puis il y en a eu un second.

— La coursive est libre ! a annoncé Jack. Les gardes sont *kaputt*.

Tout à coup, quelqu'un a cogné à la porte. Le visage de Tessa est apparu devant le hublot.

— Bougez-vous, bande de limaces ! nous a-t-elle crié. On se casse !

Jack a ouvert la porte.

— Mais tu sors d'où ?

— D'un endroit vachement plus cool qu'ici.

C'est ensuite Zeus qui a passé la tête à la porte.

— Sympas, les uniformes de marin, a-t-il rigolé.

— Vous êtes revenus ? ai-je dit, sous le choc.

— Tu croyais qu'on allait vous laisser profiter de la fiesta tout seuls ? Venez, on file.

— Une minute, l'ai-je retenu. McKenna, combien de temps avant que la bombe n'explose ?

— Dix-huit minutes et douze secondes.

— Il faut la dissimuler !

— Je m'en charge, a décidé Ostin.

Aussitôt, il est allé cacher le sac tout au fond de la salle, derrière un moteur.

À l'extérieur de la salle des machines, une poignée de gardes se rassemblaient.

— Tessa ! ai-je appelé. Un petit coup de main !

— J'arrive.

— C'est bon, je gère, a affirmé Taylor.

Je me suis retourné vers les gardes : ils regardaient chacun dans une direction différente. Je leur ai balancé une boule de foudre grosse comme une pastèque : ça les a dégommés comme des quilles au bowling.

— *Vámonos !* a crié Tessa.

On les a suivis, Zeus et elle, jusqu'à l'escalier de secours menant au pont. Celui-ci grouillait de marins que l'explosion du *Watt* avait réveillés et qui avaient accouru voir ce qui se passait. Entre l'obscurité et la pagaille, on est passés pratiquement inaperçus, et Zeus et moi avons tranquillement géré les rares qui nous ont repérés. Bref, on a foncé retrouver notre corde accrochée à la rambarde.

— Je déteste l'eau, a râlé Zeus en regardant par-dessus bord.

— L'un d'entre nous devrait descendre voir si le canot est toujours là, ai-je suggéré.

— On est venus en hors-bord, a annoncé Tessa.

— Je passe la première, a décidé McKenna. Je m'illumine si tout va bien.

À ces mots, elle a empoigné la corde et s'est enfoncée dans le noir. Quelques instants plus tard, nous apercevions une lueur.

— C'est bon, a crié Jack. On y va !

Zeus a rejoint McKenna, suivi par Tessa, Ostin et Jack. Taylor et moi restions les derniers sur le pont.

— À ton tour, ai-je dit à ma copine.

— Non. Pas question de risquer encore que tu me fasses faux bond.

On n'avait pas le temps de discuter : j'ai enjambé la rambarde, saisi la corde à deux mains et descendu quelques mètres. Là, relevant la tête, j'ai lancé :

— Taylor, tu viens ?

Elle a aussitôt empoigné la rambarde, et basculait par-dessus quand quelqu'un l'a agrippée. Un garde Elgen. Elle a bien tenté de le réinitialiser, mais il portait un casque en cuivre.

— Je te tiens, a grondé le type.

— Prends ça, ai-je craché en lui décochant une boule électrique qui l'a frappé en plein casque.

L'électricité a crépité et grésillé sur sa tête, puis il est tombé la tête la première, inconscient. Ce faisant, il a lâché Taylor, qui a chuté dans le vide.

— Michael ! a-t-elle hurlé.

Je me suis jeté vers elle et l'ai attrapée au vol… Nous tombions à présent en chute libre tous les deux. J'ai alors tendu la main vers l'*Ampère* et activé mon magnétisme, qui nous a propulsés contre la coque. J'ai accentué mon effort jusqu'à ce que notre glissade s'achève à six mètres des vagues. En dessous de nous, un hors-bord tournait au ralenti : tous nos amis attendaient à bord, et Jaime tenait le volant.

— Trop cool, ai-je entendu Ostin commenter.

— Je crois que mon cœur a cessé de battre, a frémi Taylor.

— Plus vite ! nous a interpellés Jack. On n'a plus que quatre minutes pour filer !

Taylor s'est laissée glisser le long de la corde jusqu'à ce que Jack puisse l'aider à monter dans le hors-bord. Après quoi j'ai diminué mon magnétisme pour la rejoindre. Quand on a tous été sains et saufs dans l'embarcation, Jack a crié à Jaime :

— On est bons ! Go, go, go !

— Cramponnez-vous ! nous a prévenus notre pilote.

Sur ce, il a mis les gaz, et le hors-bord a bondi en direction du large. Quelques instants plus tard, l'*Ampère* n'apparaissait plus que comme un modèle réduit à l'horizon.

Petit coup d'œil dans le hors-bord. Tout le monde était là, sauf Abigail. J'ai adressé un sourire à Ian.

— Michael, mon pote, m'a-t-il lancé, t'es un crack, pour t'attirer des emmerdes.

— Et toi un champion pour m'en extirper, lui ai-je répliqué.

— Trente secondes, a annoncé Jack.

Jaime a stoppé le hors-bord. On s'est tous tournés vers l'*Ampère* pour assister à l'explosion. Jack a entamé le compte à rebours, on s'est joints à lui :

— Dix, neuf, huit, sept, six, cinq, quatre, trois, deux, un...

Rien.

— Il a pas sauté, a commenté Jack.

— Tu t'es gouré avec le minuteur ? lui a demandé Ostin.

— J'ai tout fait comme Dodds m'avait dit. Tu as vu l'écran toi-même, les secondes défilaient.

— Les Elgen l'ont peut-être désamorcé, a avancé Taylor.

C'est alors qu'une gigantesque explosion s'est produite. Malgré la distance, le bruit m'a fait bourdonner les oreilles. L'écho s'est propagé à travers toute la baie, et des tonnes de débris sont retombés en pluie dans la mer et sur le rivage. Le ciel a viré au jaune orangé quand une gigantesque boule de feu a avalé l'*Ampère*. Il y a encore eu deux explosions – la dernière encore plus importante que la toute première –, après quoi le navire s'est brisé en deux et a coulé.

— On a réussi ! a triomphé Taylor.

— *Veni, vidi, vici !* On est venus, on a vu, et on a pulvérisé Hatch ! (Brandissant le poing vers le yacht, Ostin a continué à vider son sac :) T'es plus que de la pâtée pour requins, maintenant, Hatch. Sale maboul dégénéré. De la pâtée pour requins !

Sur ce, à bout de souffle, il s'est tourné vers moi et m'a confié :

— Purée, je le détestais, ce type.

– 46 –

Révélations et retrouvailles

J aime est resté plusieurs minutes à scruter l'épave en flammes de l'*Ampère*, comme en transe. Notre hors-bord s'est mis à tanguer plus fort quand les vagues provoquées par l'onde de choc de l'explosion l'ont atteint. Les premières lueurs de l'aube éclairaient déjà le ciel indigo. Se découpant sur l'horizon, les flammes rouge orangé et les cendres scintillantes du yacht faisaient un spectacle étrangement sublime.

Tout à coup, Jaime a déclaré :

— Vous avez réussi, *hermanos*. Et maintenant, tâchons de filer avant que les *guardacostas* n'arrivent.

— Dodds nous attend sur le rivage, à plus d'un kilomètre vers le nord, est intervenu Ian.

— Tu connais Dodds ? me suis-je étonné.

— À ton avis, comment on a fait pour vous rejoindre ?

— Accrochez-vous ! nous a recommandé Jaime en remettant les gaz.

Le hors-bord a de nouveau bondi de crête en crête. Je me suis tourné vers Zeus. Il portait un sweat à capuche et s'était emmitouflé dans plusieurs couvertures, assis près de l'avant de l'embarcation. Pour lui, les embruns pourtant rafraîchissants de l'océan étaient dangereux, et les vagues auraient tout aussi bien pu être de l'acide. Je ne pouvais m'empêcher de le trouver courageux.

— Qu'est-il arrivé au *Watt* ? ai-je ensuite demandé.

— Zeus l'a dégommé, m'a répondu Tessa. Depuis le pont de l'*Ampère*.

— Un pur coup de bol, a précisé l'intéressé. Les Elgen étaient en train de charger des torpilles, j'ai pas pu résister. Mais bon, j'aurais pas cru que ça péterait comme ça.

Taylor a rigolé.

— Ça, pour péter, ça a pété.

— T'as tout déchiré, mec, l'a félicité Jack.

Il a voulu lui taper dans la main, mais Zeus s'est immédiatement reculé.

— Désolé, vieux, t'as les mains mouillées.

— Pas fait gaffe, pardon…

Sur ce, il s'est essuyé à son tee-shirt et ils ont pu *checker*.

Dix minutes plus tard, Jaime obliquait vers le rivage, qui apparaissait à présent dans le petit matin. Alors qu'on approchait du quai, j'ai aperçu au loin le monospace blanc et deux silhouettes appuyées contre.

— Qui est-ce, à côté de Dodds ? ai-je voulu savoir.

— Abi, m'a répondu Ian.

— Elle est revenue aussi ?

— C'était son plan. Mais on y pensait tous. Aucun de nous ne supportait l'idée de vous laisser finir le boulot tout seuls. On a essayé de vous contacter par radio le jour même de notre atterrissage, mais la communication ne passait pas.

— C'est parce qu'on a été démasqués, lui a révélé Ostin. On a perdu le contact radio.

— Donc, vous étiez aux États-Unis ? ai-je repris.

— Juste un jour, oui.

— Quelques heures, en fait, a nuancé Tessa.

— Et vous avez rencontré la voix ?

— Non. Par contre, j'ai vu ta mère, m'a annoncé Ian.

— Sérieux ?

— Elle m'a serré dans ses bras. Elle avait l'air en forme. Sans doute parce qu'elle ne se nourrissait plus de biscuits au rat. Elle m'a demandé de te dire qu'elle t'aime et d'être prudent. Je ne lui ai pas précisé que tu prévoyais de faire sauter le vaisseau amiral des Elgen.

— T'as bien fait.

— C'est ce que je me suis dit. Et, Ostin, j'ai aussi rencontré tes parents.

— Tu les as vus ? s'est étranglé mon ami en écarquillant les yeux.

— Oui. Ils étaient très fiers de toi. Ta mère a dit un truc du genre : « J'ai toujours su qu'il marquerait le monde. »

— Excellent. (Il avait un sourire banane aux lèvres.) Carrément excellent.

Au moment d'accoster, on voyait distinctement deux colonnes de fumée noire s'élever au-dessus du port, à un kilomètre vers le sud. Dodds et Abigail sont venus à notre rencontre. Angoissée, elle comptait les occupants du hors-bord.

— Jack, tu veux bien leur lancer les amarres ? a réclamé Jaime.

— Ça marche.

Dodds a saisi la corde au vol, a attiré notre embarcation vers le quai, puis a enroulé l'amarre autour d'un taquet. Ensuite de quoi il s'est redressé et a tendu les bras vers nous.

— Le retour des héros, a-t-il triomphé.

— Vous êtes tous là, a soufflé Abigail.

— On a bien pensé à mourir, a dit Tessa avec un sourire, mais aucun de nous ne voulait louper l'*after*.

Jack a débarqué le premier et nous a tous aidés à regagner la terre ferme. Taylor et moi fermions la marche.

— Michael Vey, m'a interpellé Dodds, ton Électro-clan s'est montré à la hauteur de sa réputation.

— On a survécu, ai-je déclaré.

— Je m'en félicite.

On s'est donné l'accolade, puis le Sud-Africain a laissé la place à Abigail.

— Bienvenue parmi nous, a dit celle-ci.

— À toi aussi, lui ai-je rétorqué. Qu'est-ce qui t'a convaincue de revenir ?

— Un truc que tu m'avais dit.

— Quel truc ?

— De ne pas regretter ma décision. C'était impossible. Si quelque chose vous était arrivé, je l'aurais regretté jusqu'à mon dernier jour. (Me serrant dans ses bras, elle a ajouté :) Tu as bien fait de rester. Mais surtout, je me réjouis que tu sois sain et sauf.

Quand on s'est séparés, Taylor est venue lui faire un câlin à son tour.

— Vous nous avez sauvé la vie.

— Ça en valait la peine…

Le retour à la villa de Miraflores a été joyeux, dans le monospace bondé : Taylor et Abigail avaient pris place sur nos genoux. Quand on s'est engagés dans l'allée bordée de palmiers, j'ai été subjugué par la beauté environnante. Je me suis rappelé notre départ, quand je me demandais si je reverrais un jour ce décor.

Jaime s'est garé devant la villa, on est tous descendus.

— J'en ai ma claque de ce costume de clown, a déclaré Ostin en déboutonnant sa chemise de marin. Dodds, où sont mes habits ?

— Je les ai rangés dans le sac qui contenait ton uniforme.

— Je crois que je vais le conserver en souvenir.

— Moi, le mien, je vais le brûler, a décidé Taylor.

— On en a déjà brûlé pas mal, sur le yacht, a observé Zeus.

Cette idée ne me réjouissait pas. On avait coulé un navire. Je ne tenais pas à penser à tous les gens qui se trouvaient à bord – même s'ils étaient aux ordres de Hatch.

Taylor m'a pris par la main ; à son regard, j'ai su qu'elle comprenait.

Quand on a tous été rentrés dans la villa, Jaime a annoncé :

— Dans quelques instants, M. Dodds et moi-même partirons pour Lima, afin de faire le point sur les activités des Elgen et la réaction du gouvernement.

— Nous organiserons également votre rapatriement, a ajouté le Sud-Africain.

Bientôt chez nous… Je n'étais pas sûr qu'un tel endroit existe encore, mais la pensée était réconfortante.

— Un jour, le monde apprendra peut-être ce qui s'est produit ici, aujourd'hui, a enchaîné Dodds. Mais en attendant, nous sommes très fiers de vous. Tâchez à présent de vous reposer. Vous l'avez mérité.

— Ce soir, a repris Jaime, nous organisons une grande fiesta pour célébrer nos héros. Nous profiterons de notre passage à Lima pour acheter à manger. Quelque chose vous ferait envie ?

— Moi, de l'Inca Kola, ai-je immédiatement réclamé. *Muy* frais.

— *Sí*, Kola.

— Et des grenadelles, ai-je ajouté.

— Ce fruit tout dégueu qu'on a découvert dans la jungle ? a grimacé Tessa.

— J'y ai pris goût…

— Moi aussi, j'aurais une commission à vous confier, est intervenue Taylor.

Elle est allée chuchoter trois mots à l'oreille de Jaime. Celui-ci a acquiescé en souriant.

— *Sí, señorita.* (Puis, à Dodds :) *Vámonos.*

Les deux hommes sont repartis. Taylor est revenue me prendre par la main.

— Tu lui as demandé quoi, à Jaime ? l'ai-je interrogée.

— Des trucs… (Rivant son regard au mien, elle m'a demandé :) Je peux te parler ? Seul à seul.

Le ton grave de sa voix m'inquiétait.

— Bien sûr, ai-je acquiescé.

On s'est isolés dans une chambre. Taylor avait l'air un peu mal à l'aise.

— Je voulais te reparler de ce que j'ai dit dans la salle des machines… les dernières secondes, quand on pensait qu'on allait mourir.

— C'est rien, lui ai-je assuré en fronçant les sourcils. Je comprends. On dit toujours des trucs bizarres quand on a peur.

— Je pensais chaque mot.

On est restés cinq secondes à se regarder, puis je me suis aperçu que je souriais jusqu'aux oreilles.

— Moi aussi, ai-je avoué. Et un jour, je tiendrai parole.

Taylor m'a gratifié à son tour d'un magnifique sourire avant de conclure :

— J'attendrai.

– 47 –

Une ultime fiesta

Taylor et moi avons dormi jusqu'en fin d'après-midi. À notre réveil, on a discuté un long moment avant d'entendre le monospace qui revenait. On entrait dans le salon au moment où Dodds a ouvert la porte de la villa. Jaime le suivait ; il tenait une jeune Péruvienne par la main.

— Qui est-ce ? a demandé Taylor à Dodds.

— Roxanna est une amie de Jaime. Elle va nous aider à préparer le festin de ce soir.

— Vous avez appris des choses, à propos des Elgen ? ai-je embrayé.

— Oui, a grimacé le Sud-Africain. Beaucoup.

— Des bonnes, ou des mauvaises ?

— Les deux. Nous en parlerons après le dîner.

— Tout à fait, est intervenu Jaime. Nous parlerons après le dîner. Pas maintenant. Maintenant, c'est la fiesta.

— Vous avez pensé à ce que j'avais demandé ? l'a questionné Taylor.

— Bien sûr, *señorita*. Ta surprise.

— Ta surprise ? ai-je répété en interrogeant ma copine du regard.

— Une dernière mission à remplir, a acquiescé celle-ci.

Jaime et Roxanna ont travaillé près de trois heures pour nous préparer un festin. La villa embaumait de mille arômes. La table de la salle à manger croulait sous les spécialités péruviennes colorées, que Jaime nous présentait tour à tour.

— Bienvenue, mes amis. Nous vous avons concocté une *kalea mixta*, un plateau de fruits de mer frits : crevettes, calmars, moules, mais aussi du poisson, des tiges de yucca frites, du *tacu tacu*, un steak accompagné d'un cake aux haricots, et enfin un *ají de gallina*, du poulet avec une sauce épicée.

On a tous applaudi.

— Trop fort ! s'est écrié Ostin.

— Et je vous demande de remercier tout particulièrement mon amie Roxanna. Elle ne parle pas votre langue, mais sans elle nous ne festoierions pas ce soir.

— Roxanna, tu déchires ! s'est lâché notre génie des sciences.

Nous l'avons applaudie. Timide, elle s'est inclinée et a prononcé « Merci ».

Jaime a ensuite mis de la musique péruvienne festive, on a pris des assiettes et on a commencé à manger. Pendant toute la fiesta, j'ai gardé un œil sur Jack, assis à l'écart. À un moment, Abigail est allée s'installer près de lui. Je n'ai pas entendu ce qu'il lui a dit, mais ça a paru la perturber, et elle a préféré partir tenir compagnie à Zeus et Tessa. Comme si, la peur et le danger désormais derrière nous, Jack déprimait à nouveau à cause de Wade. Ou bien il éprouvait la culpabilité des survivants.

Bref, quand il a eu fini de manger, il s'est levé pour nous quitter.

Taylor m'a soufflé :

— C'est le moment.

Et elle s'est levée à son tour. Comme elle se dirigeait vers la cuisine, j'ai interpellé Jack.

— Quoi ? m'a-t-il répondu.

— Tu vas où ?

— Me coucher. J'ai plus faim.

— Et le dessert ?

— Je suis pas trop desserts, moi.

— Non, mais celui-là, il est juste pour toi.

Tous les regards se sont tournés vers nous. Jaime a arrêté la musique ; McKenna a éteint les lumières puis disparu dans la cuisine avec Taylor.

— Vous nous faites quoi, là ? a demandé Jack.

Taylor est ressortie de la cuisine, un gâteau orné de dix-sept bougies dans les mains. Elle s'est mise à chanter, d'abord seule, puis accompagnée par nous tous. « Joyeux anniversaire, Wade. »

Jack en est resté muet.

La chanson terminée, Taylor lui a demandé s'il souhaitait souffler les bougies.

Notre ami a hésité un instant, puis il l'a fait. On l'a tous applaudi. McKenna a ensuite rallumé les lumières.

Je suis allé me placer à côté de Taylor, en bout de table, et j'ai pris la parole :

— En cette journée si particulière, j'ai une annonce particulière à faire.

Taylor m'a remis un rouleau de parchemin noué d'un ruban argenté. Je l'ai déroulé. Puis, de ma voix la plus digne, j'ai déclaré :

— Par les pouvoirs qui me sont conférés en tant que président de l'Électroclan, je remets par le présent document notre plus haute distinction, la Médaille de la Bravoure, à Wade West, pour son courage, sa loyauté et son dévouement au combat. Jack, en ta qualité de mentor, meilleur ami et frère, nous estimons juste que tu acceptes cet honneur en son nom.

Jack m'a pris le document des mains. Il l'a parcouru des yeux puis m'a demandé s'il pouvait ajouter quelques mots. Je l'y ai invité et me suis reculé.

— Je ne sais pas si vous l'avez si bien connu que ça, Wade. Mais c'était le genre de mecs dont on se dit qu'ils ne sont pas très ouverts. Il ne faisait pas confiance à grand monde. Ça n'était pas sa faute. Les gens qui auraient dû prendre soin de lui l'ont abandonné. (Submergé par l'émotion, Jack s'est interrompu un instant.) Moi je l'aimais. Je ne l'ai pas toujours très bien traité. Mais je l'ai toujours aimé. Ce qui me fait le plus mal, c'est de ne pas le lui avoir dit. Ni de l'avoir mieux traité. J'ai fini.

Le silence a envahi la salle à manger. Puis Taylor s'est avancée. Elle tenait à la main un autre papier.

— Moi aussi, j'aimerais dire quelque chose. *Lire* quelque chose, en fait. (Levant sa feuille, elle a annoncé :) Ceci est daté du 21 janvier 2011.

Elle s'est éclairci la voix, puis a lu :

Aujourd'hui encore, ma grand-mère m'a frappé. Une bonne centaine de fois, avec une cuillère en bois, et puis après avec une raquette de tennis. J'ai des coupures et des bleus partout. J'ai beaucoup de mal à me retenir de lui mettre un pain, mais je sais qu'elle me fera jeter en taule si je la cogne. La dernière fois que je lui ai tenu tête, elle a appelé les flics, et quand ils sont venus elle leur a joué la comédie de la gentille mémé martyrisée par un jeune délinquant. Forcément, ils ont pris sa défense. Quand on a un casier, les flics ne cherchent même plus. Chaque fois que j'essayais d'en placer une, ils me disaient de la boucler. L'un d'eux m'a même menacé avec son Taser. Il y a des jours où j'ai l'impression que ce monde de merde est tout entier contre moi et j'ai envie de laisser tomber.

Et puis je pense à mon meilleur ami, Jack. Lui non plus, il n'a pas la belle vie. Son vieux est un poivrot, sa mère s'est barrée et un de ses frères est en cabane à cause de la drogue. Mais Jack, lui, il baisse jamais les bras et il se plaint jamais. Il va de l'avant. C'est un guerrier. Un guerrier comme j'aimerais être un jour. Sans lui, il y a sans doute longtemps que je me serais buté. Je sais que Jack ne lira jamais tout ça, mais s'il le lisait, je lui dirais : « Je t'aime, mec. »

Taylor a relevé les yeux.

Jack pleurait. Lorsqu'il a été en état de parler, il a demandé :

— Où as-tu trouvé ça ?

— C'est grâce à Jaime, lui a expliqué ma copine. La voix avait effectué des recherches sur chacun de nous. Tu l'ignorais sans doute, mais Wade tenait un blog. Il devait penser que, s'il partageait ses sentiments avec toi, il ne passerait pas pour un vrai guerrier à tes yeux.

Abigail s'est approchée de Jack, et cette fois il ne l'a pas repoussée. Cette fois la digue a cédé. Il est tombé à genoux, secoué de sanglots.

— Mon cœur est brisé, bredouillait-il. Juste brisé.

Abigail l'a enlacé et l'a serré fort.

— Je sais. Mais tu vas remonter la pente. On va tous t'y aider. Tous.

– 48 –

Les voix et le dragon de jade

Un bon quart d'heure s'est écoulé avant que Dodds prenne la parole. L'émotion était encore palpable dans la salle. Toujours dans les bras d'Abigail, Jack avait cessé de pleurer.

— Cette soirée est vraiment très spéciale, a commencé le Sud-Africain. Je vous présente mes condoléances à tous. En particulier à toi, Jack. J'aimerais vous annoncer tout cela plus tard, mais le temps presse.

» Comme vous le savez, Jaime et moi revenons de Lima. Nous sommes retournés le plus près possible du quai où vous avez embarqué sur le bateau de pêche. Et nous avons eu confirmation de ce que nous redoutions. Le gouvernement a attribué les attaques de la nuit dernière aux terroristes américains. Les Péruviens ont mis vos têtes à prix deux millions cinq cent mille nouveaux sols, soit environ un million de dollars. Cela vaut aussi pour Jack et Ostin.

» Dans un pays où plus d'un tiers de la population gagne moins d'un dollar par jour, cela fait de vous des cibles alléchantes. Nous devons donc vous faire quitter le Pérou au plus vite. Notre jet sera là demain matin. (Un bref regard adressé à Jaime, puis Dodds a lentement expiré, comme exaspéré.) Autre mauvaise nouvelle : Hatch est toujours en vie.

Ça nous a coupé la chique.

— Quoi ? me suis-je étranglé.

— Son service de sécurité l'a évacué sitôt que le *Watt* a explosé.

On restait tous muets, sous le choc. Zeus a fini par demander :

— Vous voulez dire que je lui ai sauvé la vie ?

— Indirectement, oui, a confirmé Dodds.

— Purée, j'ai bien merdé.

— Pas du tout, l'ai-je contré. Si tu n'avais pas fait sauter le *Watt*, nous serions tous morts.

— Nous avons ralenti Hatch, a repris Dodds. Nous avons offert à Tuvalu la possibilité de réagir à la menace Elgen. Vous avez délivré le président Schema ainsi que le conseil d'administration. Nous ignorons ce qu'il en adviendra. Toujours est-il que Schema n'est pas stupide. Il va affronter Hatch pour reprendre le contrôle de la société. De deux maux, c'est sans doute le moindre, nous verrons bien. Schema recherche les profits, pas les conquêtes. Nous pourrons nous en accommoder.

» Michael, ce soir, Taylor et toi, vous nous avez offert une belle surprise. Nous t'en avons réservé une, nous aussi.

Jaime a alors quitté la salle à manger, puis est revenu avec la radio. Il a installé l'appareil sur la table et m'a fait signe d'approcher.

— Nous ne pouvons pas rester en contact long-temps, a expliqué Dodds. Mais une certaine personne souhaiterait te parler.

Jaime a monté le volume. Quelques secondes de para-sites, puis une voix a prononcé :

— Michael ? Tu es là ?

— Maman !

— Comment vas-tu, mon grand ?

— Bien. Je vais super bien.

— Tu me manques énormément. J'ai appris que tu allais rentrer. J'ai hâte de te revoir.

— Moi aussi.

— J'ai tellement de choses à te dire. Des choses dont je ne peux pas parler à la radio. (Une pause, puis :) Oh, Michael. Je suis tellement fière de toi. Je t'aime.

— Je t'aime aussi, maman.

— Apparemment il faut que je te laisse… mais est-ce qu'Ostin est près de toi ?

— Je suis là, madame Vey, est intervenu mon ami.

— J'ai avec moi des gens qui voudraient te dire bonsoir.

Une autre voix féminine a pris le relais :

— Allô ? Comment ça fonctionne, cet appareil ? Il m'entend, là ?

— Parle-lui, Ruth.

— Tu es sûr ? Ostin ? Tu es là ?

— Maman ! Papa !

— Tu es là, a soufflé Mme Liss.

— Comment vas-tu, fiston ? a enchaîné son mari.

— Je vais bien. Tout le monde va bien.

— Qu'est-ce qu'on est soulagés, a repris la mère d'Ostin. Tu sais comme j'ai tendance à m'inquiéter.

— Nous sommes fiers de toi, Ostin, a dit M. Liss. Et nous te disons à bientôt.

— Nous ne savons pas où tu te trouves, a encore glissé Mme Liss, mais sois prudent. Et n'oublie pas de te brosser les dents. La gingivite frappe toujours sans prévenir.

— La gingivite ? a répété McKenna rien qu'en bougeant les lèvres.

Ostin a rougi, puis a salué ses parents.

L'espace d'un instant, la radio est restée muette. Alors une autre voix a retenti. *La* voix.

— Mes félicitations, l'Électroclan. Vous me surprendrez toujours. Nous avons tous hâte de vous revoir. (Une pause.) Je souhaiterais partager avec vous les derniers développements concernant notre cause.

» Nous avons appris l'existence d'une jeune Chinoise de la province du Guangdong. Elle a neuf ans et se nomme Lin YuLong. Dans notre langue, cela se traduit par *dragon de jade*. Lin YuLong est une enfant prodige. Son QI de 182 est supérieur à celui d'Einstein.

— Au mien aussi, a grommelé Ostin.

— Il y a de cela deux semaines, elle a commencé à poster sur son blog une thèse traitant d'une expérience à laquelle elle travaillait. Son titre : « Transfert et électrification théoriques du système nerveux de l'homme ».

— Pour moi, c'est du chinois, a ironisé ma copine.

— Alors je traduis, a continué la voix. Lin YuLong a compris comment fonctionne l'IEM, et pourquoi cette machine vous a rendus électriques vous, et aucun autre enfant.

— C'est ce que Hatch recherche depuis toutes ces années, a observé Ostin.

— Exact. Et il semblerait qu'il l'ait découvert. Lorsque nous avons trouvé ce blog, le dernier post datait de neuf jours. YuLong a été kidnappée voilà trois jours.

— Je vois où vous voulez en venir..., a déclaré Ostin.

— Je n'en doute pas. L'objectif de Hatch a toujours été de « produire » et de contrôler des centaines de milliers d'enfants électriques. S'il y parvient, c'est la fin.

— Et donc... ? ai-je demandé en pressant la voix.

— Nous pensons que les Elgen retiennent YuLong dans leur centrale Starxource de Taïwan, où ils attendent l'arrivée de leur navire scientifique, le *Volta*, à bord duquel ils comptent faire travailler la fillette. Nous ne pouvons les laisser faire.

— Vous nous demandez de partir la délivrer à Taïwan ? ai-je voulu clarifier.

— Après tout ce que vous venez d'endurer, je sais que c'est beaucoup demander. Mais vous êtes notre meilleur espoir.

J'ai parcouru la salle du regard. Personne ne réagissait. Puis Jack a fini par dire :

— J'en suis.

— On ne vit qu'une fois, a philosophé Zeus. J'en suis aussi.

— Pareil pour moi, a affirmé Ian.

— OK, a soufflé Tessa. Vous êtes tous barges, mais je vous suis.

— Moi aussi, a glissé McKenna. Vous aurez besoin de moi. Je suis chinoise. Donc indétectable.

— Ostin ? ai-je interrogé notre génie des sciences.

— À fond, m'a-t-il assuré. Tu sais que j'adore les nems.

J'ai interrogé Taylor du regard. Elle m'a scruté un moment, a secoué la tête et grogné :

— J'en suis aussi. Ça doit faire une heure que je ne cours plus le moindre danger mortel… je m'ennuie déjà !

Je l'ai embrassée sur la joue, avant de conclure :

— OK. Tiens bon, Jade Dragon, on arrive.